忘川郵政

The Dream Messenger

周小洮——著
九日曦——繪

序章

轉生課，投胎預備所。

潔白寬敞、無限延伸的空間中，圓形傳送門遍及各處。

身穿白袍的轉生課神職領著一長條隊伍。那條歪歪扭扭的隊伍由孩童靈魂組成，他們在神職人員的帶領下遊走空間。

「歡迎各位光臨投胎預備所，我是各位今天的嚮導，我叫倉，叫我倉叔就行了。」白袍男子站在隊伍最前端，親切地為在場每一靈魂拉炮慶祝。

「首先，恭喜各位獲得投胎當人的機會，唯有累積足夠福報的靈魂，才有資格來到此地。但別高興得太早，投胎當人並不容易，尤其是當個好人。當人稱得上是雙面刃，不是大好就是大壞，能做很多善事，幹壞事也容易許多。當螞蟻只能咬人，當人則能濫殺。因此投胎當人可謂輪迴中最艱難的考驗，若經不起誘惑，壞事照三餐幹，保證下輩子投胎當香菇。」

倉慎重地告誡在場每一靈魂，他們卻都當耳邊風，不只隊伍排得歪七扭八，還忙著打屁哈啦、自顧自地打鬧。現場的吵雜聲都要蓋過倉的說明，根本沒人仔細聽倉的叮嚀。

混亂中，趁著倉不注意，有一靈魂以鴿子之姿飛進隊伍，落地後，他便模仿其他孩童靈魂，將自身靈魂的樣貌從鴿子塑形成人，化爲一名小男孩悄悄混入隊伍中。其他魄則繼續閒聊。

「跟你說，我上輩子是狗狗，我會舉起一隻腳尿尿喔！」一名孩童靈魂故意讓頭上現出犬耳，做勢抬起單腳。

「我上輩子就是人，我爲戀人擋下子彈，我超勇敢。」另一名孩童靈魂故意讓左胸開出洞。

幾名孩童靈魂繞著倉打轉嬉戲，倉習以爲常地繼續講解，「俗話說得好，『選擇比努力重要』，選擇父母就是選擇人生，好的出生讓你贏在起跑點。如你們所見，這座空間中有數道傳送門通往凡間，每道傳送門都對應一對有生育計畫的夫婦。跳進去前，記得先看看自己喜不喜歡那對父母，喜歡就喝下忘魂湯，確定腦袋空空之後再跳進傳送門。」

「我有問題！可以不喝那個湯就跳進圈圈裡嗎？」一名孩童靈魂指著倉手上那碗神祕湯。

「不行，沒喝下忘魂湯就跳不進圈圈，硬跳小心撞破頭，那可能會影響你下輩子的智力。」倉恐嚇似地勾起嘴角，「那就開始吧！先搶先贏，請好好選擇你們的父母，確定喜歡傳送門裡的父母後，就來找我領忘魂湯。」倉揮了揮手讓孩童靈魂們原地解散。

孩子們開始逛大街，每經過一道傳送門就停下來觀察門另一側的夫妻。

有的靈魂找得很快，像是那名頭上長犬耳的靈魂，一下就嗅到自己的歸屬，一眼就認出傳送門另一側是自己前世的主人，「我要這個！我之前就住這間房子！我要當他們的孩子！」

循著靈魂的約定，左胸開洞的靈魂也一下就找到了。他狠狠瞪向傳送門，「我必須選這個，我要當她的小孩才能好好監督他，要是他沒善待她，我就揍爆他！」

有前世之緣的靈魂很快就打定主意，沒頭緒、沒感覺的靈魂持續亂飄。

性格隨便的靈魂停在數道傳送門前，用著前世學到的口訣決定人生大事，「國王下山來點名，點到誰是好運氣。點到了，就這個吧！」

性格懶惰的靈魂關注著有錢的夫妻，「我不想努力，他們看起來有好多房子，就他們了。」

愛胡鬧的靈魂完全沒把選擇父母當回事，他不曉得自己的玩鬧會產生雙胞胎。

「那個白袍大叔只說要喝完湯才能跳進去，沒說不能兩個人擠一個圈圈。欸欸，有誰想跟我擠一個圈圈，我們來試試會發生什麼事！嘿嘿嘿……」

陸續有靈魂前去向倉索取忘魂湯，一旦有靈魂跳入傳送門，那道門便會閉合。

傳送門都關得差不多了，卻見一名小男孩默默蹲在最角落，一道陰暗的傳送門前。倉好奇地走上前，只見傳送門中僅有一名摀臉啜泣的女子，不見她的另一半。這道傳送門不斷釋出悲傷的氣息，故沒被任何靈魂選上。

「她爲什麼在哭？」蹲在傳送門前的小男孩問倉。

「看起來是被另一半拋下了。」這類傳送門往往都是剩下的，沒魂想要。

「她看起來好寂寞。」小男孩蹲在傳送門前，不捨地說：「如果我下去陪她，她會開心嗎？」

「要不要看看其他傳送門？」倉建議小男孩。

「爲什麼要看其他的？她不好嗎？」小男孩不解地指著傳送門中的女子。

「也不是不好，只是，選擇這裡，你們母子可能會過得比較辛苦。」提到單親家庭，倉下意識地這麼想。

「但她會很愛我。」小男孩捧著臉頰，語帶期待地說：「她愛我，我愛她，我們一定會幸福。」

「你確定？」

「確定。」小男孩超有自信地點頭。

「爲什麼？」

小男孩雙手抱胸，鼻孔噴氣，「直覺。」他的頭頂倏忽探出一根灰色的鴿子羽毛，宛如天線。

對此，倉也只能點點頭。作爲神職，他不能干涉靈魂們的決定，只能在旁適時給予意見。做出抉擇的必須是靈魂自己，以免會對這些決定有怨。

倉端出忘魂湯，正要遞給小男孩時，另一名轉生課神職突然闖進，「不好意思！有誰看到一隻亂飛的鴿子嗎？有名年幼的靈魂不知跑哪去？他接下來得投胎當海豹！那隻鴿子應該沒飛到這來吧？」

倉隨即看向身旁的小男孩，他發動術式攤開名冊，一查就發現男孩的第一世是魩仔魚，第二世是鴿子，即將到來的第三世必須是海豹。

「孩子，你福報不夠，必須再多輪迴幾次才能當人。」倉拿高忘魂湯，不讓小男孩勾著，不忘朝遠方的同事大喊：「那隻鴿子在這，快把他帶走！」

「我不管，我要去陪她！給我！快點給我！」小男孩跳上跳下。他撲向倉，並在倉身上亂咬亂抓，痛得倉哇哇大叫。

其他孩童靈魂紛紛趕來拍手看戲，有些靈魂還以爲是在玩遊戲，學著小男孩撲到倉身上亂拉亂扯。

一幫孩童靈魂瞎起鬨，另一名神職衝入魂群，試圖將小男孩從倉臉上扒開。

自知要被抓走，小男孩立刻搬出彼世大絕。他隨手指向某處，道出眾神避之唯恐不及的名字：「看！是葬天大神！祂居然突破封印了！大家快逃啊！」

哪怕沒見過、沒聽過，光說出「葬天」二字，就會讓多數的魂魄顫抖，此招屢試不爽。

聽聞大魔王的名字，兩名神職馬上回頭察看，反射性地敞開雙臂，誓死保護準備投胎的靈魂們。孩童靈魂們則嚎啕大哭、四處亂竄，害得神職們相繼絆倒，場面更加混亂。

左看右看都沒發現葬天大神，眾人才發現是惡作劇。

轉生課的神職趕忙安撫靈魂們，倉則氣呼呼地在魂群中尋找那隻調皮鴞。

遺憾地，倉最後只找到落在地上的空碗，碗裡的忘魂湯被喝得精光，那名悲傷女子所在的傳送門也早已消失。

本該投胎當海豹的那名幼魂，就這麼投胎當人去了……

✉

死亡之前，眾生平等。不分貴賤，即使是有錢人，終究難逃一死。這點，芳淑霞心知肚明。

詹家靠著兒子一手建立的科技帝國，順利從小康家庭晉升上流社會。兒子飛黃騰達、娶妻生子，當上祖母的芳淑霞，也因此坐擁貴婦生活。可惜，某天她突然腦中風，享壽七十二歲。

芳淑霞雖然深知生命無常，但總忍不住想，憑什麼這麼突然？憑什麼是她？可以的話，她想再活久一點。

芳淑霞自認這輩子沒做什麼壞事，老天爺憑什麼讓她走得如此倉促？她還沒享受夠，還有好多東西沒買，還有好幾個國家沒去，神明憑什麼這樣對她？老天憑什麼待她如此刻薄？

死後，脫離肉體，化身爲靈。

在奇裝異服者的帶領下，芳淑霞來到名爲「橋前郵政」的事務所。事務所的裝潢看起來像座廟，裡頭有一堆身穿黑袍、配戴黑色法帽的員工在爲大排長龍的靈魂們寫信。

「那應該就是在託夢吧？」看到隊伍盡頭的桌上擺放著筆墨，芳淑霞推測地說。她想起先前自稱生死課的傢伙所說的，「每個人死後都可以託夢給還活著的人」，但那些人沒說要排隊啊！這麼多死人，這麼多靈魂，是要排多久？

這種冗長又繁瑣的事就該讓傭人去辦，她可受不了拖拖拉拉！芳淑霞隨手抓住一名路過的員工，「你們這有VIP窗口嗎？」

員工聽到這個提問，眉頭一皺，「沒有，不論陰德値高低都得乖乖排隊。」

「排隊？你沒看到這裡有多少人嗎？這樣我要排多久？」芳淑霞不以爲然地說，認爲這裡的服務有待加強，「你不曉得我是誰嗎？」

「呃，妳不曉得自己是誰？」那名員工沒搞懂奧客在意的點。

芳淑霞指著茫茫魂海，「不！我的意思是，我跟這些人不一樣！」她是權貴，不是平民。她氣得提高音量，「我是詹正信的母親，你知道詹正信是誰嗎？他可是稜克科技集團的老闆，是有頭有臉的大人物。」

「嗯……所以？」員工不耐皺緊眉頭。

「所以我應該要有優先權啊！你懂不懂變通啊？」芳淑霞雙手插腰，「叫你們主管出來，叫他來跟我談！」

員工冷哼一聲，壓根不想搭理眼前的瘋老太婆。此時，橋前郵政負責人恰好走來，「這邊交給我就行，你去忙吧。」

迎面走來的負責人微笑，速速支開下屬後，恭敬地朝芳淑霞鞠躬，「您好，芳淑霞女士，我是夢使魏叢，是橋前郵政的負責人。」

見對方九十度行禮，芳淑霞算是消了點怒氣，「你就是這間事務所的老闆？」

「可以這麼說。」魏叢客氣地點頭。

「你們員工的素質有待加強，態度傲慢幹什麼服務業啊？」芳淑霞指著那位員工的背影大罵。

「很抱歉帶給您不好的情緒，我會再好好教育下屬。」魏叢再次鞠躬，「針對像芳女士這樣的貴賓，我們設有專人房。」

「所以我不必排隊吧？」

「那當然，這邊請。」魏叢比向廟宇深處，示意芳淑霞隨同前往。

芳淑霞滿意地抬高下巴，很高興終於來了個識相的傢伙。她邊走邊用鼻孔俯視那些沒有特權的靈魂，暗地在心中嘲笑這些魂連死後都在浪費光陰。

行經數個通往地底的樓梯，芳淑霞跟隨魏叢來到廟宇地下最深處的小房間。

這間隱密的小房間由石塊堆砌而成，石牆內外刻有特殊術式，房內有書寫用的紅桌與烙印術式的椅子。

「來，請坐。」魏叢邀請芳淑霞入座。

「這間VIP專房看起來還在施工，也未免太簡陋？」芳淑霞一臉嫌惡，「你們真該換個設計師。」她嫌棄歸嫌棄，想到至少不用排隊，便作罷。

芳淑霞一屁股坐下，魏叢也跟著坐到她對面。兩魂隔了張紅桌，桌上擺了用以託夢的深黃色紙張。

「在開始那個什麼託夢之前，我想先問個問題。」屁股還沒坐熱，芳淑霞忍不住提問，「你們憑什麼讓我這麼早死？」

「壽命是由生死課決定，就我來看，七十二歲雖稱不上長壽，但有很多孩子連出世的機會都沒有，希望芳女士別太不滿。」魏叢見過許多嬰靈。

「什麼叫『別太不滿』？是我的問題還是你們的問題？不是有科學統計，現在女性平均都能活到八十幾歲，七十二歲可是遠遠低於平均，是你們該檢討吧？」芳淑霞斜眼瞪著魏叢，「何況，我兒子長年以公司的名義捐款，每年都幾百萬、幾千萬在捐，新聞都有報啊！稜克科技幫助過多少弱勢，你們難道都沒看新聞？我們詹家做的善事不少，憑什麼這樣對我？」

針對芳淑霞的埋怨，魏叢只管笑笑點頭。

透過椅子上的記憶聯動術式，魏叢發現芳淑霞生前買過不少名牌，還去過很多地方度假，出門都有專車司機接送，每週還有上瑜伽、鋼琴和插花課，做臉護膚、全身按摩是日常。最頻繁看到的場景是，她和其他貴婦一同享受悠閒愜意的下午茶，指上的鑽戒閃閃發亮。

快速瀏覽過她的一生，魏叢沒見到半幕芳淑霞吃苦的畫面，僅僅一幕，芳淑霞因不孕而憂鬱啜泣，即使如此，她的丈夫並沒有責怪她。

「稍微看過芳女士的今生，您這輩子婚姻美滿，物欲有得到滿足，不僅吃飽穿暖，還能享受大多數人無法體驗的奢侈生活。我認為老天並沒有對您特別苛刻。」魏叢認為芳淑霞稱得上幸福，比上稍有不足，比下過分有餘。

「苛刻？讓我早死還不夠苛刻？你似乎不懂苛刻的意思？」芳淑霞認為魏叢根本不懂她有多辛苦，「我可是一路苦過來的，我費心把詹家打理得多好？還花了多少心思在我兒子身上？」

魏叢強忍嘆息，他始終保持微笑，不忘諂媚幾句，「您說的我都明白。您兒子也沒辜負您的期望，詹正信先生能有今天的成就，都是您的功勞。」

「那還用說？當初他要是沒讓我們詹家收養、沒給我們好好栽培，現在不曉得上哪撿破爛呢！」芳淑霞撇頭冷哼。她很快地將話題拉回重點，「既然你看得到我的記憶，那你應該也明白我們詹家做過多少善事。想問問你，那些善事累積的福報都上哪去了？」

「芳女士問到重點了，這輩子燒得好香將會反饋到下輩子。」魏叢摸了摸下巴，眼神上下打量芳淑霞的靈魂，「但仔細觀察芳女士的魂魄後，我發現您疑似有跟人結怨。」

「結怨？怎麼可能？我這輩子又沒得罪誰！」芳淑霞驚呼，同時抬手看看自己十根略微透明的手指，「我沒看出什麼異常啊！」她不覺得自己和稍早見到的靈魂們有哪裡不同。

「您當然看不出異常，怨氣只有神職才能看見。」魏叢指著自身的靈魂之窗，「結怨不一定是這輩子。靈魂會輪迴好幾世，怨氣來自累世的冤親債主，可能是來自上輩子或上上輩子。您這輩子之所以不孕，或許就是因爲這身怨氣。」

「那……那我該怎麼辦？怎麼做才能消除這身怨氣？」芳淑霞身軀前傾，雙手按在紅桌上顫抖，顯得焦慮。

「多行善、多助人、多燒香，並發自內心地、謙虛地向神明懺悔自己每一世的惡行。」

「說什麼鬼話？我們詹家生前做的好事還不夠多嗎！」芳淑霞尖銳的聲音迴盪整間石房。

「那是因爲芳女士身上的怨氣太重，詹家生前做的種種好事仍無法抵消您身上的怨念。」

「那到底該怎麼辦？你別拐彎抹角！」芳淑霞著急地問。

「照芳女士身上這種程度的怨念，必須建廟廣納香火才能消除。」魏叢建議。

「建廟？你是說蓋寺廟？」

「沒錯，廟宇得以凝聚凡間的正念，驅使人們向善，建寺能累積無量的功德。」

「可是我人都死了要怎麼蓋廟？」

「您可以委託子孫幫忙。」魏叢輕拍紅桌上烙有術式的深黃色紙張，「您辦不到，但您可以託夢請兒子協助。」

「原來如此！這個方法好！」芳淑霞拚命點頭，心想，不過是蓋個寺廟，對財力雄厚的詹家不算難事。

「那我該怎麼跟兒子說？又該蓋哪一種廟？」

「您就說，您在彼世過得不好，死後飽受病痛折磨，想解決此事必須興建廟宇，匯集群眾的正念，才能清除您身上的業障。建廟不僅能幫到您，興旺的香火也能幫到詹家歷代祖先。」魏叢早就為芳淑霞想好了說詞。他接著說：「至於蓋哪一種廟，考量詹正信先生是企業家，若能為神明金銀麟興建廟宇再好不過。」

「金銀麟？你是說掌管財富的金銀麟嗎？那尊神我們常拜啊！還特地請了一尊回家供奉呢！」芳淑霞對這尊神相當熟悉。

金銀麟是財富之神，傳說祂能呼喚雷霆與分身為百獸，不論化為何種生物，頭頂上都有金銀交織的麒麟角。

詹家主導著稜克科技集團，為求生意興隆，特別請法師從大廟分靈，將神明請回家，還將金銀麟的神像擺高供奉，天天祭拜。要說虔誠，詹家絕對是財富之神最虔誠的信徒。

聽到芳淑霞這麼說，魏叢順勢接話，「那樣非常好，代表你們詹家跟財富之神有緣，怪不得家財萬貫。爲神明蓋廟乃造福祖先、庇蔭後子後孫，更有助於詹家的事業。」

「只要託我兒子把廟蓋好，我就能消除這身怨氣？」

「正是，蓋廟不但能消除糾纏您靈魂的怨念，還能造福您的來世。」魏叢答道。

芳淑霞點頭如搗蒜，「好，眞是好極了，就這麼辦。」

透過魏叢的引導，芳淑霞完成了託夢內容。她在信中提及自己被怨靈纏上，渾身不舒服，還說自己死後迷失方向，靈魂仍在凡間徘徊，盼兒子能爲神明金銀麟建廟，好讓她無痛無憂地到彼世。

「想必深愛母親的詹正信先生很快就會動身。」魏叢提供芳淑霞不少關於託夢信內容的建議。

「正信當然愛我，他能有今天的成就都是因爲我。」芳淑霞對兒子有十足信心，深信兒子很快就會蓋廟解救怨靈纏身的母親。

寫下託夢內容後，烙有術式的信紙自行摺成信封。

「勞煩芳女士伸出大拇指，以靈魂的契印爲此信封緘。」魏叢說道。

芳淑霞應要求伸出大拇指，朝信封按下指印，頓時燒出一陣火光，如同火漆將信封黏合。

「這樣就行了，等詹正信先生入睡，我會將此信送去，屆時信會化爲夢，將芳女士的請託透過夢境轉達給詹先生。」魏叢起身準備離去，「也麻煩芳女士在這久候，受怨氣纏身的靈魂不宜在凡間滯留，這間石房能讓您的靈魂免於消逝。」

芳淑霞聽得不是很懂，「待在這很安全就是了。」

魏叢點頭，「請芳女士在這靜候佳音。」說完，魏叢就從石房的出入口離開。

他後腳才剛跨出，出入口便自行密合，層層石磚自動封閉，剩芳淑霞一人被關在此處。

看著密閉的四周，芳淑霞感到有點不對勁，不過仔細想想，這間石房應該是爲了保護她才會如此。

魏叢都說了，待在這很安全。芳淑霞相信。

隔天，石牆開啟。

魏叢再次步入石房，閒到發慌的芳淑霞正在欣賞牆上的鬼畫符，一見魏叢步入，芳淑霞期待地湊上前打聽，「如何？我兒子收到訊息了嗎？」

「當然收到了，但詹正信先生尚未開始行動。」魏叢理說當然地說：「畢竟您才剛離世，大多數的生者在親人剛走時，很難區分何謂託夢、何謂自己窮擔心。」

「那該怎麼辦？」

「只能繼續託夢，讓詹正信先生確切相信，那場夢境就是您要轉達的訊息。」

於是同樣的流程又跑了一遍，芳淑霞又寫了封託夢信給兒子，又朝信封按下一只靈魂的契印。

不同的是，這次獻上拇指時，芳淑霞感覺拇指像是被針刺了下，沒流血、沒破洞、沒留疤，所以她也沒放心上。

寫完信，魏叢帶上信封獨自離去，又留芳淑霞一人在石房內苦等。

這一等就是三天。

三天後，魏叢返回石房。此時的芳淑霞正在數牆上的石磚，一邊碎念：「好歹也拿幾本美妝雜誌給我打發時間嘛！」靈魂或許可以不吃、不喝、不睡，但沒辦法不無聊。注意到魏叢回來，芳淑霞趕緊上前，「怎麼樣？開始蓋廟了嗎？」

「詹正信先生已有計畫，事情進行得挺順利。」魏叢摸了摸下巴，「不過按照凡間的蓋廟流程，廟不可能那麼快建好。」

「非得等到廟建好我才能出去？別開玩笑！一個人待在這簡直是坐牢！」芳淑霞氣得跺腳。

「芳女士想出去也行。」魏叢的手朝出入口一比，有禮的樣子像在邀請芳淑霞親自試試。

芳淑霞氣得走上前，前腳才抬起，石牆便開啟，但是她根本無法跨出去，迎頭撞上一道空氣牆，撞到就算了，身體還被電了下，疼得她向後退了幾步。

「這……這是怎麼回事？」芳淑霞哽咽。

「芳女士身上的怨氣已引來怨靈，若您貿然突破結界擅自離開，難保不會被外頭的怨靈啃食殆盡。」魏叢解釋著，轉身背對出入口，擋住芳淑霞的去路，「您必須留在石房內，我們才能保護您。等廟宇落成，您身上的怨氣將自動消散，到時您就能安然離開。您現在忍受的都不會白費，皆是在為您的下一世努力。」

「就不能快一點嗎？我……我想催促我兒子盡快！」芳淑霞請求，她不喜歡危機四伏的緊張感。

「沒問題。」魏叢比向紅桌。

然後，他們又進行了第三次託夢。這回魏叢編出更驚悚的內容，要求芳淑霞火力全開地哭訴。信中，芳淑霞說自己死後因怨靈纏身而墜入地獄，在地獄飽受千刀萬剮，靈魂受煉獄灼燒、受冰鋒凌遲，再這樣下去將永世不得超生，盼兒子盡快蓋廟幫助她脫離苦海。她想，兒子聽聞母親下地獄，保證心急如焚。

芳淑霞再次獻上自己的大拇指，第三次的靈魂契印彷彿雷擊穿心，劇烈的痛楚僅僅一瞬間，卻讓芳淑霞疼得跪在地上，久久無法起身。

魏叢解釋，這份疼痛感源自芳淑霞身上的怨念，是怨靈在作怪。為快快了結此事，魏叢便帶上託夢信，加緊腳步離去。

下一次見到魏叢，已過了整整一週。

這七天內，芳淑霞沒感受到什麼疼痛，比較令她困擾的是身體時不時發冷，視線還會模糊。

這次見到魏叢，芳淑霞已提不起精神，她一臉憔悴，雙臂交叉於胸前，抱著己身顫抖。

「你們這間石房有沒有暖氣？我……好冷。」芳淑霞說話有氣無力，想罵人也沒力氣。

「除了寒冷，芳女士有哪邊感到疼痛嗎？」魏叢關心。

「是沒有，但不曉得是不是我的錯覺……」芳淑霞伸手注視十指，「我好像……越來越透明了？」

「這是怨靈逐漸消散的跡象，若沒感受到異常的疼痛，便沒什麼好擔心。」魏叢比向紅桌，「還有什麼話想對兒子說嗎？」

「有啊……我想叫他燒個毛毯給我，燒個暖爐也行……」芳淑霞緩慢地走向椅子，連腳都快抬不起來。失去活力的她也無法再頤指氣使，「不對，那些都不重要，重點是廟……對，蓋廟的事要緊，得叫他快點把廟蓋好。我想快點到下輩子好好享受，只要到了下輩子，我要什麼就有什麼。神明一定會讓我下輩子榮華富貴……」

於是，芳淑霞進行第四次託夢，她在信中再三催促兒子快點蓋好廟，晚一天建成，她就得在地獄多受一天罪。

接著，芳淑霞獻上大拇指，按下靈魂的契印爲信封緘。奇妙的是，這次的靈魂契印一點也不痛。

正當芳淑霞以爲事情逐漸好轉，認爲神明金銀麟爲她消除了怨念，不過一秒，她卻見自己按壓信封的右手支離破碎，指尖順著手指化爲粉末，五根手指沿著手掌散成灰燼。

這個畫面令芳淑霞嚇得整個魂都醒了，她飆淚慘叫。淚才剛從左眼滑落，視線範圍就逐漸變爲一片黑暗，只因她的左眼正逐漸散向虛無。

「怎麼回事？這到底……到底是怎麼一回事？」芳淑霞摔下椅子，想起身，卻發現右腳正化爲粉塵飄散。

她一抬頭，卻見椅子上的魏叢俯視邪笑，他輕蔑的樣子才讓芳淑霞明白，自己中了圈套，遺憾爲時已晚。

「你騙我！你居然欺騙我！」芳淑霞哭著嘶吼，吼著委屈、吼著不甘：「你爲什麼這樣對我？我這輩子又沒做壞事！你憑什麼這樣對待我？」

沒料魏叢竟回應，「芳淑霞，妳這輩子做的壞事可多了。」

「你胡說！少冤枉人！我們詹家收養孩子，這可是善事！我們……我們還捐了很多錢！你們不能這樣對我！」雙腳化爲粉末的芳淑霞趴在地上掙扎。

「少來，我全都看得見。」魏叢拍拍身下的椅子，「妳，燒了那些信。」

「妳，燒了那些信。」

短短一句就讓芳淑霞震懾地停頓在原地，簡單一句就讓芳淑霞提早見到虛無。

「妳騙得了人，騙得了養子，但妳騙不了神。」透過記憶聯動術式，魏叢看盡芳淑霞醜陋的一生，也早就看透她扭曲的靈魂。

「妳收養孩子才不是想行善，而是因爲不孕而自卑。妳怕詹家親戚對妳閒言閒語，也怕自己失去在家族中的地位，甚至怕丈夫因此再娶。」

「不……不是的！事情才不是你說的那樣！」芳淑霞錯愕地回，與此同時，她的右眼化爲一只黑洞。

「妳欺騙養子、洗腦養子，說他的生母爲了錢把他賣進詹家。妳欺騙詹正信，說他的生母根本不愛他，還說他的生母早就忘記他。妳無所不用其極醜化養子的生母，只爲了完完全全控制養子，只希望養子愛妳一人，好讓妳像個親生母親。」

魏叢注視芳淑霞臉上那兩只貪婪的黑洞，虛無的洞口深不見底，不知足終究無法被任何東西塡滿。

「詹正信的生母每個月都會寄信給他，而妳卻把那些信燒了。妳，燒了那些信。」

「不……不是……我才沒有你說的那麼自私……我才沒有……我沒有……」

失去雙眼的芳淑霞什麼都看不到，她的四肢和軀幹已徹底消失。

魏叢起身，他慢慢走上前，沉著臉鄙視地上那顆僅存的腦袋，「像妳這類低劣的靈魂連墮入地獄都不夠資格。死到臨頭仍不爲自己的惡行懺悔，不論入地獄服刑還是輪迴修練，對妳這種魂魄都是白搭，虛無才是最適合妳的歸屬。」

摸不著，看不見，聽不到。貪得無厭的魂魄最終散盡，煙消雲散。

隨後，石牆再次開啟，這回步入石房的是名身披黃袍的神，祂頂上有對金銀編織的麒麟角，白銀的長鬍鬚垂至胸前，鼻側的麒麟鬚隨神氣飄揚。

祂手握一把金元寶，以人形姿態步入石房。

見效忠的神明到來，魏叢拱手作揖，「歡迎金銀麟大人來到橋前郵政。」

「這裡有股腐敗的氣味，貪婪的魂可眞難聞。」金銀麟俯視腳下殘留的零星粉塵，手裡把玩著金元寶，數個小元寶於祂手中碰撞摩擦，發出清脆聲響。

「事情處理完了？」

「當然，金銀麟大人交付的事，小的全都處理好了。」魏叢彎著身子稟報，「如您在分靈雕像所見，這名散成虛無的靈魂正是芳淑霞，爲稜克科技集團老闆詹正信的養母。她已經託夢數次給詹正信，而詹正信也正計畫爲您興建廟宇，照凡間建廟的進度來看，廟宇絕對能在天迴之前落成。」

「萬無一失？」金銀麟確認。

「芳淑霞全程囚禁於石房，不可能走漏風聲，請金銀麟大人放心。」

魏叢特地爲此計畫打造石房，目的就是要讓效忠的神明順利連任。

香火即選票，靈魂的念即是眾神的力量泉源。位於凡間的廟宇越多，意味此神的支持者越多、神力越強。

「天庭統領，非我莫屬。」金銀麟單手捏碎金元寶，黃金碎片於祂手中散爲雷霆。

百年一次的天迴大選，即將到來。

第一章

現在的楊子吉只能以吃洩恨。

作爲一名領死薪水的老百姓，楊子吉平時節儉，找不到理由善待自己，頂多在過生日時，下班順路買塊蛋糕回租屋處，獨自吹熄一塊兩百元的寂寞。對楊子吉而言，這已是種奢侈的孤獨。

如今楊子吉失業了。他恰巧受邀參加高中同學會，需要慰藉的他終於找到理由對自己好一點。

同學會辦在五星飯店內的自助餐廳。剛解決第四盤餐點的楊子吉，正遊走於琳瑯滿目的自助區，準備狩獵第五盤佳餚。

精緻的沙拉吧，跳過；健康的現榨蔬果汁，跳過。任何小白兔愛吃的食物，楊子吉一概無視，他來這裡不是找健康，而是專程來洩恨的。

洩恨就要吃抒壓的食物，就該吃讓人開心的食物——烤牛排再來三大片，標配當然是馬鈴薯泥淋上香氣四溢的牛排醬汁。黑松露奶油燉飯一碗太少，直接跟服務員要三碗。焗烤洋芋通心粉，當然是會牽絲的那種。

已經有馬鈴薯泥了還吃焗烤洋芋？那又怎樣，心情不好的時候，會介意吃完鹹酥雞再吃唐揚炸雞嗎？當然不會啊！心情賭爛就是吃，吃爆就對了！比起鬱悶地加班過勞死，吃到腸胃爆掉撐死還比較幸福。

楊子吉拿了兩大盤高油高鹽的鹹食，返回座位可沒坐下，他再次繞回自助區，走向盛放各式西點的蛋糕櫃。

看著種類多樣的甜食，他遺憾自己不是千手觀音，可以的話眞想一口氣拿十盤。可以的話，他眞想就地捲起袖子，把一條條的自助區當作長餐桌，走到哪吃到哪，邊走邊吃，映入眼簾的美食都來三口。

「這個三塊，那個兩塊，還有那個跟這個，麻煩你了，謝謝。」楊子吉朝蛋糕櫃指指點點。該死的職業病讓他連洩恨都不忘禮貌。

西點區的服務員依吩咐夾點心，巧克力布朗尼、栗子塔、蘋果派和菠蘿泡芙，糖尿病的方程式就堆在楊子吉的餐盤上。他端起堆完甜點的餐盤，還有一隻手，他打算順路走到冰淇淋櫃。

楊子吉別過身，八成是轉身太快，他迎頭撞上一名男性，楊子吉趕忙退了兩步，「不好意思，對不起。」他連忙點頭道歉，卻見對方一臉嚴肅地盯著自己。

楊子吉面前的男子穿得西裝筆挺，身高還足足高了楊子吉一點五顆頭，釋出難以言喻的壓迫感，讓楊子吉倍感壓力。他不自覺將視線移開，迴避與男子對視。

糟糕，感覺是個一板一眼的傢伙，是自己不擅長應付的那種人。他在心中暗想。

楊子吉仔細觀察男子，「呼！好險。」對方的衣服看起來沒沾到汙漬，想必手上的餐點應該是沒濺到他，要是弄髒昂貴的西裝鐵定賠不起。

楊子吉的目光來回飄閃，支吾了幾秒，「抱歉，有……有弄傷你嗎？」

陌生男子的臉跟「親切」兩個字絕緣，感覺用眼神就能殺人。聽到楊子吉的問話，他第一時間沒予以回應，僅是將目光放到楊子吉餐盤中的西點。

沒得到回覆的楊子吉尷尬地扯起嘴角，「這……這些東西在那邊可以拿喔！」苦笑的他回頭指著後方的蛋糕櫃，端盤子的雙手不自覺發抖。不知道爲什麼，他覺得面對男子就像面對上司。

男子突然一嘆，「盡吃些沒營養的東西，是想儘早投胎？」

楊子吉一愣，頭朝旁一歪，「蛤？」

「我是說這些東西。」男子指著楊子吉盤子裡的西點，用責備下屬的口吻說道：「你應該注意營養均衡。」他凌厲的手指像在訓斥那些甜食。

然後，楊子吉就呆掉了。

先生你還好嗎？我跟你很熟？你一個陌生人憑什麼對我說教？說教就算了，開口就詛咒別人投胎，是他媽腦子有病？楊子吉心中冒出一堆想反問男子的問題。

仰賴過去擔任客服的修身養性，楊子吉也算練出一身好脾氣。昔日奧客碰多了，就算突然冒出一個神經病，對他來說也不過是個神經病，這點程度才不會耗盡他的耐心。

深呼吸，吐氣。微笑點個頭，再從他旁邊繞過去，嗯，就這麼辦。

楊子吉在腦中擬定好對策後，擠出專業的妖孽退散笑容，打算從男子身旁掠過，沒想到，男子卻及時朝旁跨步，一步就攔住楊子吉的去路。

「站住。」男子的語氣硬的像擋路的巨石，「誰准你走了？」

楊子吉的嘴角不悅地抽動，他抬頭與男子對視，「先生，你是不是認錯人？」

可惜男子答非所問，自顧自的下令，「站好。」

楊子吉正想起步離去，卻被男子硬生生地按住右肩。他沒給楊子吉多餘的時間反應，下一秒，一記猛拳就這麼灌向楊子吉的腹部，不偏不倚正中腹中，害楊子吉差點把稍早狼吞的食物全都吐出來。

幹你娘！操！面對突如其來的拳頭，楊子吉腦中只閃過髒話。一個陌生人竟沒來由朝他肚子送拳頭？不過是輕輕擦撞，這男的究竟有多氣？居然氣到直接揍人？有沒有搞錯啊？

餐盤摔落，西點和玻璃碎片散落一地，楊子吉痛得雙膝跪地、捧腹顫抖。突然被陌生人揍很不尋常，更怪的是，這拳還超級霹靂無敵痛，他痛到一時吐不出半個字。

楊子吉沒被揍過，準確地說，大多數人正常情況下都不太可能被揍過，所以楊子吉也不確定究竟是自己太不經打，還是這神經男的拳頭就像砂石車衝撞一樣猛。

更更更奇怪的是，楊子吉逞強抬起視線，那名貿然動粗的男子早已不見蹤影，取而代之的是接二連三圍過來關心的人，有路人，有餐廳員工，更少不了認識的同學。

「先生？先生你還好嗎？」

「欸欸！阿吉跪在那！快過去看看！」

「喂阿吉！你還好嗎？沒事吧？你身體怎麼了？」

什麼叫身體怎麼了？沒人看見我剛才莫名其妙挨揍嗎？楊子吉疑惑地想。

視野模糊，耳鳴加劇，逐漸消逝的意識中，楊子吉依稀聽見鄰近蛋糕櫃的員工道：

「這位先生剛才站在那自言自語，然後就突然跪倒……」

什麼自言自語？什麼突然跪倒？明明就是那個男的突然動粗！該死！就沒有人看見我肚子被人問候？聽到眾人的討論，楊子吉很想出聲反駁，但腹部彷彿被熱鐵烙印，渾身發燙。

他硬是挺著微薄的意識環視周遭，遺憾包圍自己的人群中不見凶手的身影。

眞好，眞他媽好極了，那男的揍完人就跑，直接人間蒸發，咻一下就消失，行凶還沒被看見。他想，這下絕對沒人替自己伸張正義。

五秒後，楊子吉兩眼上翻。

十秒後，楊子吉徹底失去意識，附近人見狀急忙爲他叫救護車。

然而，楊子吉萬萬沒想到，這突來的一拳就是正義。

這一拳，是他這輩子最重要的約定。

一週前，楊子吉還在遊戲公司上班。

大學畢業後，楊子吉有幸進到知名遊戲公司，雖說擔任的只是一名小小的客服人員，是顆隨時能被取代的螺絲釘，他仍萬分珍惜這份工作。

倒不是秉持服務至上的理念，楊子吉不想把奧客寵上天，也不認同「花錢就是老大」、「錢多就可以爲所欲爲」這類邪典，他不過是依循本性，認爲「人應該設身處地爲他人著想」。

楊子吉習慣換位思考，可惜處長不認同這份體貼。

處長又把楊子吉叫到約談室。

「子吉，你爲什麼就是要跟別人不一樣？爲什麼不照著公司的SOP走？」處長雙手抱胸，盯著楊子吉這位約談室的VVIP。

「因爲是伺服器異常導致玩家的損失，所以……」楊子吉眼盯地板支支吾吾。

沒等楊子吉說完，處長直接打斷，「伺服器異常的補償已全服統一發放，我們已經補償給玩家了。」

「但是統一補償的禮包顯然不足以彌補玩家的損失，有些玩家因爲伺服器回溯失去了昂貴的虛擬道具，只補發經驗禮包，感覺對玩家……有點不公平？」楊子吉的聲音越來越小，他認爲玩家失去的跟公司補償的完全不等值。

「你打算個別幫那些玩家處理？」

「這麼做感覺比較妥當……」楊子吉哽咽地回。

「你認爲我們有足夠的人力？幾千名玩家，每個人遺失的虛擬道具都不同，我們組才幾個人？你要一件一件爲玩家個別處理？」聽到他的回答，處長只覺得下屬愚蠢不知變通，「還是你要幫我找人？或是你自願加班到天荒地老，爲那些玩家一件一件撈數據？你覺得大家都吃飽太閒？」

楊子吉搖搖頭，他沒這麼想。

「你認爲公司制定SOP的用意是什麼？」處長又問，同樣的問題她問了不下百次，還是問同一個人——同一個問題人物。

「公司制定SOP，是希望大家做事有效率，是希望能提高服務量並提高產能。」楊子吉回答。

「那，爲什麼要提高服務量呢？」處長又問。

「因爲服務量拉高，業主就會付給我們更多錢，公司才能賺錢。」

「沒錯，服務越多玩家，我們就越能賺錢。猴子也明白的道理。」處長實在不想再見到楊子吉，「SOP都在表格裡，照著SOP走很困難嗎？」

「沒有……」楊子吉垂著頭。

不知道爲什麼，他突然覺得好累，身心俱疲，力不從心。

「希望是眞的沒有困難。容我提醒你，你的服務量已經連續兩個月墊底，再這樣下去，我可留不住你，你自己想清楚。」處長指著約談室的門，「你可以離開了。」

上班進約談室被處長念，下班又被組長找去員工餐廳念。加班加到員工餐廳都要打烊，楊子吉咀嚼著近乎冷掉的飯菜，聽著組長語重心長。

「跟你說過很多次了，這裡是重量不重質，玩家跑來叫叫叫就餵罐頭打發掉，把服務量衝上來比什麼都要緊。」組長一邊攪拌泡麵，一邊提出建言。

「但有些玩家損失的道具可能破萬元，公司補發的禮包才幾百塊，這種後續處理相當敷衍……」楊子吉想，自己如果是玩家，應該會氣到砸電腦。

「敷衍又怎樣？我們客服部存在的目的，是為了替公司賺錢。業主發外包給我們，價錢是依服務量多寡計算，我們服務越多玩家，就越能替公司賺錢。」

「但也要注重服務品質吧？每次都用機器人批量處理，用罐頭回覆敷衍了事，只為了追求服務量，這樣根本沒辦法替玩家解決問題。」

「你要不先看看你的績效？其他人每天都可以處理一百多位玩家，你一天只能處理二十位，你的表現遠低於公司要求的每日產能。為那些玩家著想之前，你應該先為你的飯碗著想。」組長用筷子對空比劃，「你是個好人阿吉，就因為你是個好人我才願意跟你說這麼多，你再這樣冥頑不靈，我們就當不成同事了。」

冥頑不靈？所以真的是自己的問題？楊子吉心頭一沉，心灰意冷，如同盤中冰冷的飯菜。

組長接續道：「我就問你，你這份工作做多久了？」

楊子吉稍微估算，「快兩年。」

「就當兩年好了，這兩年內，有哪個問題得到解決的玩家曾經感謝過你？有哪個玩家曾經來信或在電話中跟你道謝？」

聽到組長的提問，楊子吉的腦袋飛快運轉。回想這兩年近乎天天加班，熬夜值機，領死薪水當輪班星人，每一案件盡可能爲玩家積極爭取，每天都在爲一堆不是自己所導致的問題道歉。

「對不起，抱歉」、「眞的很對不起」、「眞的非常抱歉」，每一句道歉都換來三字經，每一句抱歉都要被人問候母親。

承受各種負面情緒，照三餐用臉接國罵，時不時被客戶調侃鄙視，兩年的辛酸歷歷在目。就算眞的爲誰解決了問題，就算成功爭取到令人滿意的結果，滑過楊子吉腦海的每一幕，沒有一幕是感謝。

從來沒有人對他道謝過。

從來，沒有。

見眼神灰白的楊子吉一臉眼神死，組長冷笑，「懂了吧？不管你多爲玩家著想，那些玩家也不會感謝你。你再積極、再努力，放到表格中也不過是區區的數字『一』，就只是成功處理掉一個案件。你花費大把心力爲他人爭取得到那數字一，我隨便把玩家打發掉也是一樣，這就是現實。」

「這樣看來……我好像眞的滿蠢的。」楊子吉突然覺得至今爲止的善解人意全是徒勞。

「倒也不是蠢，你只是人太好，好過頭了。」組長繼續分享心路歷程，「你就是來這裡上班，每天達成公司制定的目標，獲得薪水，僅此而已。我們必須達到公司設定的目標，重要的是數字必須達標，最重要的是結果，工作就是工作，不必太爲誰著想。」

「我明白工作就是工作，但我不希望工作就只是工作而已……」楊子吉雙手緊抓大腿。

「那你最好祈禱被開除那天，曾經受你幫助的那些玩家會給你一個新飯碗。」組長說完便捧起空空的泡麵碗，「該說的都說了，你自己好好想想吧。」

處長說了，組長也說了，但楊子吉還是沒能聽進去。

他依然細心處理每一則案件，仍舊會爲玩家向公司爭取，依然認眞對待每一名客戶，而不是單單爲了報表上的數字，隨便敷衍那些向他尋求協助的人。

結果不意外的，楊子吉被公司開除了。

從到職至東西收收滾蛋，楊子吉仍沒等到那句感謝。

第二章

失業後，楊子吉時常躺在租屋處的床上，輾轉反側。

工作就是工作。領錢，然後達成公司期望的目標，這就是工作。

然而，如果僅僅是這樣，楊子吉總覺得似乎少了些什麼……

日復一日，年復一年，只是領錢辦事。只要拿人家薪水，做什麼都是應該，被罵到臭頭是活該，這就是工作。

所以，百貨公司店員熱心介紹服飾是天經地義，她有拿薪水，那是她的本分；所以，餐廳服務生爲客人添茶添水、端湯奉菜，他有拿薪水，那是他的義務；所以，致電求助客服，客服鞠躬哈腰安撫情緒，承受怒氣一邊處理問題，被客戶罵到銀河系外是應該的。領薪水就該乖乖被罵，那就是他和她的職責。

所以，所以，這些收錢辦事的人就不值得一句感謝？

這，就是工作？

沒有溫度、毫無情感，想在職場上如魚得水還只能向「錢」看，必須謹慎維繫各種利益關係，而維護公司的利益遠比職業道德重要，這就是現今的社會。

「這樣看來，若是死性不改，不論換什麼工作都不會有所成就吧？」躺在彈簧外露的床鋪上，仰看租屋處掉漆龜裂的天花板，楊子吉難忍長嘆，「當個好人真難……」他搓揉額頭中央，搓揉那曾經受封的勛章。

這時，放在床頭櫃的手機響起，伸手一瞧，是他的高中同學詹芠琳來電。論友好度的話，詹芠琳對他來說不只是高中同學，而是超級好朋友。若走在路上恰巧碰到，兩人的關係不是僅會彼此點頭微笑，而是會直接坐進咖啡廳聊掉一整個下午。他們平時沒事也會保持聯繫，「詹芠琳」是少數被楊子吉留在通訊錄裡的名字。

楊子吉接起電話，「喂？怎麼了？」

「哇！居然接電話了！今天是週末，真難得你不用上班耶！」如同楊子吉以往接起的電話，詹芠琳的聲音依舊活潑有朝氣，「你不是說遊戲業假日最忙？你今天休假喔？」她的高亢口吻中帶有一絲疑惑，以爲又會跟前幾次一樣撲空。

楊子吉愣了幾秒，在尊嚴和實話之間抉擇。最後他選擇隱瞞一部分的事實，「其實我剛離職。」說自己被開除感覺太廢了，改成主動離職比較沒那麼廢。

廢物也是有自尊心的。楊子吉自知那微不足道的自尊就跟租屋處的天花板一樣殘破，工作害他道歉成癮、卑躬成性，自信早被現實磨平，自尊基本上已經裂得差不多，但他還是想努力保護那僅剩的一丁點的自己。

「你離職了？爲什麼？」詹芠琳語帶擔心地問，「身體怎麼了嗎？沒事吧阿吉？」她清楚楊子吉幾乎每天都在加班，她不希望朋友和她爸一樣過勞。

「我沒事啦，只是覺得那份工作不適合我，早就想換工作了。」楊子吉真慶幸是在講電話，他不擅長說謊，要是面對面，他左搖右飄的視線肯定會被拆穿。

「那就好。」詹苳琳鬆了口氣，「既然你都離職了，代表你現在很有空囉？」

「呃，這倒不一定……」楊子吉整個人縮進被窩。

「少來！這次同學會你一定要來！別再宅了，再不出來透透氣，你頭頂都要長香菇和蜘蛛網了！」詹苳琳的手隔著電話比劃著，像是要穿過電話把楊子吉拖出邊緣洞穴，「大家很久沒看到你了，每次約吃飯你都缺席。現在沒有加班當藉口，該出來了阿吉，你已經發霉了！」

唉，眞麻煩。也不是特別討厭社交，只是和朋友聚會、吃吃喝喝就會花到錢，才剛丟工作，楊子吉不覺得自己有本錢揮霍。

「來嘛來嘛！這次同學會大家都會到，全部人都答應了，就差你而已。大家都很想見你喔，阿吉！」詹苳琳期待的語氣宛如隔著電話搖晃楊子吉，而且是揪著他衣袖亂搖一把。

「這次辦在哪？」楊子吉被電話另一端的期盼拖出棉被，他將腦袋探出黑暗。

「凱特飯店三樓的自助餐。」

「那裡可以帶外食嗎？我帶泡麵進去吃。」楊子吉苦笑，五星級飯店自助餐完全超出他的預算。

「吼唷！少在那邊胡說八道！」詹苳琳也算了解楊子吉的個性，她接著說：「稜克科技在凱特飯店辦了幾次尾牙，飯店經理有給我爸一些折價券，可以打五折。我這裡有幾張，特地留了一張給你。」

「五折？這麼優惠？」楊子吉反射地坐起身，他眼睛一亮，精神都來了。

「怎麼樣？有興趣了嗎？」詹苳琳聽出某個山頂洞人即將出山，「別老吃那些不營養的速食，是時候對自己好一點了，吃飽才有力氣往前走呀！」

高興歸高興，但稍微定了定神，楊子吉開始反省自己的不禮貌，覺得剛才的反應太過現實，根本是占人便宜，「不，那些券是伯父的，妳還是留著自己用吧。同學會的事我再考慮……」

「臭阿吉，你到底在正經什麼？」詹苳琳在電話另一頭翻白眼，不懂他在認眞什麼。沒想到過了這麼多年，楊子吉還是過分地正直，是優點也是缺點。

「不是啦！無故使用那些折價券，感覺有點利用伯父，對伯父有點不好意思……」

「你太客氣也想太多了，那些券不用也會過期。反正你一定要來吃飯，詳細的時間我會發在群組，就這樣！」

電話一掛，詹苳琳就將資訊發到群組，當作楊子吉已經答應了。

對於她的先斬後奏，楊子吉並不討厭，反而很高興詹苳琳的邀請——原來自己沒有被遺忘。

楊子吉認爲，他之所以能融入群體，不是因爲人緣好，而是因爲他非常不起眼。長相普通，身材普通，個性也不突出，唯獨內心戲比較豐富，所幸世上沒人會讀心，要不他肯定得罪不少人，他就是個只敢罵在心裡的「俗辣」。

很多人說他擅長傾聽，但楊子吉覺得自己也不是多有耐心的垃圾桶，只是因爲他沒有精采的人生可以分享，只能勝任聽眾。

他沒有敵人，看似跟誰都能相處，因爲他不具威脅。他身上沒有耀眼的光，不會掩蓋任何人的光彩。

楊子吉就是一面和誰都相容的背景，誰站到他身邊，誰就是主角。

詹芠琳就不一樣，她的人生就像一盒精緻高級的巧克力，而她本人就像一顆小太陽。

她的人生多采多姿，可說是人生勝利組。求學時期就是謙虛的學霸，社團玩得瘋、校外刷獎狀、朋友一卡車，在校成績永遠沒跌出校排前三名。楊子吉常自嘲，自己某次校排就超過詹芠琳國小至高三的排名總和，而且是遠遠超過，扣完還有剩。

她高中畢業就出國讀書，在國外還參加慈善組織，到偏遠地區念故事給孩子聽、陪偏鄉的孩子讀書。畢業後原本留在國外就職，近期因父親身體狀況欠佳而返國。

詹芠琳見到誰都能馬上聊起來，就算到了新環境也能迅速和人打成一片，和她在一塊永遠不會冷場。身爲稜克科技集團千金，她絲毫沒有架子，就算站上舞台當主角，也不會讓身旁的配角不愉快，甚至不會遺漏楊子吉這面背景。就像暖陽般，詹芠琳不刺眼的光，總是親切地灑落在每個人身上。

由於沒有父親，加上母親走得太早，楊子吉國小與國中的畢業照，不是獨自一人的哭臉，就是孤單落寞的臭臉。只有高中的畢業照，臉上洋溢著淚痕褪去的笑——因爲詹苳琳站在他旁邊。

✉

凱特飯店，三樓，楊子吉如約出席。

全員到齊，在服務人員的帶領下入座兩張長型大桌。楊子吉本能地走向最邊角的座位，自願發配邊疆，卻被詹苳琳一把抓到靠近中央的位置。

「你，坐我旁邊。」詹苳琳替楊子吉拉開椅子，她單指朝下，這不是詢問，而是命令。習慣了詹苳琳的先斬後奏，楊子吉默默坐入舞台核心。

花了許久分配好座位，並簡單交換名片後，大夥開始閒聊。

從頭到尾楊子吉就負責邊吃邊點頭，聽到厲害的事，就放下刀叉拍拍手，豎起拇指稱讚對方好厲害；聽到應該驚訝的事，就算內心覺得沒什麼，他也會很給面子地瞪大雙眼，不忘發出讚嘆的聲音。

背景當得稱職，哪怕突然有人吹噓自己可以在天上飛，楊子吉也不會當眾戳破，說「從這跳出去飛給我看啊」，僅會露出不失禮貌的微笑，盡可能不讓對方難堪，但心裡一定會吐槽對方就是了。

酥脆的麵衣在嘴中喀滋喀滋，楊子吉口中的炸天婦羅吃得認真，沒聽到誰先起頭，大家正討論關於夢的話題。

「說到託夢，有件事讓我印象深刻。我爺爺過世時，請來的師父在我爺爺的鞋尖上黏珍珠，說珍珠能照明陰間，這樣我爺爺在另一個世界就不會迷失方向。結果那個膠水好像沒黏好，我爺爺右腳鞋尖的珍珠脫落了，不知道滾去哪。」以前的班長林文豪說著。

「然後你爺爺就託夢給你？」以前班上的小霸王陳以祥接話，認為這劇情挺好猜。

「猜對一半，爺爺是託夢給我哥。重點來了！」林文豪說得起勁，大家也都屏氣凝神地聽，「師父黏珍珠那天，我哥因為出差趕不回來，當天不在場，結果隔天他趕回國，一見到我就說：『我夢見爺爺，爺爺跟我說珍珠在櫃檯下面。』於是我們回醫院，循著病床的移動軌跡去找，還眞的在醫院的行政櫃檯下方找到珍珠。」

「哇！這也太玄了吧！」一名同學讚嘆。

「託夢眞的好神奇。」另一名同學拚命點頭。

「茎茎呢？茎茎有被託夢過嗎？」

「我的話沒有耶，但我爸爸最近才夢到我奶奶。奶奶走半年了，聽他說，奶奶在另一個世界過得不太好。不曉得是他白擔心，還是奶奶眞的去夢裡找他……」詹茎琳邊說邊嘆息，她知道父親最近睡得不好。

「我小時候也有被我家的老貓託夢過！」又一名同學挺直腰桿分享，「小時候沒有零用錢，母親節時我想買蛋糕給媽媽，又不曉得該去哪生錢，那陣子家裡的毛毛剛過世不久，我就夢到牠。在夢裡，牠帶著我到家裡的倉庫，牠說：『裡面有錢，拿去買蛋糕，記得要買花生口味。』醒來後，我還眞的在倉庫裡找到一個白色的信封袋，裡面有好幾千塊，我就從中拿了一千元去買母親節蛋糕，殊不知那個信封袋是我老爸偷藏的私房錢，哈哈！」

「沒差吧，蛋糕也是買給自己老婆。」陳以祥搧了搧手。

「也對，反正依我那酒鬼老爸的性格，那些錢到最後也會變酒水，拿去買蛋糕比較實在。」那名同學笑著述說著往事，「有趣的是，我媽確實喜歡花生口味的蛋糕，她最喜歡軟花生配布丁，想不到毛毛居然知道，現在回想起來還是很感動。」

大家聽得嘖嘖稱奇，討論熱絡。

注意到楊子吉都沒發話，也跟其他人沒什麼交流，怕他寂寞，詹芠琳朝身側的楊子吉輕聲地問，「阿吉有被託夢的經驗嗎？」

楊子吉不禁一愣，他右手拿刀，左手拿叉，天婦羅炸蝦的尾巴露在嘴外，模樣滑稽。

「沒耶，我從來沒被託夢。」楊子吉邊嚼邊說，炸蝦的尾巴隨他的字句上下擺動。

「都沒有夢過親人嗎？」詹芠琳好奇地追問，「沒有夢過伯母？」

這個問題令楊子吉心頭一沉，雖然他清楚詹芠琳沒有惡意。

他難過不是因爲詹芠琳提起已逝的母親，而是母親沒有遵守約定。他認爲母親就是個騙子。

停頓了幾秒，楊子吉將蝦尾吐進盤中後才開口：「我這麼不可靠，笨到無法適應社會，老媽大概也懶得託付什麼。她肯定早早就投胎去了，那樣也好，我也希望她別來煩我。」

「幹麼這樣說自己？伯母一定是對阿吉有信心，覺得不需要爲你操心才沒託夢。」詹芠琳看出楊子吉臉上的變化——極力假裝不在意。他從以前就是這樣，碰上難過的事就會遮掩傷口。

「無所謂啦，我也不想見我媽，現實中一堆狗屁倒灶要應付已經夠煩心了，能有機會躺下當然是要好好睡一覺。睜眼被現實折磨，闔眼進到夢裡還要被老媽碎念，那樣也太慘。」

楊子吉冷笑，「我再去多拿幾盤。」現在的他只想靠美食轉換心情。

屁股一離開座位，明明沒趕時間，楊子吉走往自助區的腳步卻很急，巴不得快點見到形形色色的食物，用那些美食堵住自己的眼睛，以免眼睛漏水。

然而，剛剛聽見的故事，卻不自覺在楊子吉的腦中迴響。

他想，別人的爸媽總不讓人失望，他們的阿公阿嬤離世後都知道要去夢裡探望小孩，爲什麼媽媽就不知道？連貓都知道要到夢裡找主人告密爸爸暗藏私房錢，媽都走多久了，十多年來都沒到夢裡看過兒子，一次也沒有。

也不是說要天天到夢裡閒話家常，但好歹露個臉吧？就算認爲兒子靠不住、無法託付，或是眞的沒有牽掛、沒有想要託付的事，難道就沒有話想說？一句話也沒有嗎？

他想，自己果然被母親忘了。

楊子吉越想越氣，一邊亂夾食物，一邊在心中告訴自己「別在意」、「別去想」，可惜人類的大腦被造物主設計得很白痴，叫你不要想北極熊，腦中就會浮現北極熊，越試著不想某件事，其實就越在意某件事。

琳瑯滿目的料理讓楊子吉想起小時候開在家旁的自助餐，五十元隨便夾，窮人的福音。

每次踏進那間店，楊子吉都會把食物堆到免洗紙盤放不下，炸物、滷肉夾好夾滿，完全不在意營養均衡，要不是母親在旁叮嚀，燙花椰菜和炒高麗菜那類號稱抗癌的十字花科才不會落入他的盤子裡。

是啊，要不是母親在旁叮嚀。楊子吉感嘆，現在再也不會有人管他了，耳根清靜，清淨得很寂寞。

心情爛到極點，略過所有健康的色澤，楊子吉來到西點區，嘴角不禁抽動，蛋糕櫃裡擺著起司蛋糕——媽媽最喜歡的甜品。

「這個三塊，那個兩塊，還有那個跟這個，麻煩你了，謝謝。」

楊子吉朝蛋糕櫃指指點點，什麼都來一塊、什麼都選，就是不選起司蛋糕，即使他自己也挺喜歡。像是刻意把媽媽最喜歡的食物忘在那，藉此報仇。

二十多歲的男生跟起司蛋糕賭氣，儘管楊子吉覺得自己好笑，他還是打死不夾。

隨後，楊子吉準備去挖冰淇淋，殊不知一個華麗轉身就撞到神經病。

神經病眞的有夠神經，先是像他媽一樣批評他的食性，斥責他沒有注意營養均衡，句末還詛咒他亂吃會速速投胎。

楊子吉心想，可能是景氣不好，瘋子特別多。他不介意遇到神經病，閃避點滿，繞開即可。

偏偏眼前的神經病超乎想像，竟沒來由朝他肚子送拳頭，直接用拳頭幫他叫救護車。

盤子碎了，甜點散落一地。

楊子吉徹底昏了過去。

✉

短暫的夢帶楊子吉回到熟悉的場景——醫院、單人病房，瘦骨嶙峋的母親仰躺於病床。

年幼的楊子吉坐在一旁的陪護床上，連書包都還沒卸下。

他每天下課就是徒步走來醫院，目睹母親承受各種折磨——超粗的針筒，飯後固定的十顆藥丸，以及因化療產生的各種副作用。

針筒在母親泛黃消瘦的身軀留下大大小小的瘀青，每每見她挨針時眉頭緊皺的神情，楊子吉便覺得那些針像是扎在他的心頭，可以的話，他眞想代替床上的母親受罪。

長髮似枯萎的花，女人的頭髮日漸稀疏，花瓣每減少一些，母子倆相處的時間就減少一點……

不管嘔吐多少次，不論高燒到幾度，待護理師離去，她都會逞強坐起身，好看看她的小寶貝，以溫柔的笑面對楊子吉。

「下課啦子吉？今天在學校開心嗎？」她笑著問兒子。

「今天可以一起回家嗎？」楊子吉跳過母親的問題。

女人用憔悴的笑掩蓋無奈，「還不行呢。」她朝兒子敞開雙臂。

當楊子吉靠向病床時，他注意到母親臉上有尚未褪去的淚痕——媽媽剛才哭過。

「那什麼時候可以一起回家？」楊子吉卸下書包湊向母親，坐上床緣背對著媽媽，好讓她從背後輕輕擁著，也爲了迴避母親臉上難過的痕跡。

「快了快了。」說著善意的謊，她抱著楊子吉搖啊搖，突然脫口：「子吉，媽媽愛你。」

楊子吉背對著母親，一如既往憋著不吭聲，就怕眼淚潰堤。

「你呢？你愛媽媽嗎？」她明知故問，就是想逼話少的兒子開口。她想再多聽幾次兒子口中的「我愛妳」，畢竟以後再也聽不到了，她清楚自己沒有以後。

「等妳出院再說。」楊子吉和母親談起條件，「回家後，我對妳說一百次。」

「不要啦，現在說嘛！」女人將臉頰貼向楊子吉的腦袋磨蹭，對兒子撒嬌，「快點嘛！來，說我、愛、妳。」

「不要，回家後再說。」楊子吉堅持，他想用這種方式催促媽媽快點好。

「現在說，回家後也要說啊！這句話隨時隨地都嘛要說。」女人抱緊兒子，將殘剩的所有溫暖全部獻上，獻上自己的一心一意給孩子，「等你長大會害羞，變成酷酷叛逆的大男生後，你就再也不會說了，還不趁現在對媽媽多說一點？」

「回家再說。」楊子吉鐵了心，那顆心正在啜泣。

「可是媽媽現在想聽。」女人俏皮地嘟嘴。

「回家後，妳可以聽一百次。」楊子吉仍不退讓。

「現在說嘛！」

母親的苦苦哀求讓楊子吉失去信心，他別過頭看向母親，「媽媽會跟我回家吧？」見兒子一回頭就流下兩行熱淚，怕兒子下秒哇哇大哭，她只好朝懷裡的兒子伸出小指頭。

「來，伸出小指頭，我們立個約定。」

「什麼約定？」楊子吉跟著伸出小指。

「不論發生什麼事，媽媽永遠會保護子吉。」她用小指勾住兒子的指頭。

「會保護我就是會一直陪著我，之後也會跟我一起回家嗎？」楊子吉狐疑地看著小指。

「哎唷，你就相信媽媽嘛！」她故作扁嘴，「不說愛我也不跟我打勾勾，你這樣媽媽會傷心喔！」

媽媽好賊。聽到這話，楊子吉立刻勾緊母親的小指。母子異口同聲，「不論發生什麼事，媽媽永遠會保護子吉。」

母親抱著兒子，兒子靠在母親懷裡。小指勾小指，大拇指碰大拇指。

「打勾勾，蓋印章，靈魂的約定。」

夢醒，睜眼，楊子吉返回現實。

他眼角泛淚，倒在病床上的他仰望天花板，「騙子……」說什麼要保護我，這麼早就去另一個世界，是要保護個屁？楊子吉在心中埋怨著。

緊接著映入他視野的是詹苳琳俯視的臉龐。聽見楊子吉呢喃，她立刻湊向病床。

「你終於醒了阿吉！身體還好嗎？有沒有哪裡特別不舒服？」詹苳琳替楊子吉背著裝滿全部身家的側背包，一臉擔憂地問。

「我還好，頭有點暈而已。」楊子吉揉了揉眼，緩慢坐起身，不意外自己身處醫院。他觀察四周，從躺在急診室這點來看，猜想自己應該沒有昏睡太久。

比較奇怪的是，他感覺耳邊窸窸窣窣，大概是耳鳴，可能是剛清醒耳朵不太靈光。

「你的東西在這，我幫你背來了。」詹苳琳卸下楊子吉的側背包。

「謝謝妳，苳琳。」楊子吉這才注意到牆上的電子鐘，現在才傍晚七點出頭，

「啊？居然還這麼早？妳別待在這了，同學會一定還沒結束，快回去跟大家吃飯。」

「我哪可能留你一個人。」瞧楊子吉看起來沒有大礙，詹芠琳便露出微笑。她順手拉了張塑膠椅，就這麼坐了下來，她知道楊子吉沒有任何親人，她必須在這陪他。

「你也眞是的，突然昏倒差點把大家嚇死。」詹芠琳回憶起當時的一片混亂。

「對吼！那個王八蛋人呢？」多虧詹芠琳提醒，楊子吉才想起重點，「我不是昏倒，是被一個奇怪的傢伙揍！」他想到就氣。

「你在說什麼啊？餐廳員工說你突然跪倒、抱著肚子，還說你看起來像肚子痛。」詹芠琳轉述目擊者的說法。

「才不是，是有個奇怪的傢伙朝我肚子送拳頭！我是被人打昏！」楊子吉很確定這不是幻覺，他清楚記得凶手的外貌，「那傢伙長得很高，身材精實，穿著很正式，看起來很難相處，感覺就是個沒什麼幽默感的人，就沒有人看見嗎？」

「可是醫生說你沒有外傷啊。」詹芠琳伸手貼住楊子吉的額頭，檢查他的體溫，「阿吉，你是不是昏倒的時候撞到頭？」

「就跟妳說我是被人揍！我發誓我沒有亂講！絕對不是瞎掰！」楊子吉捏緊棉被，想繼續據理力爭，卻被細碎的聲音打斷思緒。

四面八方傳來零碎的低語，楊子吉嘴巴開開闔闔，一時吐不出半個字。他左看右看，此刻的急診室沒什麼噪音，就算有人在對話也隔得很遠，是聽不清楚的距離，只能看見說話者的嘴巴在動。

可是，他聽見有人在哭，聽見有人在哀號，還聽見一些人在交談，太多聲音重疊在一塊，令楊子吉毫無頭緒。

「阿吉？怎麼了？」詹苳琳注意到楊子吉面露錯愕。

「有人在哭嗎？」楊子吉左右張望，他清楚聽見哭聲，卻沒看見在哭的人，「妳有沒有聽見哭聲？」

「哭聲？沒有啊。」詹苳琳也跟著探頭探腦，「這邊沒有人在哭啊。」

所以是自己幻聽？猜想或許是被什麼東西擋住，楊子吉慌張起身，乾脆站起來亂走亂瞧，把急診室當菜市場逛。

「阿吉？阿吉你怎麼了？」走沒多久，楊子吉就被詹苳琳拉住，「別隨便下床，你還是躺著休息吧！」

楊子吉站在急診室的盡頭轉了三百六十度。沒有，眞的沒有人在哭。明明聽見哭聲，卻沒見到在哭的人。

「完了。」楊子吉一臉世界毀滅，嘴角抽動，彷彿顏面神經失調，「我搞不好眞的被人給打壞了。」被打成腦殘就算了，慘的是抓不到凶手，想求償提告還找不到人。

還是說，早在同學會之前他的腦袋就壞了？在餐廳看到的陌生男子眞的是幻覺，就跟現在的幻聽一樣？不可能詹苳琳和其他人聯合起來騙他吧？他的腦中閃過無數疑問。

「你說得對，我應該是撞到頭。」楊子吉開始自我懷疑，他朝自己的腦袋瓜亂摸幾把，好確認脖子上這顆瑕疵品有沒有凹陷或破洞，「我的腦袋可能回娘家了……」

「別擔心阿吉，這裡是醫院，一定有醫生能把你治好。」詹苳琳在旁安撫。

然而，報告出來了，楊子吉頭好壯壯，驗血驗尿驗什麼都正常，沒感染，不是腸胃炎，辨別在左右耳邊敲打的音叉也沒問題，聽力一極棒。

「少熬夜、多喝水、多運動。」醫生開出千篇一律的處方箋，連藥都沒給。

「那我爲什麼會昏倒？」楊子吉不解。

「突然暴飲暴食，血糖飆升太快導致暈眩。」醫生看著報告上的科學數據，「以後飲食要規律，時間到就要吃飯，定時定量。」

「但我現在還是會聽到奇怪的聲音。」楊子吉張望，診間裡只有他、詹芩琳和醫生，不見低語的源頭。

「兩星期內會好轉，沒好轉再回來。」醫生完全不想理健康寶寶的無病呻吟。

最終，楊子吉從醫生那獲得一些敷衍的維他命。

詹芩琳倒是很開心，「原來只是吃太多，之後要照醫生的叮嚀正常吃飯喔，阿吉。」

黑夜，楊子吉在詹芩琳的陪伴下步出急診室，兩人打算一起散步回家。

眞的只是一時吃多了?楊子吉心中的疑惑未得解答。他和詹芩琳邊走邊聊，隨時間推移，兩人的步伐離醫院越來越遠。

可能是清醒已久的關係，楊子吉耳鳴的狀況明顯改善。

或許時間就是最好的良藥，或許。

第三章

出院後，楊子吉覺得耳鳴的問題似乎減緩許多，他不再聽見低語，頂多是外出張羅食物時，極其偶爾會聽到竊竊私語，但也不會持續太久。他想，看來耳鳴估計不用兩週就能痊癒了。

然而，楊子吉收到一封奇怪的信。

「恭喜您錄取忘川郵政。請攜帶本通知，於台安市永信區敬心路一六三號四・五樓報到。」

這封錄取通知塞在老公寓的信箱裡，門牌對應楊子吉的租房。

看四・五樓就知道是鬧劇。是怎樣？四樓天花板上的夾層，還是五樓地板下的夾層？辦公室藏在夾層中，是要跟蟑螂老鼠當同事嗎？辦公室是由水電管線編織而成？真是無聊的玩笑。楊子吉失笑，沒把這封信當一回事。

第一天收到這封錄取通知時，楊子吉當場把它給撕了，誰知道隔天竟又躺在信箱裡。第二天，他撕掉，第三天又出現，他再撕掉。他不禁想，這惡作劇的人還眞有毅力。

第四天，剛吃完早餐回家的楊子吉又看見那封錄取通知，他逐漸意識到事情有點詭異，這次他帶著錄取通知回租屋處，再用電腦搜尋「台安市永信區敬心路一六三號」。確實有這個地址，搜得到一棟大樓，但四．五樓楊子吉怎麼看都覺得很白痴，到底哪個大樓會有四．五樓？更別提根本查不到跟「忘川郵政」這間公司相關的資訊。

待業中的楊子吉確實有在找工作，每日睡前都會用手機瞎逛人力銀行，天女散花般地亂投履歷，想當然都是被已讀。

工作那麼難找，眼前就有一份錄取通知，需要爲了這封一眼明辨的惡作劇專程跑一趟嗎？

楊子吉躺在床上審視來自「忘川郵政」的錄取通知，「郵政」應該是指郵局吧？所以是公務員性質的工作囉？他思考了沒幾秒便冷笑，「別傻了楊子吉，這可不是天上掉下來的工作，而是路邊冒出來的戲弄。」

是啊，何必把這封玩笑當回事呢？楊子吉再次撕掉手中的玩笑，「唰」一聲，錄取通知一分爲二，他將左右手裡的屍體拋向兩頭，接著倒頭就睡。

夢裡，年幼的楊子吉背著書包，站在花店前。

母親節，街上熙來攘往，花店被繽紛多彩的康乃馨環繞，楊子吉杵在原地許久，期間，花店老闆娘已送走好幾名客人。

「小弟弟，想買花給媽媽嗎？」老闆娘走向楊子吉，「想買什麼顏色呢？想要自己選顏色搭配？還是買一整束包好的？」

聞言，楊子吉摸了摸口袋，他沒有錢。

注意到小朋友面有難色，老闆娘拿了枝鮮紅的康乃馨，「這個送你，回去拿給媽媽，記得給她一個大大的擁抱。」

面對老闆娘的好意，楊子吉仍舊愁眉苦臉。

他沒有可以送的人，媽媽已經不在了。

伸出右手做出打勾勾手勢，楊子吉俯視著那空虛的拇指與小指，感受著寂寞——媽媽沒有遵守約定。

「不要拘泥過去。」

本來還是背著書包的小學生，一聲嚴厲讓楊子吉一秒蛻爲成人，轉眼就變回那名受傷的大人。

楊子吉火速轉頭，一名陌生男子站在不遠處。說陌生倒也不是眞的陌生，他看上去挺眼熟。

「可以思念過去，但別被過去所困。」陌生男子訓誡著楊子吉。

「你誰啊？」楊子吉皺眉，他的感傷就這麼被亂入的陌生男子打斷，「我是不是在哪見過你？」

與親切絕緣的陌生男子依然答非所問，自顧自地質問，「爲什麼撕掉通知？」

「嗯？什麼通知？」身處夢境的楊子吉腦子不太靈光，只覺得這狀況似曾相識，「等等，你該不會是那個揍我肚子的王八蛋？你不是幻覺？」

再度無視楊子吉的問題，陌生男子大步逼近，站到楊子吉身前，用高大魁梧的身材牢牢罩住他，身影像是要壓垮楊子吉。

陌生男子沉著嚴肅的臉湊近，態度強硬，將每個字狠狠釘在楊子吉臉上，「你必須去忘川郵政。」

「喔！原來你是在說四．五樓那封通知信啊！」在夢裡糊里糊塗，楊子吉這才對到陌生男子的電波，「別鬧了，那錄取通知一看就知道是惡作劇，白痴才會被騙。」

陌生男子長嘆，他一臉鄙視，用看著廢柴的眼神看楊子吉。懶得再費心解釋，他習慣用武力解決問題，凶狠地說：「敢再撕掉通知信試試。」

「再撕掉會怎樣？」

有別於現實，夢裡多半象徵眞實的自我，在夢裡，失去社會化包袱的楊子吉特別大膽，現實只敢在心裡抱怨的話，在夢裡他毫無保留，一字不漏地吐出：「在討論那個惡作劇之前，你這神經病應該先賠我醫藥費吧？」

然後，楊子吉就被揍了。應該說他「又」被揍了，夢裡夢外都被這個神經病揍。

一記猛拳直送鼻粱，呼應楊子吉聯想到的結局，他向後摔倒，兩個鼻孔還朝天噴了鼻血。

楊子吉本想爲自己的肚子報仇，試圖舉拳和陌生男子對毆，但見陌生男子釋出陣陣殺氣，他的腦中只閃過一個字——逃。他從來不覺得自己是很能打的人，在夢裡也不可能戰勝任何人。追根究柢，楊子吉本就不是個有自信的人。

靈魂嚇尿，楊子吉拔腿就跑，只可惜在夢裡他無處可逃，不管逃到哪，陌生男子都會瞬間移動到他身邊再揍他幾拳，每一拳都讓楊子吉感到十足恐懼。

到頭來，自知沒得跑的楊子吉只能抱頭跪地，縮在地上瑟瑟發抖。

戰無不勝的陌生男子從不覺得自己會輸，不過他也沒往死裡揍，只是意思意思揮個幾拳，嚇嚇不聽話的小孩，威嚇效果達到即可。

見楊子吉趴在地上顫抖，陌生男子便不再出手，他來這裡的目的不是要嚇死楊子吉。

離去前，陌生男子放話，「去忘川郵政就職，敢再撕掉錄取通知，我保證你這輩子不敢闔眼入眠。」

語畢，楊子吉便從惡夢中驚醒。

何等恐怖的回籠覺。他瞪大雙眼，冷汗溼了整片床單。

隔天早上，不意外，同樣的錄取通知又躺在信箱裡。這回楊子吉沒有片刻猶豫，直接帶上那封恐嚇信啟程。

✉

台安市永信區敬心路一六三號，楊子吉站在一棟老舊的大樓前。

大樓外牆不僅灰黑，牆面還攀附著不知品種的藤蔓，要不是裡頭亮著幾戶的燈，看上去像極了鬼屋。說白了就是欠翻修、欠都更，這棟大樓根本是房屋界的流浪漢，真該好好梳洗。

這裡離租屋處不過三個捷運站的距離，若能在這就職也算離家近，前提是這不是惡作劇。楊子吉觀察著周遭，一步入大樓，灰塵味撲鼻而來，不算恐怖的惡臭，但年久失修的氣味很難讓人喜歡，聞起來「很有年代」。

一樓的中年大叔管理員早已呼呼大睡，口水都流出來了，打鼾超響亮，足以蓋過收訊不良的收音機。仔細聽還能發現滋滋作響的收音機播放著佛經。

「這棟大樓確實欠超渡。」楊子吉認爲這棟大樓該投胎了，應該轉世成新建的商辦大廈。

楊子吉往右一瞧，發現有近四十戶的信箱黏在牆上，奇怪的是，並沒有見到樓層指引牌。

如果是住商混合的大樓，多半會有樓層指引牌，告訴訪客某某公司位於哪一層樓，以便訪客前往。沒有指引牌，不就沒人曉得「忘川郵政」這間公司在哪層樓？

「該不會是沒有登記的幽靈公司吧？」楊子吉苦笑。

即便覺得自己上當，楊子吉依然站到電梯前，認命按下按鈕。誰叫昨天的惡夢太可怕，感覺沒乖乖給人騙一下，今晚到夢裡又會被那神經病揍。

電梯門開啟，映入眼簾的是每個電梯都會有的一面鏡子，以及不知道多少年沒洗的紅色腳踏墊。

楊子吉踏進電梯，轉身背對鏡子，看到電梯操作盤的瞬間，他的手指頓了下。理所當然，操作盤上只有「四」跟「五」的按鈕，沒有「四・五」。

所以是四樓還是五樓？楊子吉再次掏出那封錄取通知，注視那僅僅一行字——

「恭喜您錄取忘川郵政。請攜帶本通知，於台安市永信區敬心路一六三號四・五樓報到。」

越看越白痴。莫名其妙錄取了，通知書帶上了，人也來到台安市永信區敬心路一六三號了。然後呢？說好的四・五樓呢？沒給按鈕好歹給一把鏟子或電鑽吧？這樣錄取者至少可以先到五樓再往下挖啊！

「小孩子才做選擇。」最後，楊子吉四樓跟五樓都按，試圖合理化一切的荒謬，

「也許是打錯標點符號，搞不好是『四、五樓』，代表四樓和五樓都有他們的辦公室。」

他按下「四」跟「五」，兩顆按鈕發亮，隨後電梯門閉合。

任憑鋼索引領電梯違抗地心引力，楊子吉緩緩向上，他盯著電梯電子顯示板上的數字和上升箭頭。

一——二——三——叮——

電梯門開啟。

楊子吉踏出電梯，想著若在四樓沒見到「忘川郵政」的門牌，就直接退回電梯上五樓，快速進出就不用等下一班電梯。

殊不知，一出電梯楊子吉就愣住了——未知的樓層，只有一戶，就那麼一戶。

偌大的漆黑門扉立於眼前，寺廟風的大門一看就知道不是正常住戶會使用的設計，門下還有高高的檻，訪客必須抬高步伐才能跨進。

深黑的門扉有對聯刻於左右梁柱，上下聯分別是「思念傳千里」、「橋前卸牽掛」上方橫幅爲「一魂一印，一信傳心」。門扉中央印有一圈鬼畫符，看起來像法陣或術式，左右門扉合在一塊恰好形成一個圓陣。

「夠潮，算你厲害。」

楊子吉由衷佩服這位惡作劇的仁兄，不惜把大門裝潢得如此氣派，就爲了整像他這樣的白痴，眞的很有心。怪不得這位仁兄那麼有毅力地連續數日寄來惡搞信，就是爲了讓被整的人親眼見證裝潢的奧義，也是，大費周章把住家大門弄得這麼酷炫，不給人欣賞一下心裡鐵定不是滋味。

這個惡作劇的人肯定希望被人稱讚！善解人意的楊子吉豎起兩根大拇指，先是比讚，接著大聲鼓掌，「很棒！幹得好啊！這風格我喜歡！」

讚美完，他立即轉身，到此一遊，他想滾蛋了。

突然間，他的耳鳴又開始發作，而且超嚴重，亂七八糟的談話聲不斷從黑門後方傳來，他感覺裡頭就像菜市場，擠了一大票人。

好毛，渾身不對勁。楊子吉想趕緊鑽回電梯，才剛轉身便先注意到電梯內鏡子反射的景象，他嚇到差點漏尿，本想飛奔躲進電梯的腳步被恐懼及時向後扯，他一屁股摔在電梯外。

鏡子所映照的電梯操作盤，上頭的「四」跟「五」居然都亮著……居然天殺的都還亮著……代表他所抵達的此處不是四樓也不是五樓，眞的是四．五樓。

楊子吉起了整身雞皮疙瘩，跌坐在地的他嚇到腳軟，無法起身，只能愣愣目送電梯門閉合。

眼看電梯離去，楊子吉遲了步才起身，一起身就想找按鈕叫回電梯，可惜這層樓並沒有操作盤，沒有任何按鈕可以按。

楊子吉狂敲電梯門，甚至妄想扳開電梯門，幾經嘗試全是徒勞。

慘了，回不去了。楊子吉哽咽，他顫抖回望那扇深黑大門，想知道這鬼地方的出口在哪？

或許可以進去問，也只能進去問，這層樓就這麼一戶，癱在原地空等並不會有答案，不過是坐以待斃。

楊子吉先朝自己臉上呼了一記巴掌，很響、很痛，確定不是夢。他深深吸氣，拿出膽子，湊向黑門，正想找電鈴在哪，摺於口袋的錄取通知竟突然發亮、發熱，很快地就燒了起來。

「嗚！好燙！」楊子吉慌張地拍打口袋，燙歸燙，他的肉體卻沒被灼傷。

以術式爲鑰匙，錄取通知在楊子吉的口袋中化爲灰燼，並以白煙的型態散出口袋，消散時呈現的形狀如同黑門中央的圓陣。

通知信徹底消失後，黑門便開啟。大門解鎖，雙扉敞開，廟宇內部深黃色紙張漫天飛舞，如雪片般映入楊子吉眼底。

比鄰的紅桌排成一道道長龍，烙印術式的紙張穿梭於紅桌間，順應未知的力量飛至紅桌上，供一枝枝像是抄經筆的東西書寫。

墨色的筆憑空地振筆直書，過沒多久，像是寫完了該寫的東西，筆驟停，寫滿文字的紙張自行摺成信件，隨後由肉眼不可見的力量將信件封緘，最終消失。

人群的交談聲此起彼落，感覺有很多「人」，感覺成條的紅桌都坐滿了「人」，感覺有很多「人」擠在裡頭排隊，但楊子吉卻沒見到半個人影，只看到詭異的紙張飛來飄去，還有一堆筆忙著自動書寫。

自己好像又發瘋了，楊子吉再次朝自己臉上呼巴掌，這回更大力、更響，也更痛──不虛不假，超級現實，眞的不是夢。

沒等楊子吉動作，緊接而來的是一股推力，「哦，你就是妙雲降吧？來得眞早，請進請進。」

妙雲降？誰？楊子吉沒來得及吭聲，明明什麼人都沒看見，卻清楚感受到有「人」從後輕拍他的背，逼他入內。

被逼得措手不及，嚇傻的楊子吉只能嘴巴開開，望著身後黑門閉合。

完全不給楊子吉開口的機會，那位聲線應是男性的「人」自顧自地推著楊子吉介紹。

「我是明瀛，是忘川郵政的最高管理人，如你所見，這裡是神職夢使工作的地方，我們的主要業務正是託夢。」肉眼見不著的「人」介紹著，隨著腳步前進，楊子吉依稀能想像他正對這裡的一切比來指去。

「你也知道，逝世者必須卸下牽掛才能去到彼世，若對凡間還有思念就過不了橋，而託夢的用意就是給予逝世者機會，讓他們把在世時來不及脫口的話傳達給還活著的人，以便他們放下執念。和要斬妖除魔的天刑隊相比，這份工作很簡單，夢使完全就是爽缺，絕對能輕鬆累積陰德值。」

楊子眨了眨眼，他大張的嘴仍舊合不起來。這個「人」到底在供三小？

瞧楊子吉愣得雙眼發直，那個「人」還以爲自己說錯話，急忙解釋，「啊，我沒有別的意思。我知道妙家世世代代斬鬼除惡，在世時就以凡人之姿幫了天刑隊不少忙，死後進到天刑隊就職，依舊鞠躬盡瘁守護凡間。眾神對妙家讚譽有加，妙家可謂靈魂的楷模，也因爲眾神信賴你們，只有像妙家這樣的極少數名門，才能破格以生者的身分就任神職。剛才那番話只是形容夢使很輕鬆，絕對沒有貶低妙家的意思。」

楊子吉感覺得出那個「人」停下腳步，他應該就站在自己身前，正直視著自己，

「不過我也好奇，妙雲降先生爲何想擔任夢使？就我所知，這份職缺是你主動申請，持香向天庭稟報。你這麼做家裡難道不反對？家族應該更希望你在世時輔佐家業吧？家裡贊成你半路轉職？」

面對重重提問，楊子吉已經嚇到掉線，完全沒料到暴飲暴食的後遺症竟會如此嚴重。

「坦白說我也覺得妙雲降先生來擔任夢使有點大材小用。當然，你願意屈就於此是我們的榮幸，不過我想聽聽妙雲降先生心中的想法，是什麼契機促使你想擔任夢使？」

楊子吉已徹底失去言語能力，與此同時，廟宇深處的其中一扇門突然被踹開，顯然有另一個「人」從遠方的門進入。

「報告老闆！妙家的阿呆不來囉！」

新亂入的聲音聽起來像涉世未深的小屁孩，「超好笑的啦！聽說他是喝醉酒上香，糊里糊塗跟天庭說想擔任夢使，酒醒後發現收到我們的錄取通知，嚇得屁滾尿流，火速持香跟天庭致歉！眞的好好笑喔！哈哈哈哈！」

輕浮的笑聲迴盪整間廟宇，而聽到這消息的所有「人」也在這瞬間停下，飛舞的黃紙全數飄落，疾振的筆全數靜止，場面鴉雀無聲，尷尬到爆。

用不著看見，楊子吉霎時起了渾身疙瘩，他確信這剎那全世界的目光都聚焦在他這名活人身上，甚至能讀透這些「人」心中不約而同萌生的疑惑。在場所有夢使和逝世者的疑問——那，你是誰？

此時此刻，楊子吉肯定有上千對目光盯著他，他慌到泛淚，不敢亂動。

「我記得只破格錄取一名生者，來人幫我確認。」那叫明瀛的男子傳喚。

很快又聽見另一道男性聲線回應，「是，確定只有錄取一名生者，應是來自除鬼世家的妙雲降，但紀錄冊已註記取消，妙雲降先生的錄取資格就在剛剛被天庭取消了。」

「所以不該有別的生者前來，對吧？」明瀛摸了摸下巴。

「是，應是如此。」明瀛的下屬點了點頭。

「但這位小弟卻拿著錄取通知進來？」以楊子吉爲圓心，明瀛繞圈打量，「小朋友，你打哪弄來那封信？爲你解鎖大門的信是誰給你的？」

「什麼打哪弄來？那封錄取通知不就是你們寄給我的？還……還連寄好幾天！」楊子吉聲音顫抖，還差點咬到舌頭。

楊子吉的視線左右飄移，根本不曉得該往哪看，只知道自己身爲八卦中心，疑似被海量的群眾團團包圍。

下秒，一記蜻蜓點水落上楊子吉的額頭，他感覺有人黏了張紙到他頭上，像貼符咒那樣。

畫有特殊術式的紙黏上楊子吉的額頭，為楊子吉開拓視野。術式打破了陰陽兩界的隔閡，楊子吉雙眼一眨，就見到這裡所有的「人」，他嚇到眼淚滾出目眶，見鬼了，眞的見鬼了，一大群身穿黑袍、頭戴黑色法帽的鬼，以及形形色色、穿著不一的鬼。

「果然，你沒有陰陽眼，但有人賜你靈鬼耳。」明瀛察覺楊子吉身上的異狀。

無視楊子吉歇斯底里的亂叫，在楊子吉衝向黑門亂敲亂打、試圖破門而逃時，明瀛一派輕鬆地拿來另一本紀錄冊，悠哉地走到楊子吉身邊，「你叫什麼名字？」

「嗚啊啊啊啊啊！」楊子吉哭著敲打黑門，他已無法正常思考，只管朝著黑門又踢又踹，一心想逃離這個鬼地方。

「老闆，這傢伙已經害怕到失去理智了，哈哈！」屁孩夢使個子稍矮，他完全把楊子吉當笑話看。

「看得出來。」明瀛雙手抱胸。他想，得先讓這名生者冷靜下來才能交流。

明瀛朝空揮了揮手，令遍布地面的紙張返回天空，並散去看戲的群眾，「好了好了，別看了，沒什麼好看的，大夥快回去工作吧！天迴即將開始，想升官還不趕緊回崗位上努力？去去去！」

眼看黑門打不爛，楊子吉轉身飛奔，想到屁孩夢使稍早是從另一端的門進來，代表那裡極可能有後門，也許有出口。

楊子吉一把撕下明瀛為他貼的術式，捨棄陰陽眼好為自己壯膽，「看不見，通通看不見。」只要看不見就不會怕，只要看不見就能騙自己沒什麼好怕。但他沒想到的是，他逃跑時不慎撞歪幾張紅桌，還穿過許多素昧平生的靈魂，非常不禮貌。

掠過魂山魂海，楊子吉撞開廟宇深處的大門，誰知門一開就是一道旋轉梯，他一個沒踩穩就朝下翻滾，連滾帶淚摔得狗吃屎，沿梯滾成弱智，滾到底層時，楊子吉已遍體鱗傷。

明瀛不疾不徐，一記瞬間移動就來到楊子吉身邊，只見楊子吉抱頭將臉埋進雙腿，縮在牆角發抖，如同一隻受傷的小動物。

明瀛又畫了張術式放到楊子吉頭頂，輕輕黏上，還輕撫他的腦袋瓜安撫。

「別怕，我們不會傷害你。」明瀛語氣溫柔，好安撫身前這名幼魂。他直率地席地而坐，並取下黑色法帽，卸下神官高高在上的姿態，以坐姿眞誠直視楊子吉，自願與眼前的凡人平等談話。

「我們只想確認你的來歷，如果你確實被天庭錄取，那你就在這任職，如果是罕見的烏龍一場，我們也會消除你的記憶，讓你平安返家。」

楊子吉這才敢抬頭，他抽噎著，就像成功被安撫的嬰兒。頭頂的術式再次賦予楊子吉陰陽眼，還治癒了他身上的傷勢。瘀青消散，楊子吉的身心跟著溫暖起來，明瀛施展的術式讓他放鬆不少。

另一名夢使這時也飛來，態度還是嬉皮笑臉，「你臉上掛著鼻涕耶！看起來超蠢的，哈哈！」

「尚謙，你安靜。」明瀛要跟來看戲的屁孩住嘴，他再次掏出紀錄冊，「小朋友，你叫什麼名字？」

「楊……楊子吉。」楊子吉用衣袖擦去涕淚。

「怪了，這裡看不到有誰發錄取通知給你。」明瀛仔細翻著紀錄，這整件事怪不對勁。

「可是……可是你們還派人來打我耶。」楊子吉想起那場惡夢。

「派人打你？怎麼可能？」

「不就是你們派那個凶巴巴的傢伙到夢裡扁我？那個人說，敢再撕掉錄取通知，他就會天天到夢裡揍爆我，還說我要是不在忘川郵政任職，他就會讓我這輩子惡夢連連，到死都不敢闔眼……」楊子吉抿嘴，一臉全宇宙最委屈的樣子，「是你們叫我來這就職，難道不是嗎？」

「不是我們請你來，這點我可以擔保。」明瀛又翻了翻紀錄冊，「紀錄冊上沒有任何託夢紀錄。從紀錄看來，你這輩子沒有被人託夢過。」

「可是我沒說謊啊！」楊子吉認爲是紀錄冊的問題。

「那就是走後門囉？」尚謙打趣的口吻彷彿在看連續劇，「代表是位階很高的神職請御用夢使託夢給你，而且故意不留紀錄。鐵定是這樣，哈哈！」

「我想也是。」明瀛認同尚謙的判斷，「不管如何，我先去天庭那邊確認。尚謙，你先看著他，別讓他亂跑。」

「好呀，我正想打發時間。」

明瀛對空揮了幾撇便人間蒸發，傳送到天庭，只留下尙謙在此。

尙謙倒是坐了下來，還卸下法帽，但此舉並不表示卸下身段，而是單純想發懶耍廢，能坐就不站。卸下法帽也不意味與凡人同等，不過是想把玩法帽，將法帽頂在指尖上旋轉。同樣都是神職，明瀛和尙謙給楊子吉的感覺彷彿天秤兩端，前者很親切，後者眼中只有戲謔。

「我每天跟很多死翹翹的人交談，沒什麼機會和活人打屁。」尙謙看著楊子吉，「凡間好玩嗎？」

凡間好玩嗎？這是什麼問題？作爲一介還活著的凡人，楊子吉不曉得該如何回答。

「感覺你很膽小又沒自信，靈魂釋放的氣場很弱，是廢廢的那種靈魂，看起來沒辦法活很久。」尙謙劈頭就嘴炮，絲毫不在意他人感受。

「你們神職可以這樣亂罵人？」楊子吉眉頭一皺。

「當然可以啊，爲什麼不可以？」尙謙笑得露出白牙。

尙謙講話聽起來很囂張，矛盾的是，楊子吉卻感受不到半點惡意——沒有惡意，只是單純的屁。

「等你死翹翹後，你打算託夢給誰？」尙謙覺得楊子吉錯愕的表情好逗趣。

「這可能要等我死翹翹後才知道，我現在還好端端地活著，不想太早考慮死後的事……」楊子吉苦笑。

「先假想一下嘛！死後可沒那麼多時間可以思考，靈魂要是在凡間逗留太久，猶豫不決，最後就會煙消雲散。」尙謙覺得楊子吉壓抑的表情好豐富、好好笑。他再次提問，「只有一次託夢機會，你想託夢給誰？」

敵不過屁孩的死纏爛打，楊子吉老實回答，「以我目前的處境，我沒爹沒娘，沒伴侶沒後代，死後應該是無牽無掛，大概用不到託夢這項服務。」

「哇賽！你什麼都沒有喔？無親無故也太搞笑了吧？哈哈哈！」尙謙笑得十足欠揍。

楊子吉沒有生氣，他曾經是客服，修練了一身好脾氣，而且他認眞沒見過這種帝王級別的口無遮攔，比起暴怒，楊子吉反倒覺得可笑。再加上尙謙的雙瞳炯炯有神、乾淨如鏡，清澈得沒有半點髒汙，甚至能從尙謙的瞳孔看見自己的倒影。

用人類的方式比喻，尙謙感覺就像剛出原廠的小寶寶，瞳孔黑得發亮，稚嫩且過度天眞，完全沒受過社會化，一切的行爲都很原始，想說什麼就說什麼，毫不忌諱。

可能是性格太屁了，尙謙已在楊子吉心中失去神該有的架子，他覺得大可不必對眼前的臭小鬼畢恭畢敬。

「問你喔，你們神職可以打凡人嗎？」楊子吉想先確認遊戲規則。

「理論上不行。」

「那你們神職可以互毆嗎？」楊子吉又問。

「爲什麼這樣問？」尙謙頭朝旁一歪。

「只是好奇你有沒有被別的同事打過。」楊子吉忍不住回嘴，暗示尚謙嘴巴很賤。

尚謙沒聽懂這份揶揄，還朝天一笑，「哈！怎麼可能有人敢打我？我爸是赫赫有名的神，要打肯定也是我打別人，哪輪得到別人來打我？」

喔，原來是權貴的小孩啊，怪不得怪不得，怪不得這麼屁。楊子吉在心中暗自吐槽。

「除了明瀛，這裡的其他魂都不敢跟我搭話，害我每天都好無聊。」尚謙挺希望眼前的凡人能錄取，乏味的日子總該來點新玩具。

「你爸的職等有比明瀛高嗎？」

「高多了，現在的明瀛不過是一等神官而已。」尚謙壓根沒把明瀛當老闆尊敬，接著說：「不過明瀛可以管我，畢竟我是被老爸踢來給明瀛管教。我爸認爲我欠教育，但他太忙了，沒時間應付我。」

令尊眞是英明，你的確欠教育。楊子吉心中想。

「好難想像，我以爲能當上神都已經很成熟，照我們凡間的流傳，想成神不都需要經過好幾輩子的修練？」楊子吉不覺得尚謙飽受重重歷練。

「你說的那是凡神吧？源神不需要經過輪迴考驗，可以自己決定要不要輪迴。」

「源神？」

「簡單來說，我爸媽都是神，所以我自靈魂誕生的那刻就是神，這種神就是源神，不需要經過輪迴。」聊天也嫌累，尚謙從坐姿改成橫躺，能躺就不坐，神明應盡的禮節對他而言都是屁。

「你也眞笨，連這麼基本的事都不知道。」

「我會知道才奇怪吧……」

聽到尙謙的話，楊子吉嘴角一抽，不過，他也理透了，原來彼世的貴族身分可以世襲。這樣的制度確定沒問題？像尙謙這種目中無人的死小孩才需要輪迴教化吧？

「你怎麼不進輪迴？不是想知道凡間有不有趣？」楊子吉又問。

「可是進輪迴就要拋下神力，我想先確定值不值得。雖然我老爸也說了，只要我願意下凡磨練，他就會實現我一個願望，但我又不缺什麼。說白了，只要輪迴夠有意思，我一定主動下凡。」

尙謙看著楊子吉，用一種極爲輕視的眼神對著他說：「但看你這麼笨又這麼膽小，感覺輪迴並沒有將你淬鍊成厲害的靈魂。我到這來擔任夢使後，每天都在應付一堆凡人靈魂，那些靈魂一個比一個智障，一個比一個囉唆，這樣看來，淪爲凡人也不會讓靈魂得到提升。」

這小子的口氣眞令人不爽。沒想跟小鬼爭執，楊子吉隨口猜測，「明瀛應該是凡神吧？」

「他是啊。」尙謙點頭，「你怎麼知道？」

「瞎子都看得出來。」楊子吉認爲明瀛更懂人情義理。

說神神到。幾畫術式憑空浮現，明瀛從天庭返回。

「確定了，楊小朋友必須在忘川郵政就職。」明瀛直接道出結論。

「爽啦！今後我們就是同事囉！」屁孩尙謙樂得很。

「蛤？爲什麼？」楊子吉自認死得不明不白，「我又沒持香向哪個神許願，說要擔任夢使，確定不是你們搞錯？」

「沒有搞錯，擔任夢使一事是上頭決定的。雖然事情發展有些奇怪，人事處的神官也沒跟我解釋太多，只說天庭有令，這就是你的天命。」

「聽到沒？這就是你的天命！乖乖認命吧，凡人！哈哈哈！」屁孩尙謙朝楊子吉勾肩搭背。

「怎麼可以這樣強迫別人就職？我不能拒絕嗎？」楊子吉下意識地抗拒，認爲一切太過荒謬。

「你也可以拒絕啊，但拒絕天命就會被現任天庭掌權的神處決。現任天庭統領是金銀麟，代表你會被金銀雷霆爆成渣屑，包你魂飛魄散！」尙謙熱心地爲楊子吉解釋。

「那就是不能拒絕啊！」楊子吉抱頭蹲地，人生好難，頭好痛。

「你還是可以拒絕啊，只是會被雷霆轟成渣渣，靈魂散成虛無再也無法轉世而已。」尙謙滿口混亂邪惡的話，「你留下來，我日子有趣，你否決天命，我也有戲看。我還沒看過靈魂被雷爆成渣的場面，一定很壯觀，說不定會像放煙火。所以你回絕天命也沒關係，不勉強不勉強。」

「你沒關係，但我有關係啊……」

楊子吉蹲在地上，頓時好想哭。可以拒絕，但會死。這是什麼神仙式的假民主？

幾經思索後，明瀛蹲下來輕拍楊子吉的肩，理性地分析，「別沮喪，我們大可換個方式想，這件事顯然是有高位者暗地穿針引線，就算我們放你回去，先前那位讓你惡夢連連的神官一定會再託夢騷擾你，事後一定又會用別的方法再次將你導回這裡。」

好像有點道理？楊子吉想了想，自己就這麼到此一遊，回去進到夢裡還不是被那陌生男子揍成智障。照那男人的要求，他不能純觀光，而是要在忘川郵政任職。

「何況我認爲幕後主使沒有惡意，眞要對你不利，他用不著大費周章把你引導至此。」明瀛說道。

說得正是，那名陌生男子眞想對楊子吉不利，當初在凱特飯店用餐時，大可一記猛拳把他打得肚破腸流，何必留他一命？

聽來聽去，楊子吉算是認同明瀛的推論。

「不如你就留下來就職，期間內我也會幫你調查此事。往好處想，擔任神職可以累積福報，算是爲你的下輩子鋪路，若不想投胎轉世，也能保障死後的飯碗。」明瀛提出留下的優點，希望楊子吉樂觀一點。

「啊不就好吸引人？」楊子吉苦笑。

暫且不提彼世有沒有勞健保那類的東西，凡間公司有三節、有年終，這間公司的福利卻都是死後才發放，甚至得等到下輩子才領得到，這對一個活人來說，實在沒什麼吸引力。

「就算我下輩子能成爲富二代，可以不那麼倒楣，我這輩子還是要生活費啊。」楊子吉掌心朝上，「請給凡間能使用的摳摳，謝絕冥紙、謝絕紙紮屋。」他得向老闆索取更人道的待遇。

「那有什麼問題？」明瀛莞爾。

最終，明瀛開出了楊子吉前份工作的兩倍薪資。

能拿上份工作的兩倍薪水又不必遭雷劈，哪怕要睡公司，楊子吉也心甘情願。

第四章

往好處想，至少找到工作了。

上工之前，楊子吉稍微了解了彼世的職等，菜鳥入職，總得先弄清楚公司的組織與階級。

神職分爲「文」、「武」兩系，夢使屬文，類似「坐辦公室的」，最低的職等爲三等神官，楊子吉就屬這一等。再來是二等神官，這是官二代尙謙的職等。接著是一等神官，明瀛就屬這個職等，管理整個忘川郵政。再往上就是大神官，平常不會看見這個階級的神職，見到大神官通常也沒什麼好事，多半爲碰上了一等神官以下全都無法處理的棘手問題。

最高階爲神職的天花板，也就是「神」。神就是神，正確來說是「某某某神」，當提到「某某某神」指的就是那個神，不會是指別人。舉例來說，葬天大神指的就是「墨武葬天」或稱「武葬天」，財富之神指的就是「金銀麟」。

到了神的級別，就能在凡間享有專門的廟宇招攬信徒，廣納香火，凝聚眾魂的念。尙謙的父親就屬於這個職等，這也是他能在彼世橫著走，沒被人打成豬頭的原因。果眞是後台很硬。

了解自己具體有多菜後，楊子吉將在明瀛的帶領下學習夢使的業務。他的座位被安排在尙謙旁邊，就在他的隔壁桌。

營業時間，透過陰陽眼術式可見魂滿爲患，左方屁孩的辦公桌卻空蕩蕩。

「尙謙今天休假？」楊子吉問。

「那小子是看心情上班。」明瀛正在紙上寫術式。

「不愧是官二代，夠跩。」楊子吉冷哼。

「他蹺班不見得是壞事。」明瀛淺笑，暗示自己爲尙謙收過不少爛攤子。

「安排你們坐一塊，正是希望你們能當朋友，希望你能以朋友的身分感化尙謙。」

「別鬧了，尙謙只把我當笑話，再說他老爸官位那麼大，我哪敢對他說教？」楊子吉只怕自己被揍。

「沒要你對尙謙說教，只要正常相處，多多少少能影響他。」明瀛遞過新寫的術式給楊子吉，「上工時，記得把這張紙帶在身上。」

楊子吉接過寫上術式的紙張，轉眼，黑色法帽落到頭上，黑袍加身，他被賦予夢使的制服。

「這張術式能爲你著裝，穿上制服後，你能飛、能看見靈魂、能聽見靈魂低語，和彼世神職大致沒有區別。」明瀛解釋。

「所以穿上制服後，活人就看不到我？」

「沒錯。」明瀛點頭，他接著遞給楊子吉一本手冊，「還有這個。」

楊子吉接過手冊，封面寫著「天條簡錄：神職職業道德及規範——夢使篇」。淺顯易懂的封面標題，楊子吉翻開第一頁——

第一條，不得洩漏天機，違者魂飛魄散。

第二條，除履行職責，神職不得干涉凡間，違者魂飛魄散。

第三條，夢使不得竄改託夢內容，違者魂飛魄散。

第四條，夢使須告知逝世者關於託夢的風險並詳細闡述，違反此義務者，魂飛魄散。

族繁不及備載，以下省略。

楊子吉矇眼都能猜到接下來的每條罰則，他快速翻頁，果不其然，每一條都是魂飛魄散，根本就是複製貼上，唯一死刑。

「制定彼界的法律可眞輕鬆。」楊子吉感覺自己好像被工作規章威脅，「違反這些天條和違抗天命一樣？也是被雷爆成渣？」

「基本上是，現任天庭統領爲金銀麟，處決方法即用金銀雷霆毀滅靈魂。」

趁著這個機會，明瀛順道講解時事，「天庭每一百年會重新選拔統領，這就是即將到來的天迴。天迴期間，眾神會盡可能地在凡間和彼世提升聲勢，小神求升官，大神力拚成爲天庭統領。成爲掌權者即可制定天條，並擁有一切事務的處決權，處決方式因神而異。」

「聽起來有點複雜。」楊子吉的小腦袋裝不下太多資訊。

「行刑方式每一百年換一次口味。」明瀛改用詼諧的口吻解釋。

「這比喻不錯。」楊子吉苦中作樂，但願自己不會嘗到任何口味。

而後，明瀛開始講解重點，也就是夢使的工作流程。

在凡間的活人死後將脫離血肉之軀，褪去皮囊變回靈魂，屆時，生死課的神職會迎接那些靈魂，跟他們說明接下來的SOP，其中一道SOP就是前往各個夢使事務所，如忘川郵政。

每個剛逝世的人都有一次寫信的機會，像有些猝死或莫名其妙暴斃的人，可能有很多話來不及對家人說，託夢對他們來說就是很棒的服務。

在生死課的引導下，逝世者的靈魂將來到忘川郵政。魂很多，排隊是禮貌，不分貴賤都得乖乖排隊，陰德值再高都不能插隊。輪到順位時，逝世者走近紅桌，一屁股坐到紅桌前烙有術式的椅子上，讓夢使瀏覽靈魂生前的記憶。

明瀛指著桌前的座位，「你要協助的逝世者會坐在那，他們坐下後，你就能查閱記憶，以便釐清對方放不下的遺憾。」

「假設對方放不下孩子，有很多話想對孩子說，我就得幫他寫在紙上？」楊子吉提起筆，用筆尖指著桌上畫有術式的紙。

「簡單而言是這樣，但必須精簡。是精簡不是簡略，你必須用最短的內容達到最好的效果。」瞧楊子吉有點疑惑，明瀛便分享訣竅，「你得跟對方多交流，不是每個靈魂都懂得坦然。很常碰到的情況是，逝世者所說的和你所看到的記憶截然不同。」

「什麼意思？」楊子吉覺得太過抽象。

「很多來到這裡的靈魂都稱自己毫無牽掛，但夢使卻不斷從記憶中見到遺憾的場景。」

「口是心非就對了。」原來是傲嬌，楊子吉明白了。

「沒錯，所以不是對方說什麼就照寫。」

「那就以對方的記憶爲主就好啦！如果對方說不在意小孩，我卻從他的記憶中看到他的孩子，那我就以記憶爲主，這不是挺容易的嗎？」楊子吉自認抓到要點。

「那也不對，你必須透過與對方談話，深度交流後引導對方敞開心扉，讓對方發自內心並心甘情願地參與寫信。」

明瀛伸手按住楊子吉的腦袋瓜，輕輕將楊子吉的腦袋向右轉，「看那邊。」

右手邊的夢使已爲一名逝世者寫完信，烙有術式的紙自行摺成信封。那名夢使道：「請伸出大拇指，以靈魂的契印爲此信封緘。」

應夢使的吩咐，位於紅桌前的逝世者伸出大拇指，朝信封按下指印，燒出一陣微光，宛如火漆，妥妥地將信封黏合。

「看見那動作了沒？那就是靈魂的契印。逝世者得犧牲少許的靈魂注入思念，以魂的念想封緘信封。如果靈魂在不情願的情況下封緘，那封信到最後也投不進信箱。就算投進了，託夢效果也不好，夢會模糊不清。」明瀛說道。

「信箱是指？」楊子吉又問。

「就是被託夢者。等被託夢者入睡，封緘的信會透過術式和逝世者的靈魂放出絲線，以思爲絲、以念爲線，夢使便能透過那條引導線找到熟睡的目標。找到目標後，夢使再把信放到目標的額頭上，信將自動化爲夢境，陷入他的意識。」

「原來如此，夢使是寫信員也身兼郵差。」楊子吉逐漸明白。

「一點也沒錯，你得跟前來此處的逝世者一同完成信中的內容，再讓逝世者發自肺腑按下靈魂的契印，爲信封緘。待被託夢者熟睡，再順著思念的牽引找到信箱，把信投進去。」

明瀛將話題拉回重點，「隨便讓逝世者按下靈魂的契印，只會平白無故消耗靈魂，嚴重的話甚至無法讓信放出引導線，到時你連信箱在哪都找不到。」

撤回前言，這工作眞他媽不容易。楊子吉哽咽。

「思念傳千里，橋前卸牽掛。一魂一印，一信傳心。」

這就是大門上那些文字的意義。

「不論如何，每位逝世者都只有一次託夢機會？」楊子吉問。

「少有特例。」明瀛反問，「你認爲靈魂的契印可以一直蓋？」

「既然要犧牲少許靈魂，那應該是……不行。」楊子吉算是有認眞聽新手教學。

「那你認爲一直蓋靈魂的契印會發生什麼事？」明瀛又問。

「嗯……靈魂會消失？」

「非常好，永遠記得你現在的答案，務必銘記於心。」明瀛罕見露出嚴肅的神韻，「寧可不爲逝世者寫信，也不能讓逝世者隨便蓋下靈魂的契印。你可以拒絕協助對方，但絕不能做出損害對方靈魂的事。」

「遵命。」楊子吉自認最講職業道德了，連忙行舉手禮表示認同。他隨即想到另一種情況，「萬一第一封信的效果不好呢？」

「就算託夢效果沒到位，生者沒收到逝世者想傳達的心意，夢使仍嚴禁反覆爲同一靈魂託夢。一是靈魂的契印會消耗靈魂，」明瀛比出第二根指頭，「二，夜有所夢，日有所思。讓逝世者頻繁託夢，夜夜和生者密切交流，只會干擾生者的日常生活。託夢的本意是要讓逝世者卸下牽掛，讓生者接獲逝世者的心願並重新振作，過度的連結只會使雙方更放不下彼此。」

「有道理。」楊子吉頗爲認同，要是夜夜夢到往生者，天天哭溼枕頭，生者的日子也不必過了，肯定無法好好睡上一覺。

楊子吉接著問，「如果逝世者仍無法透過託夢放下執念呢？」

「得看執念有多深，淺則帶著遺憾到下一世，重的話就過不了橋，靈魂將長期滯留凡間，最終煙消雲散，或是因怨念而妖魔化，最後被天刑隊處決。」明瀛道出幾種不好的結局。

聽完這些，楊子吉倍感壓力，「這工作哪裡輕鬆？到底哪裡算是爽缺？」這跟明瀛最初所說的壓根不一樣。

楊子吉苦惱地搓揉額頭中央那曾經被吻過的地方，他眞心不希望有哪個靈魂栽在自己手裡。

「對沒什麼責任感的靈魂來說，夢使當然是爽缺，畢竟夢使不必承擔任何風險，不像天刑隊，稍有閃神就可能被怨靈反殺。」明瀛拇指向後指著整座忘川郵政，「背負遺憾或消失的都是逝世者，很多同事都是隨便應付。」

「眞羨慕他們可以敷衍了事……」楊子吉望向尙謙的辦公桌，倏忽想起昔日在遊戲公司的落寞。

「你錯了，他們才該羨慕你。」明瀛輕拍楊子吉的肩膀，「我見過很多強大的神，卻沒見過多少正直的靈魂。」

楊子吉感到欣慰，很高興明瀛這麼說。至少，這裡的上司認可他。

「逝世者只有一次託夢機會，透過靈魂的契印，將一小部分的靈魂注入信中，藉此短暫地與生者在夢境中交流。也因爲只犧牲少許靈魂，託夢多半無法持續太久，故和逝世者協力撰寫信件時，內容務必精闢，越是簡潔有力，信化爲夢的呈現效果越好，請盡可能一次到位。」明瀛爲楊子吉總結，他順勢舉手，打鐵趁熱，「那就開始吧！」

「咦？這麼快就正式上工？」楊子吉一愣。

「實戰就是最好的教學，實際做一次才能眞正記住。」明瀛站在楊子吉身後，「別擔心，第一次我會陪著你。」

明瀛朝不遠處揮手示意，很快就喚來一名逝世者。

來者是名臉超臭的靈魂，頭頂的禿頭使他看上去有點年紀，感覺是個厭世的阿伯。他頂著世上最臭的臉走向兩人，好像全世界欠他一樣，明顯是排隊排到很不爽。

他一坐下來就質問，「就是你們把我弄死的？」

「蛤？」楊子吉先是一愣，隨即回望身後的大腿——看向明瀛。

「先生是在問死因嗎？」作爲忘川郵政的老闆，明瀛大風大浪見多了，諸如此類的問題並不罕見。他從容地道：「決定凡人死因和死亡時間的是生死課，和我們夢使無關，我們只負責託夢相關業務。」

「少說那些有的沒的！憑什麼讓我這麼早死？」禿頭阿伯單手怒敲桌面，「碰」一聲，嚇得楊子吉腦袋後縮。

阿伯接著抱怨，「還讓我死得莫名其妙！洗澡踩到肥皂摔破頭？這種丟臉的死法誰能接受？你們說啊！」

唉，新手上路第一單就碰上奧客，眞倒楣。不過和眼前這位被肥皂K.O.的阿伯相比，好像也不算太倒楣。楊子吉擠出苦澀的尬笑。

和以前在遊戲公司當客服不同，以往主要是接電話和回郵件，不是隔著螢幕就是隔著話筒，腦羞的客戶不太可能親自殺到公司。如今需要服務的對象就在眼前發怒，壓迫感今非昔比。要不是明瀛就站在背後，楊子吉眞想鑽到桌子底下。

「竟敢用肥皀羞辱我？我要投訴！」禿頭阿伯又敲了一次桌子。

「很遺憾這邊沒有任何投訴管道，請別把凡間那一套帶到這裡，以客爲尊在這不適用。」明瀛好言相勸，「生死有命，建議您看開，憤怒有礙靈魂健康，更會折損福氣。若帶著怒氣到下一世，下輩子也會照三餐生氣，保證您天天都不開心。」

「你那是什麼服務態度？你——」

「錯了，先生。」禿頭阿伯說到一半就被明瀛打斷，他湊向阿伯，用教導幼稚園孩童的語氣說：「神職僅『協助』凡人，而非『服務』凡人。我們是收天庭發的薪水，不是跟凡人拿錢。」

禿頭阿伯頓時一愣，似乎是初次踢到鐵板，自尊心彷彿被踐踏，除了超難堪還很沒面子。定格三秒後，找不到台階下的阿伯又怒吼：「叫你們老闆出來！」

「我就是老闆。」明瀛擺出嘲諷滿點的笑容，一秒就讓阿伯整張臉垮下。

連踢兩次鐵板，自知鬥不過明瀛的禿頭阿伯支支吾吾地想支開頭目，「你你你、你是老闆還站在這幹麼？去忙你的事啊！」

「我正在忙我的事，公司來了新人，今天將由我和這位小弟一同協助您完成託夢。」明瀛按住楊子吉的肩，聽到點名的楊子吉綳起笑容。

「喔？你說這位小弟是新人？」這關鍵字讓禿頭阿伯抓到得以挑剔的地方，「你的意思是，我辛辛苦苦排那麼久的隊，最後還得給菜鳥處理？其他人都可以由老手協助，那對我不是很不公平？」

「先生這番話挺有道理，沒問題。」明瀛單手比向魂山魂海，大排長龍的隊伍不見盡頭，「那請您重新排隊，換個人來協助您。」

聞言，禿頭阿伯一臉錯愕，回頭看看魂滿爲患的隊伍，很快就屈服地轉回，拿態度強硬的明瀛徹底沒轍，「行了行了，就讓你們協助我吧，嘖！」

「我們的榮幸。」明瀛依然保持風度地回應。

他輕拍楊子吉的肩，示意換手。接收到明瀛的暗示，楊子吉點了點頭。菜鳥初登場，他手持新手指南一邊詢問，「先生的大名是？」

「我叫范鈺威。」他邊回邊偷瞪了明瀛一眼，顯然還氣在頭上。

「好的，范先生您好。」楊子吉照著指南上流程走，「和您說明，我們是夢使，是來協助您放下生前的遺憾。您有一次託夢機會，可以把生前來不及脫口的話透過託夢轉達給一名生者。」

「我沒有任何想轉達的話，該放的屁，老子生前都放完了！」范鈺威不屑地撇頭，一副賭氣嘴臉，又偷瞪了明瀛一次，他眞的好氣好氣。

與此同時，楊子吉已從對方生前的回憶裡見到熟悉的面孔，是張長相俊俏，眼眸深邃，神韻沉穩且時常曝光在鎂光燈下的熟面孔……

透過記憶聯動，楊子吉驚嘆，「哇！是劉柛耶！」

「劉神？」明瀛皺眉。

「在凡間很有名的男演員，他拿過很多獎，出了名的滴酒不沾，是少數沒有任何負面新聞的明星，我朋友超喜歡他。」知名演員劉神恰巧是詹芠琳的偶像，楊子吉也聽說過他的事蹟。

楊子吉看向范鈺威，「你認識劉神喔？」

「哼！那小子是我國中同學，就是個混帳！」范鈺威雙手抱胸，提到劉神，他的臉變得更臭。

見他似乎陷入不好的回憶，楊子吉的腦海隨之浮現出畫面——某場飯局有范鈺威、劉神和其他友人，大圓桌上有各式各樣的熱炒和一大堆酒瓶，一幫人有說有笑。

那時的他們都還很年輕。

「范先生跟劉神發生過什麼事嗎？」楊子吉認爲他們應該有過節，或許那就是禿頭阿伯的遺憾。

「沒什麼事！」愛面子的范鈺威一口撇清。他單手橫揮，不願多談，「趕緊放我投胎去吧！我不需要什麼託夢，人都死了還廢話什麼？無聊！」

「可是從記憶看來，范先生還有心願未了……」楊子吉覺得面前的阿伯好頑固。

「一定要託夢就對了？好啊！那就託夢給我前妻，叫她好好照顧女兒！」范鈺威粗聲粗氣，只想快快打發這個流程。

此時楊子吉看到年輕時的阿伯，那時的他有著濃密的頭髮，他騎車載著劉神，兩人一起迎風大笑，看起來就是鐵鐵的麻吉，他們應該是好哥兒們才對。

眼下違背他的眞心託夢給妻小，託夢效果也不會好，說不定連信箱在哪都找不到，更會平白無故消耗靈魂。楊子吉沒打算配合逝世者的任性，不隨便動筆，「劉柛才是范先生心中眞正的遺憾，請范先生託夢給劉柛。」

「臭小子！你是聽不懂人話？」這回范鈺威用雙手敲桌，嚇得楊子吉差點從椅子上彈起來。他起身飆罵：「老子吃過的鹽比你吃過的米還多！你哪來的輩分對我發號施令？」

糟糕，這固執的阿伯根本無法溝通，跟劉柛有關的事更是閉口不談，沒辦法好好交流是要怎麼寫信？楊子吉滿心惶恐地想。

所幸明瀛及時開口：「聽起來范先生似乎和劉先生吵過架。」識人無數的他早看透范鈺威的內心。

「吵架又怎樣？我都死了還能怎樣？」范鈺威氣得咆哮，引來鄰近夢使和逝世者的目光。

「您不想託夢沒問題，但作爲夢使，我們有義務協助您放下執念，好讓您開開心心過橋到彼世。」明瀛十分清楚如何引導鬧脾氣的靈魂，他拋出釣餌誘導范鈺威，「不如您就在這說出心中的不滿，不妨把吵架經過說給我們聽，讓我們爲您評評理。就算不託夢，一吐爲快後，您的心情也好受一點，更能爲您的下輩子減輕負擔。您覺得呢？」

「好啊！就讓你們評評理！」范鈺威百分之兩百堅信自己有理。

順著明瀛的引導，范鈺威的屁股重新黏回椅子上，娓娓道來，「你們都給我聽好了，我會讓你們知道劉榊究竟有多該死！」

哇，好厲害的話術！楊子吉眼睛一亮，崇拜地看向秀了波高階操作的明瀛，簡單幾句就讓阿伯卸下心防抱怨，有抱怨才能交流，有交流才能寫信託夢。

楊子吉順勢化身戲精，跟進補充，「范先生您儘管說！如果劉榊罪該萬死，我們一定陪您一起狠狠咒罵他！」

明瀛是歷練好幾世的凡神，演了好幾輩子的戲。他又補了句，「沒錯沒錯！如果劉先生太可惡，我們可以協助您託夢嚇死他！」

兩人一搭一唱換來范鈺威滿意的點頭，他很喜歡「全世界都站在他這邊」的感覺，很有面子，好不威風。

隨後，范鈺威便捲起袖子，用長輩憶當年的架式講起了往事。

第五章

那是個不打不成器的年代。

不過范鈺威確定，父親狂揍他和母親並不是希望母子倆成器，只是酒喝多了才拿妻兒出氣。

受不了家暴，他的母親在某夜逃走了，但她沒有帶上范鈺威一起逃。

所幸范鈺威沒有獨自承受地獄太久，十歲那年，父親犯下殺人案入獄，沒過幾年就被槍決。

孤身一人的范鈺威成了遠房親戚間的皮球，還成為街坊鄰居口中「沒血沒淚」的孩子，只因得知父親死訊的當下，他一滴眼淚都沒掉。

「哭了，就輸了。絕不能讓這些置身事外的人看笑話。」

范鈺威只想把淚水留在那個日夜挨揍的地獄，將他這輩子的眼淚額度全花在那，花在那個被母親拋下的夜晚，花在那些被酒瓶問候的遍體鱗傷。

上了國中，范鈺威理所當然地成爲師長眼中的問題人物。承襲父親，有樣學樣，范鈺威也希望周遭同儕「長大成器」，習慣用拳頭解決問題。老師也希望范鈺威長進，每當他闖禍，就會叫他到講台上，當全班的面翹高屁股，任老師狂抽猛鞭。

很痛，但哭就輸了。范鈺威總是這麼告訴自己。趴在講桌上的范鈺威總是面掛叛逆的笑，不管老師打得多用力，他至多皺眉或咬牙到牙齦滲血，范鈺威死不哭，打死也不哭，哪怕回保育院只能趴著睡，爲了不在眾目睽睽下輸掉，爲了證明自己沒有輸給任何人，每一次挨完揍，范鈺威都是面帶笑容地走下台，沒有瘸腳，椅子照坐。

想讓他屁股開花？可以。

想讓他哭哭啼啼輸掉面子，門都沒有！

在師長眼中，范鈺威是問題人物，在同儕眼中，范鈺威是混混，大家避之唯恐不及，唯獨一人除外。

國中一年級，確切時間點范鈺威也忘了，只記得是體育課後，依稀記得是一件外套牽起了他們的友誼。

「那個，你的外套。」

范鈺威回頭，只見那名看起來唯唯諾諾的男生捧著他的運動外套。

那白白瘦瘦的弱雞范鈺威知道是誰，是他們班上成績最好的男生，叫劉柛。

「你忘了拿。」不像其他同學，劉樿正眼直視范鈺威。

范鈺威沒有道謝，僅直直走上前，伸手，然後用力抽回運動外套。

離去前，范鈺威吐了句：「少管閒事。」

偶爾他回想起來還是會覺得自己差勁，不過也是從那時，范鈺威才發現劉樿不單是師長們的寵兒，也不是單純的書呆子。

再次搭到話時，已經過了期中考。

那時，范鈺威剛幹了票大的——在校外穿著制服跟別校的人打架，敗壞校譽。

他在全校面前被校長用藤條連抽好幾十下。一如往常，范鈺威半滴眼淚都沒掉，挨完揍，還故意仰天大笑，邊笑邊走下司令台。

然而，連抽好幾十下帶來的痛楚著實讓范鈺威屁股開花，那陣子，范鈺威能站就不坐，他總是想辦法做些蠢事，好給自己一個理由去外面罰站或舉水桶，只要能站著就好。

下課後，范鈺威剛放下兩只水桶，就見劉樿朝他走來。

「給你。」劉樿遞出用毛巾包妥的冰塊，那是他特地去保健室拿的。

「不是叫你少管閒事？」范鈺威沒有收下。

劉樿沒有接話，遞出冰塊的手也沒放下。本就不是個多話的人，他只是靜靜地看著范鈺威，等著范鈺威接下這份善意。

兩人對看了將近五秒，一直被盯著的范鈺威感覺怪不對勁，只好用力抽走冰塊，

「嘖，怪人。」

劉神笑了笑，提起其中一只水桶，打算陪范鈺威一起把水拿去倒。

「喂，不好吧。」范鈺威不覺得劉神這麼做很明智，「老師不會想看到你在我旁邊。」

「爲什麼？」劉神反問，沒有放下水桶。

「你白痴啊？因爲我是壞學生啊！」范鈺威冷笑，他一手提水桶，一手冰敷屁股，「你可是班上的第一名，誰希望你被我帶壞？」

「可是你把吐司分給狗狗。」

聽到劉神的回話，范鈺威愣了愣，「你看到了？」他沒料到餵流浪狗的事會被別人看見。

劉神點點頭，「而且我覺得你很勇敢。」

范鈺威兩眼瞪大，一度以爲自己聽錯，「爲什麼？」

「我有次肚子痛，數學沒考好，才被老師用藤條打了一下就哭了，你每次都被連打好幾下，卻一次也沒哭，眞的好勇敢。」劉神微笑地說著。他眞摯地看著范鈺威，「你會餵狗狗，而且從來都不哭，所以我覺得你不是壞學生，是勇敢的好人。」

那席話范鈺威到現在都還記得，那大概是他這輩子第一次被稱讚吧？

「沒血沒淚」、「一輩子拄拚」……周圍的人總是這麼形容范鈺威，只有劉神稱他爲「好人」。

從那刻起，范鈺威便在心中發誓，劉神這個朋友他是交定了，他絕對會把劉神當成自己的兄弟。

說要當兄弟，一不小心就把劉神當成小弟、當成自己的弟弟，既然是小弟，范鈺威可不會吝於使喚。

「作業拿來，我要抄。」范鈺威掌心朝上。

劉神點頭，雙手奉上作業。

「去福利社買牛奶，巧克力口味。」范鈺威手指往遠方一比。

劉神還是點點頭，富家獨生子的好處就是零用錢很多，想買什麼不用綁手綁腳。范鈺威總選巧克力口味，他則是蘋果。

之所以什麼都聽范鈺威的，是因爲劉神始終相信，范鈺威是個好人。

關於這點，劉神並沒有看錯。

兩本作業簿重重摔在桌上，班導把他們倆叫到辦公室。

「劉神，你是不是把作業借給范鈺威？」班導雙手抱胸。

劉神默默點頭，他眼盯地板，不敢抬頭。

「你怎麼可以把作業借給同學抄？怎麼可以做這種不誠實的事？」班導拿起藤條，用藤條指向牆壁，「去趴那邊，屁股抬高。」

酷刑尚未開始，劉神就眼眶泛淚，他最怕挨打、最怕疼。

見此，范鈺威立刻出聲，「是我逼他的。」

此話一出，班導和劉柛雙雙一愣。

當大哥的必須保護小弟。范鈺威沒想太多，心裡只有這個想法。

就怕導師不信，范鈺威大步走向劉柛，當導師的面奮力推了劉柛一把，作勢要打他，不忘扯開喉嚨威脅，「還敢告狀啊？有本事放學別走正門，這筆帳我一定跟你算！」

「你說什麼范鈺威？你好大的膽子！」班導立刻隔開他們。

劉柛慢了幾秒才察覺范鈺威的本意，本該落到他身上的鞭痕，范鈺威一屁股包辦。

放學後，老樣子，他們邊走邊吃蘇打雪糕，劉柛買單。

「今天謝謝你。」劉柛講話小聲，語氣中透著內疚。

「謝什麼？你不也請吃我吃冰？」范鈺威不覺得那有什麼，「少擺出苦瓜臉，我們是兄弟，別計較這種小事。」

「兄弟？」

「就是超級好朋友，無敵鐵哥兒們的意思。」范鈺威將冰棒靠向劉柛，「來，乾杯。」

劉柛臉上的愧疚褪去，他重新露出笑容，和范鈺威一同舉起冰棒，乾杯。

兩人品嘗冰涼的快樂，咀嚼純淨的友誼，他們嘴忙著笑，腳忙著把石子踢進一旁農田的排溝，比起填鴨式教育，放學愉快的散步時光才是他倆上學的動力。

他們聊著彼此的過去，聊著現在，不知不覺就聊到未來。

「鈺威未來想做什麼？」劉栯問。

「不知道，沒什麼想法。」范鈺威手插口袋，嘴叼冰棒棍，「你呢？」

劉栯停下腳步，深深地吸了一口氣，穩定情緒後才眼神堅定地開口：「我想當演員。」

「當演員？你想當明星啊？」范鈺威覺得劉栯眞是胸懷大志，下意識地說：「那你可要多講話，演員要說的話可多了。」

聞言，劉栯愣得杵在原地，換來范鈺威的回頭，「你幹麼？怎麼站在那發呆？」

「你不覺得好笑？」劉栯以爲會被嘲笑。

「好笑？有什麼好笑？當明星超屌的耶！」范鈺威兩手比出七的手勢，合在一起，假裝幫劉栯拍照，「當明星會有一堆女生追著你跑，還會有一堆人幫你拍照，根本全宇宙最屌！」

「我以爲你會像其他人一樣取笑我……」被指頭框住的劉栯苦笑，他已經聽了太多「不可能」，更別提向父母開口。

范鈺威不禁冷哼，放下以手指框出的鏡頭，大步朝待在原地的劉栯走去。他將冰棒棍戳向劉栯的胸口，「你一定能成爲超屌的演員，一定能成爲大明星。」

「爲什麼？」劉栯不懂范鈺威到底哪來的自信。

「因爲你背課文很強啊！整本國文課本都背得起來，背劇本難不倒你吧？」范鈺威自認很有根據。

「當演員又不是只要背台詞，事情沒那麼簡單……」劉神沒自信地朝旁看，一轉頭瞥見范鈺威舉起小指到他臉前。

「我會想盡辦法幫你，一直幫、一直幫，直到你成為大明星為止。」范鈺威舉高小指，「約好了。」

「為什麼要這麼幫我？」劉神泛紅的眼聚焦在范鈺威的小指上。

「因為我們是兄弟啊。」范鈺威站著痞子三七步，理所當然地說：「敢不敢打勾勾？」

劉神深深吸氣，將范鈺威賦予的勇氣全全吸入肺腑後便舉起小指，見狀，范鈺威勾住劉神的小指，「成名後可別忘記我。」

劉神點頭微笑。

兩人小指勾小指，拇指碰拇指。打勾勾，蓋印章，兄弟的約定。

那時的劉神還不知道，范鈺威是來眞的。

國二那年，劉神陷入了大麻煩。

那個大麻煩源自極其可笑的理由——隔壁的班花喜歡劉神。

哪怕劉神對那女孩沒意思，甚至刻意和對方保持距離，連半句話都不敢搭，看在國三的惡霸學長眼裡，害學長追不到心儀的學妹這件事，依舊罪不可赦。

這種學弟必須教訓。於是，七名國三生將白瘦小的劉柛押上司令台，要求劉柛全身脫光在台上唱歌，邊唱還得一邊交互蹲跳，唱完再全裸青蛙跳操場一圈，不乖乖照做就拳腳吃到飽。

台上有惡魔，台下有一票圍觀的人群。

正當劉柛要褪去上衣時，下方看戲的群眾竟如紅海一分爲二，讓出一條跑道讓摩西直衝而來。

不，不是摩西，是范鈺威，手持紅磚的范鈺威。

惡魔很可怕，但瘋子才最可怕。

或許是血液中帶有的殺人犯基因大爆發，范鈺威根本懶得考慮後果，他舉起磚頭助跑，一把就往司令台上扔，一記飛磚把其中一名學長砸到肋骨斷裂。

范鈺威翻上司令台，孤身衝進人群，以一單挑剩下的六名學長，讓劉柛趁亂逃跑。那群國三生以爲他們有人數優勢，然而才和范鈺威扭打幾秒，他們便知道錯估了，而且大錯特錯。

范鈺威不只瘋，他還不怕痛、不會停、不會掉眼淚。不管往范鈺威臉上送多少拳，他都不會後退半步。若給他一拳，他立刻含血回敬兩拳；若撿起磚頭往他頭上K，他就咬下手臂，抓準時機搶回磚頭再塞進對方口中。

最凶的那種，最瘋的那種，最不要命的那種，最講義氣的那種。

一旦立下約定，誓死都會遵守的那種。

待劉神拖著師長們趕到時，司令台上已遍布血漬，台上有折斷的竹掃把、凹陷的鋁棍，角落還有斷掉的門牙。

圍觀者全嚇到鳥獸散，那幾位國三生倒在司令台上呻吟，發出敗者的哭喪，哭著在心中懊悔自己爲什麼要招惹瘋子。

擂台上只剩一人站著，司令台上就剩范鈺威站在那。

他滿頭是血，右手骨折，有血無淚的他高舉左手，朝台下的劉神宣示勝利。

「一世兄弟——」

范鈺威榨乾僅剩的氣力嘶吼，吼完，就昏了過去。

身受重傷的范鈺威事後被送往醫院，手術結束後，劉神前去探望。

劉神在病房哭得淅瀝嘩啦，他不斷向范鈺威道歉，不斷說著對不起——對不起他太膽小，對不起他太沒用，對不起他就是個孬種，他不該丟下朋友獨自逃跑，眞的眞的很對不起。

「你這麼挺我，我卻放你一人在那挨打，嗚……」劉神滿臉涕淚，腳邊的垃圾桶已被衛生紙塞滿。要是知道范鈺威會被打成這樣，他寧可全裸青蛙跳操場，寧願被打殘在床的是自己。

手腳打石膏，渾身繃帶的范鈺威道：「你本來就該跑。」

劉神不懂范鈺威爲何不生氣，被拋下不心寒嗎？爲什麼不狠狠苛責他這位無情無義的懦夫？

范鈺威淡淡地道：「你將來要當大明星，等你紅了，說不定會有人挖你的過去。這種事你不該淌渾水，你不能留下不好的紀錄。」

聽到這話，劉神的淚腺再次爆發。

原來，范鈺威是來真的。

范鈺威是真心把他當成兄弟，是真心相信他可以成爲明星，這份深信甚至遠超劉神相信自己。

劉神緊緊握住范鈺威裏上石膏的手，面對這隻手，他再也找不到畏懼逐夢的理由。離去前，劉神在范鈺威的石膏上留下簽名，他道出至今爲止最勇敢的話。

「石膏別丟，那以後會很值錢。」

說完，劉神便擦乾淚痕，離開病房。

那次住院的醫藥費劉神的父母全結清了，但他們遺憾沒辦法爲范鈺威處理退學令。不打緊，兩人的關係沒受到這點小事影響，離開學校的范鈺威依然和劉神保持聯繫，他們時常寫信給彼此，偶爾也會約出來聚聚。

范鈺威透過親戚介紹去工地上班，劉神則鼓起勇氣向父母攤牌，成功考取著名的演藝學校。

畢業後，劉神的演藝之路並沒有想像中順遂，和那些父母本就隸屬演藝圈的星二代同學相比，劉神就像無頭蒼蠅。

他沒有人脈，但他有范鈺威這個兄弟。

二十一歲，在劉神最迷惘的時候，范鈺威騎著機車出現在劉神面前。

「怎麼樣美女？要不要跟哥去兜風？」范鈺威開玩笑地道。他花了一半存款買新車，下車就從後座拿出第二頂安全帽，「來，戴上。」

「戴上？去哪？」劉神愣著。

「當然是去參加試鏡啊，哪來的時間站在原地發愁？」范鈺威將安全帽按上劉神頭頂。他爲劉神繫緊扣環，「全國跑透透，總會有人要你。」

「你就爲了這件事買車？」劉神清楚范鈺威在工地打拚有多辛苦。

「少往臉上貼金，我是爲了載妹，才不是爲了你。」范鈺威笑笑。

「那工作怎麼辦？」

爲了挺兄弟，范鈺威早就辭職賭上一切，「工作再找就有啦！我這叫投資，等你大紅大紫，我再連本帶利跟你討回來，到時那塊石膏就變成傳家寶囉！」

於是，兄弟倆帶上積蓄踏上旅途。

范鈺威前座，劉神後座，那幾年他們跑遍南北，居無定所，只爲參加大大小小的試鏡。等角色，找門路，錢不夠就打工換宿，做各式各樣的零時工。劉神壓力很大，范鈺威的壓力更大。

或許就是因爲壓力，陪劉神東奔西跑期間，范鈺威開始掉頭髮，常見的雄性禿，但他沒多餘的閒錢和時間好好治療，最後，范鈺威乾脆剃光頭，省得還要花功夫清理飄落的零星自尊。

劉神跑龍套好幾年，再過幾年熬成配角，直到二十八歲才苦媳熬成婆當上主角。二十八歲那年，劉神正式以電影《天外》出道，一戰成名。

通告代言如雪片般飛來，劉神成爲了一名有頭有臉的公衆人物，范鈺威也如願兌現承諾。

然而，他們誰也沒料到，兩人十幾年的情誼也在那年畫下句點。

某次劇組的殺青慶功宴，飯桌上劉神喝多了，在很多人面前把范鈺威的禿頭當保齡球抓，並說道：「沒有這顆保齡球就沒有今天的我。」

劉神發自內心地感謝范鈺威，他早就請朋友把全新轎車開到熱炒店外要送給范鈺威，送給這些年來照顧他的大哥。

可惜玩笑開過頭，自尊心爆裂的范鈺威氣得當場翻桌，酒瓶熱炒散滿地，場面難堪，慶功宴就這麼被范鈺威搞砸了，就連劉神要送的那台轎車，照樣被范鈺威砸得稀巴爛。

自那場飯局後，兩人再也沒有聯絡。

這一吵就是三十年。兄弟成了平行線，老死不相往來。三十年間，他們各自娶妻生子，劉神的事業蒸蒸日上，四十三歲那年還拿到影帝。

至於范鈺威，他也不曉得自己在抑鬱什麼，或許是見不得劉神好吧？他每天照鏡子都會看見禿頭的自己，只要看見那可笑的禿頭，就會想起那句超傷自尊的玩笑。

最終，范鈺威自暴自棄，他沉迷賭博欠了一屁股債，也丟了婚姻。為躲債主，范鈺威從北搬到南，五十幾歲靠著經營路邊攤維生，雖然生意不好，但拜某位老客戶所賜，他少說能吃飽穿暖。

那位客人每週至少光顧一次，每次固定買一百個便當，他說自己是經營慈善機構，便當是要發給路邊的街友。

路邊攤也幸運的沒被債主找到，可能是因為發給街友的便當積了不少陰德吧？他想。

范鈺威就這麼過一天算一天，直到五十八歲的某天，他洗澡時不慎踩到肥皂，以仰天綜藝摔結束了平庸的一生。

✉

紅桌前，椅子上的禿頭阿伯范鈺威雙手抱胸，「怎麼樣？劉胂那傢伙是不是很可惡？」

「呃，這……」紅桌另一端的楊子吉搓著下巴，「我是覺得有點可惜。」

「可惜？什麼可惜？」范鈺威皺眉，他腹裡的熱油又開始冒泡。

「劉胂當眾讓您出糗是很過分，但有必要因為這種芝麻蒜皮的小事三十年不往來？」楊子吉老實地表達想法，惋惜兩人之間的友誼。

「什麼叫芝麻蒜皮?說什麼鬼話，這件事可是天理難容！」范鈺威再次敲桌，震得楊子吉向後摔倒。

「爲了那小子，老子可是賭上一切！我願意爲他挨拳腳、擋磚棍！結果那畜生怎麼報答我?我爲他赴湯蹈火，他卻害我淪爲笑柄！」

「不不不，我的意思是，和你們多年的友誼相比，這件事眞有那麼嚴重，值得你們這樣大吵?」楊子吉縮到桌底，只敢露出兩隻眼睛。他接著說：「而、而、而且，劉神當時喝醉了，他是喝醉並不是故意要讓您丟臉，他肯定也很內疚，要不……他怎麼會以滴酒不沾出名?」

劉神相當有名，楊子吉在社群媒體上也看過他的專訪。

幾次訪談中，劉神提過自己絕不喝酒，被人問及不喝酒的原因，他僅是輕輕帶過，聲稱不喜歡酒的味道。其他藝人也向媒體透露，若強迫劉神喝酒，就會被劉神列爲拒絕往來戶。

相比其他職業，藝人更需要社交應酬，也更需要酒精紓壓，因此在演藝圈滴酒不沾的人絕非多數。

聽完范鈺威的過去，楊子吉猜想，劉神不碰酒，是因爲酒精曾害他失去一位知己，和酒的味道無關。

「我想劉神肯定也爲這件事感到後悔……」楊子吉希望阿伯能原諒劉神。

「他是該後悔！那荒唐的保齡球笑話，讓他失去願意爲他擋刀擋槍的兄弟！」范鈺威的食指狠戳空氣，歇斯底里地邊指邊咒罵，「我詛咒他的子嗣世世代代全都禿！兒子禿！女兒禿！女婿媳婦全都禿！養的寵物也通通掉毛禿禿禿！」

「萬一他養裸鼴鼠呢？」范鈺威的一番話，讓楊子吉不禁聯想到那些本身沒有毛的動物。

「什麼裸鼴鼠？我裸你媽的！」范鈺威奮力朝紅桌一踹，震得躲在桌下的楊子吉腦袋晃蕩，逗趣的模樣令附近的夢使全在憋笑。

一旁的明瀛鎮定地打岔，「詛咒他人會大幅耗損陰德值，我不建議這麼做。」

「誰管什麼狗屁陰德值！告訴你們，對大人來說，面子才最珍貴！大人的面子最重要！」范鈺威指著明瀛大罵，整個忘川郵政全是他的聲音。

嘈雜的叫罵聲引來旁人側目，自知被很多人注視，范鈺威只好重新坐回椅子上。他不怕被當奧客，就怕大家盯著他的禿頭猛瞧。

扶正頭上的法帽，楊子吉爬出桌底，「這三十年間，劉神難道都沒找您道歉？」

「那小子結婚時有寄喜帖，我直接把它撕了。」范鈺威冷哼。

「寄喜帖就是在示好，他想跟您和好啊……」聽到禿頭阿伯的做法，楊子吉只覺得他好幼稚。

「嘖！天曉得，搞不好只是想邀我去看他風生水起，特地邀我去眼紅。去到那，我的腦袋說不定又被當保齡球抓，我才不要呢！」范鈺威雙手抱胸，朝旁撇頭，「反正我是不可能原諒他了，就當這輩子沒有過這弟弟。」

唉，年近六十的阿伯，心智年齡怎麼還停在十歲？不，不對！十歲小孩吵架才不會吵這麼久，小朋友吵架通常不用一、兩天就能和好。

正因為是大人，愛面子、自尊高，所以才拉不下臉道歉，才不願輕易寬恕。小時候明明能坦然說出「對不起」和「原諒你」，不過簡單幾字，長大後、懂事了反而說不出口，仔細想還真矛盾。認錯和諒解，這部分小朋友比大人還成熟。楊子吉心想。

坐回椅子上，透過記憶聯動，楊子吉確信范鈺威還在意劉榊，甚至還看到那塊卸下已久的石膏就擺在他的床頭，要是他真的恨劉榊，那剖開的石膏就不會擺在床頭，裡頭更不會放著一大堆電影票根。

禿頭阿伯絕對是劉榊的鐵粉。楊子吉不放棄勸和，「范先生，從您的記憶來看，我認為您其實想跟劉榊重修舊好。」

「沒那回事！」范鈺威再次撇頭，堅決否認，「是說老子屁放完了，你們該放我去投胎了。」

楊子吉有些為難地看向明瀛，他拿這頑固阿伯束手無策。

明瀛兩手一攤，「好吧，既然范先生堅持不託夢，我們也不勉強。不過醜話說前頭，范先生要是就這麼過橋去到下一世，我敢保證，下輩子您照樣會被肥皂弄死，或是命喪於其他更可笑的死法。」

「蛤？憑什麼？」范鈺威瞪大雙眼。

「聽完您的闡述，並思索生死課給您安排的死因，我認爲范先生這輩子的課題就是自尊。人是該有自尊心，但有些事往往比面子重要。」

「你現在是在對我說教？」范鈺威挑明不吃這套。

「不，我只是在盡夢使的義務告訴您，在世時該說的話，在世時就該說完，這輩子沒道的歉和沒說的原諒仍會延續到下輩子，這輩子未完善的課題，下輩子一樣會碰到。」

明瀛接著說：「您未放下執念，未完成課題，下輩子大概又會踩到肥皂或香蕉皮。說不定更慘，可能會裸睡夢遊被車撞，或酒醉脫光爬高壓電塔。這幾個是我見過的例子，您參考看看。」他一臉理所當然地分享生死課的創意。

「開什麼玩笑！現在是逼我非得原諒劉神嗎！」范鈺威氣憤地起身。

「當然不是，原諒僅適用於好人，如果劉先生是個無情無義、沒心沒肺的惡人，不原諒他也罷。」明瀛引導地給出建議，「不如我們一塊回凡間晃晃，瞧瞧在您離世後，劉先生有何作爲。」

「省省吧，那小子鐵定忙著拍戲。他現在認得一幫有權有勢的大老，早認別人當大哥了。」范鈺威不屑地瞥向別處，眼中的落寞難藏，「他早就不需要我，老早就忘記我了。」

「眞要如您所言，我很樂意爲范先生破例申請，向上稟報您此生的課題已完善。」明瀛又一次拋出釣餌，「敢不敢打賭？」

「賭贏我下輩子就能死得像模像樣?」范鈺威提出要求。

「保證讓您死得風風光光。」明瀛莞爾。

而後,明瀛將印有「出公差」三字的立牌放在楊子吉桌上,對空撇了幾畫施展術式,轉眼就讓三魂傳送至凡間。

殯儀館,人擠人,魂擠魂。

這是楊子吉初次以夢使之姿來到凡間,他站在幾個路人面前揮手,路人毫無反應,活人們眞的看不到他。

其他路過的神職見狀,翻了一個大白眼,「呵,一定是菜鳥。」

楊子吉不介意眾魂的嘲笑,菜也是眞的菜,倒是當幽靈的感覺眞新鮮,楊子吉一不小心就調皮起來,朝殯儀館的工作人員扮鬼臉。

在楊子吉分心時,明瀛已站到他身後,「你最好收好著裝術式,要是不小心弄掉,在活人面前解除魂魄之姿,那我就得叫尙謙趕來了。」

「叫尙謙來幹麼?」楊子吉回眸。

「看你被雷爆成渣啊。」明瀛用親切的笑掩蓋怒意,「暴露神職身分乃洩漏天機,洩漏天機則魂飛魄散,希望你還記得工作規章。」

楊子吉嚇得立刻站直站挺,皮繃緊,只管安分跟在明瀛身後,不敢再嬉皮笑臉。

三魂來到范鈺威的告別式,會場不大,出席的親戚不多。

小小的會場裡，范鈺威的前妻站在花籃旁，她向女兒道：「別擺臭臉，公祭很快就會結束。妳爸生前脾氣很大，沒什麼朋友。」

「我只怕一堆不認識的人來討債。」已經上大學的女兒看不起沉迷賭博的生父，一臉埋怨地說：「到底爲什麼要幫這種人辦後事？」

「怎麼樣也是妳爸爸，我們不爲他做就沒有人做了。」范鈺威的前妻長嘆。

會場淒涼，楊子吉站在母女倆中間，替范鈺威感到不捨，雖然他不是好丈夫、好爸爸，但怎麼樣也不算窮凶惡極的大壞蛋。

而范鈺威從頭到尾都沒進到會場，始終站在場外，背對妻女，也背對自己慘澹的人生結局。

因爲愧疚，所以不願面對。這點明瀛和楊子吉都看得出來。

見兩名夢使從會場內步出，范鈺威便道：「帶我來這幹麼？是希望我對這裡的誰下跪懺悔？」

「范先生多慮了，我們只是來等人。」明瀛深信那人會出現。

「他不會來。」范鈺威沒能正視這裡的一景一物，他瞥向別處，「說過了，他早就忘記我了。」

「不急，時間會給答案。」明瀛面露自信的笑容。

一旁的楊子吉不知道該說什麼，看到禿頭阿伯的臉比大便還臭，還是閉嘴最好，省得說錯什麼被暴揍一頓。

沉默了許久，背對妻小的范鈺威突然問，「我會下地獄嗎？」

「裁定靈魂去向是其他神職的責任，夢使僅負責託夢，我們僅協助逝世者向生者傳達來不及脫口的話。」明瀛答道：「據說，只要有一名生者願意爲逝世者落淚，那名逝世者的靈魂便不會墮入地獄。」他分享著有趣的傳聞。

「只要一名？那想下地獄還不容易呢。」然而，范鈺威的告別式沒有一絲哭聲，連他的妻女都沒哭，「結果我連這個低標都達不到，就和我那死老爸一樣可悲。」

「那，范先生想託夢給妻女嗎？」

「我沒資格見她們。」范鈺威依舊背對會場內的至親，「我只配下地獄。」

「肯定有人不是這麼想。」明瀛望向遠方，「瞧，那個人來了。」

三魂抬頭，不遠處的大陣仗快步逼近，是身穿全套黑西裝的劉indent神，以及不知從哪接到風聲的媒體。

在保鑣的護送下，劉神快步來到會場入口，比起彼落的閃光燈引來眾人矚目，路人見到劉神也忍不住舉起手機偷拍。

人群接踵而來，本在會場內的親屬趕忙跑出。

見到明星，范鈺威的女兒一度以爲大人物搞錯會場，這是她初次見到劉神本人，她身旁的母親也是。

這也是楊子吉初次在鏡頭外見到劉神，他極力按耐住想幫詹芠琳要簽名的衝動，以免自己以焦黑渣渣的模樣散在尙謙腳邊。

范鈺威的女兒慌張地問，「不好意思，請問你是爸爸的？」

「我是范鈺威先生的義弟。」劉柛朝范鈺威的妻小鞠躬，「妳父親是我生命中最重要的貴人，請務必讓我送他一程。」

「可、可是……」范鈺威的女兒難以置信地說：「我從沒聽他說過這件事。」

「沒關係，今後請多指教。」劉柛微微彎腰，雙手恭敬地奉上名片，絲毫沒有明星架子，「有什麼需要幫忙的儘管開口。妳父親生前幫過我不少忙，我欠他很多，若有機會幫上妳們，我會很高興。」

范鈺威的女兒愣愣地接過名片，嘴微張，連發的閃光燈快把她閃瞎。

「請容我入內上香。」劉柛輕聲請求。

「請……請便！」范鈺威的親屬讓出路讓劉柛步入會場，尾隨在後的媒體如嗜血禿鷹般接連湧入，保鑣擋都擋不住。緊跟在人群後的是范鈺威，他穿透人群，掠過再無意義的世俗，只爲追上劉柛的腳步。

他不敢相信劉柛眞的來了，更不敢相信的是，劉柛的後腦竟剃了大大的「禿」字，超矬、超顯眼、超可笑，世上絕不會有任何一名髮型師爲影帝設計這種造型，突兀的髮型完美糟蹋劉柛的英俊。

依范鈺威對劉柛的了解，劉柛低調又謹愼，怎麼樣也不會讓私人行程走漏，顯然這一切都是故意的，他是故意理這種髮型，故意引來媒體，故意讓自己淪爲笑柄，任憑身後的閃光燈拍個不停。

爲了站到劉柛面前，范鈺威重返不願面對的結局。

三十年，無法傳達的道歉，無法開口的原諒。

歲月老去，記憶猶新。

事隔多年，兄弟倆終於見面，卻也無法再見。

提著黑色紙袋，一身黑衣的劉柛終於來到范鈺威身前。他將黑色紙袋放上供桌，並從中拿出兩罐牛奶和兩枝冰棒棍——一罐巧克力，一罐蘋果；一枝哥哥，一枝弟弟。

劉柛從法師手中接過香枝，哽咽了數秒才開口：「哥，你還在生氣嗎？」

站在畢生的遺憾前，范鈺威自覺靈魂深處某樣枯竭的東西正燃上眼眶。

「我想，你應該還在生氣吧，畢竟我在婚禮上等了很久，還是沒等到你……」熱淚滑過劉柛側顏，他同樣述說著遺憾，只因婚禮缺少最重要的祝福。

見劉柛眼淚頻落，那個沒血沒淚的孩子依舊不肯掉淚，僅是靜靜地看著此生最深的執念。

爲了看清劉柛的面容，范鈺威必須將不願面對的一切收入眼底——荒唐的人生、失敗的婚姻、未盡的父責，以及茫茫人海中，那唯一稱他爲好人，也唯一爲他落淚的人。

「不瞞你說，那個每週固定買一百個便當的客人其實是我，是我叫助理去買的。我特地交代助理別讓你知道實情，我知道你還在生我的氣，如果知道那是我，你肯定就不賣了。」事到如今，劉柛認爲再無隱瞞的必要，一一述說著實情，「賭債的事也別擔心，我都幫你還清了，不會再有人騷擾嫂子。今後我也會好好幫你照顧她們，希望你能無後顧之憂地去到彼世。」

原來，根本沒有什麼慈善機構。

原來，根本不是他天生好運沒被債主抓到。

原來，這漫長的三十年間，劉柛一直一直在道歉，一直一直在報答。

原來，弟弟從來沒有忘記他。

「哥，對不起……」劉柛持香鞠躬，淚痕深刻他的臉龐，「原諒我，好嗎？」

隔著陰陽兩界，弟弟抬頭落淚，哥哥低頭不語。

范鈺威死也不哭，打死不哭。哭了，就輸了。

那，具體是輸給誰呢？

不知道，不曉得。或許，是怕輸掉面子吧？

范鈺威自認這輩子的淚水額度已在飽受拳腳的童年耗盡，更認為靈魂沒有眼淚，直到劉柛將香枝插上香罈。

上完香後，劉柛返回原點，頂著最羞恥的髮型，背對無數鏡頭，當眾高舉左手，放聲喊出此生最重要的承諾。

「一世兄弟——」

宏亮的聲音迴盪在告別式，響徹逝世者的靈魂。

劉柛的哭腔溼了范鈺威的目眶，但他固執的眼淚始終不肯落下。

見執著的淚水仍抓著眼眶不放，站在范鈺威身旁的明瀛溫柔道：「范先生曾說過，大人的面子最珍貴。這點，作爲輪迴多次的靈魂，我另有看法。」

明瀛緩緩道出他輪迴百世的體悟：「對大人來說，最珍貴的不是面子，而是眼淚啊。」

語畢，范鈺威終於落下此生的課題。

父親被槍決時，他沒有哭。遠方親戚把他當皮球踢來踢去時，他沒有哭。被師長用藤條狂抽連打時，他也沒有哭。就連被學長圍毆到頭破血流時，他還是沒有哭。

如今站在劉榊面前，范鈺威卻泣不成聲。

原來，他並非沒血沒淚。原來，靈魂也有淚水。

老去的兄弟面對面，兩位大人注視著彼此，不斷落下最珍貴的情感。

源自靈魂深處的情感持續湧現，范鈺威再也壓抑不住，他直直衝向劉榊後方的記者群，朝鏡頭大肆揮舞手臂，試圖阻擋連拍的閃光燈，「別拍！不准拍！去、去！通通給我離開這裡！全都給我滾出去！」

魂魄穿透凡間實物，揮了幾把發現沒用，淚流滿面的范鈺威只好轉身大罵劉榊，「你是傻子嗎？爲什麼讓自己丟臉？根本沒必要做到這樣，我不想看你被人嘲笑啊！還不快弄掉那禿字！」他不捨弟弟成爲笑柄。

范鈺威哭得上氣不接下氣，邊說著：「你演的每部電影我都有看！有的好幾刷，有的還買錄影帶回家！我認眞的。啊！那塊石膏！對，你簽名的那塊石膏我也還留著！沒有賣掉，絕對不賣！我把所有的電影票根都塞在裡頭，就擺在我的床頭啊，劉榊……」

他站在劉神身前，傾盡情感。

生死有界，劉神聽不見哥哥的哭喊，他宣示完約定便跪下，朝范鈺威的遺照下跪磕頭。

「別跪！跪什麼啊你這白痴！起來！給我起來！」范鈺威哭道，他眞希望弟弟能夠聽見。

范鈺威跟著跪下，盼望能一把將劉神從愧疚中扶起，「別哭了！我求求你別再哭了！你忘了嗎？我們是超級好朋友，是無敵鐵哥兒們啊！哥哥才不會跟你計較那種小事。保齡球就保齡球，禿頭就禿頭！你怎麼說都沒關係，哥哥不介意。你……你千萬別放在心上啊劉神！求你了，我求求你別難過了……」

兄弟倆跪在一塊掉淚，再這樣下去不行，范鈺威立刻起身，踉蹌跌向明瀛和楊子吉。

「他聽不見，劉神聽不見啊……」范鈺威激動地發抖，懇求地握起楊子吉雙手，「求求你們幫幫我，我要託夢給那小子，必須告訴劉神我原諒他了。那傻瓜很容易自責，要是不傳達給他，他心情一定會受影響，肯定食不下咽。劉神還要拍戲，他事業好不容易爬到這，說什麼也不能讓他把身體搞壞。拜託你們了，嗚……」

被託付的楊子吉猛點頭，在明瀛對空幾撇後，三魂返回忘川郵政。

回到紅桌，作爲夢使的楊子吉專心提筆，細心感受著靈魂的念想，一筆精簡范鈺威與劉神的兄弟情。

待墨筆擱下，烙印術式的深黃紙張便自動摺成信封。

楊子吉朝范鈺威道：「請伸出大拇指，以靈魂的契印為此信封緘。」

范鈺威朝懸空的信封按下拇指，注入思念，以魂的念燒出溫暖微光，如同火漆，如同他生前和弟弟對碰大拇指立下約定，終將信封牢牢黏合。

夜幕垂降，生者入睡之時。

思念綻放，忘川郵政萬絲齊放，每封信都朝天射出一道引導線，那條線將引領夢使找到被託夢者、找到信箱。

承載念想的信無法用外力毀滅，撕不爛，子彈打不穿，哪怕扔進火堆也無法銷毀。

每封信都象徵一部分的靈魂，唯有當信化為夢境並傳達思念時，信才會消失。

循著思念牽引，楊子吉於夜空中飛行，被委以重任的他只在信中寫下一句話——

「來世，再當兄弟。」

第六章

劉榊的事當然上了新聞，所幸沒有掀起太多負面聲浪。

事後，劉榊透過訪談解釋頭頂禿字上告別式的緣由，他深知這行爲不莊重、不嚴謹、對不住禮俗，很抱歉自己給大眾做了不好的示範，但他是爲了請求義兄的原諒才這麼做。

訪談中，劉榊也向大眾揭露滴酒不沾的眞正原因，也提到近期或許會開始練習淺嘗美酒。

而他後腦勺的禿字已經理平。想必，兄弟倆的心結已在夢中說開。

臨走前，放下執念的范鈺威特地前來忘川郵政。

「謝謝你啊年輕人，還麻煩你朋友繼續支持劉榊，那小子又有新電影要上映了。」范鈺威緊握楊子吉的雙手。

「別客氣，我會和朋友找時間一起去電影院。」楊子吉靦腆地道。這是楊子吉初次被協助的對象感謝，他有些不習慣，「依劉榊的名氣，他也不缺兩張電影票的票房。劉榊是實力派演員，范先生就別擔心了。」

「我不是在擔心，是希望有人能代替我繼續支持劉柛，連我的份一起。」范鈺威眞誠地說。

不知道爲什麼，楊子吉有點想哭，深深吸足氣，憋住淚水後，他才開口：「沒問題，票根我會好好留著。」

「謝謝你，眞的很謝謝你。」范鈺威握著楊子吉的手上下擺，他手邊擺，身體邊鞠躬。

范鈺威很感動，楊子吉更是。

工作就是工作；工作也不只是工作。楊子吉終於等到這份感謝，他一手搓揉額頭中央，揮舞另一手向范鈺威道別。

在這之後，楊子吉又陸續幫了好多靈魂——

突然心臟病發，急需委託人毀滅神祕硬碟的工程師。同爲男性，楊子吉完全能理解對方的焦慮。

壽終正寢，深怕主人走不出憂鬱的虎皮鸚鵡。小小鸚鵡在忘川郵政亂飛亂啄，見紙就咬，逢人就啄，楊子吉的耳垂也無法倖免。

比起託誰辦事，有話來不及說的仍占多數。

不敢脫口的喜歡、囤放已久的愛、遲來的道歉、趕不上的原諒，楊子吉處理的委託幾乎離不開這四種。

夢使和客服不同，明瀛沒有規定下屬每日須達標的案件量，忘川郵政也沒有每日產能這種東西，這讓楊子吉得以全心全意處理每一則委託。

但隔壁桌就不是這樣了。

「你喜歡她關我什麼事？你喜歡她就要早點講啊。」隔壁桌的尚謙翹腳吃著草莓大福，天曉得他打哪摸來那些供品。

「活著不說喜歡，死了才去告白，是要逼人家跟你冥婚喔？」

「也、也不是啦！就只是想對她表露眞心而已……」坐在尚謙對面的年輕人一臉難爲情。

「死了才表露眞心有什麼用？要是人家現在已經有對象了，你這種託夢反而會讓對方困擾。我拒絕。」尚謙滿不在乎地揮手趕人，「換人，下一位。」

「慢著！我辛辛苦苦排到這邊，好不容易輪到我，你現在居然要趕我走？可、可以這樣嗎？」年輕人不敢置信。

「當然可以啊，搞清楚好不好？我是神，你是人，到底是誰該對誰客氣啊？協助凡人又不是神明的義務。」

跩得比天高的屁孩尚謙咀嚼著草莓大福，官二代壓根沒把工作當回事，「生前該說的話，生前就該說完，你們凡人非要死後才話多，到底是誰的問題？」

「但我不想帶著遺憾到下一世啊！」年輕人慌張地解釋著。

「你就該帶著遺憾到下一世，這樣你下輩子才會拿出勇氣。遺憾就是最好的教訓。」

尙謙厭煩地輕揮兩下，身爲源神，一下就讓那名錯愕的年輕人屁股離開座位、魂魄原地起飛，再揮一下，那名年輕人就被吹向遠方。最終，那名年輕人以倒頭栽的方式被扔回魂山魂海，沒入無限繞圈的隊伍中。

尙謙一手抹去嘴角殘留的紅豆餡，另一手隨便招呼，「下面一位！」

下一位是名嘴巴開開的大嬸，應該說，四周的靈魂和楊子吉一樣傻眼，全都張大嘴，初次見到夢使把死者的魂魄當垃圾扔，其餘在忘川郵政任職的夢使倒是見怪不怪。

那名大嬸很識相也很聰明，她沒有認命地坐到尙謙對面，反而默默調頭，改去其他隊伍後方，寧可再花時間排幾圈，也不想當下一根種進魂海裡的蘿蔔。

「這麼做好嗎？」楊子吉問尙謙。

倒也不是要按明瀛的期望影響尙謙，楊子吉也不覺得自己能感化屁孩，單純是看不過去。

「哪裡不好？我剛才說的話有哪裡不對？」尙謙嚼著大福，他桌前大排長龍的隊伍已經鳥獸散。

「沒有不對，只是好像有點苛刻，就是有點……呃……不近人情？」楊子吉沒有半點苛責的意思。

「我就是神啊，神爲什麼要跟凡人講人情？」

尙謙不覺得自己的做法有何不妥，他整理著桌面，一如往常準備早退，反正桌前也沒人排隊了。他每每都是把靈魂們嚇跑後就打卡下班。

「在世時明明有那麼多機會可以開口，憑什麼拖到死後再讓夢使收拾爛攤子？」

「每個人的情況不一樣，有些人可能有苦衷。」

「都一樣啦！活著沒能傳達自己的眞心，死後還要別人幫忙，在我看來，凡人靈魂通通都是膽小鬼，做事婆婆媽媽，生前死後都在浪費大家時間。」尙謙鄙視前來忘川郵政排隊的所有靈魂，「只能說，輪迴的歷練無法賦予靈魂勇氣，無聊透頂。」

說完，尙謙就蹺班蹓躂去了。

作爲被瞧不起的凡人，楊子吉倒沒想和尙謙爭辯，他認爲和未經社會歷練的官二代吵架才眞的是浪費時間。

況且尙謙雖然不懂人情，但他說的話的確有幾分道理——生前該說的話，生前就該說完。

楊子吉是還活著，但他早已錯過那人的生前。

「回家後，我對妳說一百次。」

他還欠那人一百次。

惦記沒能還清的債，放眼望去的魂山魂海，始終不見那人的身影。

仰望萬絲齊放的夜空，千百萬條思念，沒一條連到楊子吉身上。

母親到底去哪了？爲什麼都沒託夢給他？難道母親一死就無牽無掛地直接投胎了？

就沒有話想對兒子說？

目送成千上萬的託夢信發送到世界各地，楊子吉好羡慕那些被託夢的人，他們的爺爺會找，奶奶會聯繫，爸媽會關心，情人會糾纏，連鸚鵡都知道要找主人，唯獨他是生灰的邊緣信箱，從來沒收過半封信。

那麼多封託夢信，爲什麼沒一封屬於自己？

✉

休假，吃飽喝足，適合熟睡的午後，楊子吉做著奇怪的夢。

夢裡，他感覺身體不受控制，比起說是自己的身體，更貼近附身在某人身上，以第一人稱的視角體驗陌生的夢境。

他走進一間金紙鋪，盛滿香粉的甕遍地，成堆的金紙和香束盡收眼底。

透過景物的遠近變化，楊子吉感覺自己走到桌前，視線變低，顯然是坐到椅子上，而長桌對面的是名白髮老頭，他猜，大概是這座香鋪的老闆。

見客人坐到桌前，白髮老頭並沒有停下動作，繼續整理著滿櫃的香枝，「醫生叫妳拿掉孩子，對吧？」

楊子吉的視線隨即上下擺動，他正點著頭，不，應該是「她」。

「就說了，妳這孩子太早來當人，是個年幼的靈魂。福報不夠就急著下來玩，就算生下來也活不到五歲。」白髮老頭這才別過身。

他正對著她，好言相勸，「聽醫生的話拿掉吧！心裡眞要過不去，就找間廟跟神明說，等這孩子福報夠了、準備好了，請他來世再當妳的孩子。只要誠心發願，神明一定會讓你們母子再次相遇。」

楊子吉的視線左右搖晃，她拒絕對方的提議。

不僅拒絕，似乎還說了些話，楊子吉只見白髮老頭的眉頭越來越皺，聽不見這副身體究竟說了什麼。

「我懂為人母親的心情，絕對捨不得自己的孩子，但夭折是那孩子的天命。」白髮老頭長嘆一聲後接著說：「沒打算再談下一段感情，大可領養流浪貓或流浪狗。母子眞要有緣，那孩子說不定會以另一種形式來找妳。」他清楚女子被丈夫拋下了。

楊子吉的視線仍舊搖擺，女子再次拒絕對方的提議。她低頭摀住臉龐，令楊子吉的視野一片漆黑，他能感受到這名注定失去孩子的女性相當難過。

待女子鬆開屏蔽視線的雙掌，剎那間，楊子吉愣住了。

垂頭的視野落下淚水，淚漬落在白色裙襬，上頭紋有藍色花朵，楊子吉認得這件裙子，這正是他母親最喜歡的長裙。

思念在藍花上暈開，遺憾楊子吉什麼都做不了，只能任憑夢境發展下去。

見女子傷心欲絕，白髮老頭又是一嘆。此時，女子疑似說了些什麼，楊子吉感覺到她視線顫抖，左右手輪番拭淚。

「對抗天命的方法？有是有，但想對抗神明只能找神明。妳要知道，向某些神明許願必須付出代價。」白髮老頭搧了搧手，盼望她不要太執著，「這事我不能說，我過去就是說多了，這輩子才被貶下來，拜託妳別爲難我……」他不想洩漏天機。

楊子吉的視線出現合十的雙手，模糊的視野前傾後搖，他知道母親正泛著淚光，苦苦哀求。

過了許久，心軟的白髮老頭沒轍，「眞有覺悟就去找葬天大神吧！祂是唯一能扭轉天命的神。我只能說到這，剩下的妳自己看著辦。」

很快地，楊子吉的視線上移並大幅前傾，女子已起身朝白髮老頭連三鞠躬。

轉眼，夢的場景迅速切換，楊子吉踏入一座深黑廟宇。

巨大的神像坐落於眼前，有別其他神明，此神的神壇以眾生的屍骸編織，支撐神壇的四柱纏滿怨魂。柱上刻有古老的封印術式，四道鎖鏈自四柱延伸至此神身上，枷鎖纏身。

此神不像神，面容醜惡如魔，獠牙外露，殺氣騰騰，眼中不見一絲慈悲，猙獰的雙瞳只有狂妄，祂盤腿坐於屍山上，遭鎖鏈囚禁。

壇上的骨骸與梁上的怨魂面容扭曲，神情痛苦，眾生眾神無不畏懼，栩栩如生的雕刻令觀夢的楊子吉難忍哽咽。

「神明墨武又稱武葬天，葬天大神以惡靈爲糧、以惡神爲食，存在的本意是要懲戒惡靈，遺憾最終噬神成癮，墮爲邪神，故被眾神齊心封印。」住持遞過點燃的香枝，

「葬天大神乃源神之最，能葬送天空、葬送天命，若您願以相對應的代價還願，葬天便認您腹中的孩子爲契子，令其平安誕生，得以活至天年。」

楊子吉的視線上下點著——母親答應了。

楊子吉看得心慌卻無能爲力，他不希望母親爲自己犧牲什麼。若此夢爲眞，那他在看的全是過去，塵埃落定，無法改變。

住持又道：「切記，此願乃妳向葬天許下的承諾，是祕密、是天機，若向他人洩漏，妳的孩子將立刻壽盡，魂魄粉碎。」

楊子吉感覺到母親的視野堅定又清晰。他滿心焦急，不曉得母親究竟拿什麼去交換。

渺小的凡人與眾神之最隔著一炷香，隔著一名母親畢生最大的願望。

三次鞠躬後，下秒，場景來到楊子吉熟悉的公園。

熟悉的鞦韆，熟悉的滑梯，令人懷念的母子時光。

陽光灑落，透過母親溫柔的視線，楊子吉看見那名男孩活過了四歲，來到換牙的年紀。

男孩手捧褐色小紙袋，從紙袋裡拿出剛烤好的雞蛋糕，撕成一點一點的碎屑拋撒給公園的野鴿。

那名男孩楊子吉當然認得，他照過鏡子，更從泛黃的照片中見過無數次，正是年幼時的自己。

男孩活得健康，也活得快樂。他被肥嘟嘟的鴿子團團包圍，一個缺牙的回眸笑，就讓母親的世界被幸福填滿，溫暖了楊子吉的心。

他不曉得母親究竟用什麼換來這份笑容，只知道就母親的視角看去，一切都很值得。

「媽咪媽咪！鴿子在跟我說謝謝喔！」男孩站在遠處高呼，自覺聽得懂鴿子語。隨後，他搖頭晃腦，重心不穩地跑向母親，「我剛剛把雞蛋糕分享給鴿子，因爲老師說分享很重要。」

女子點頭說了些話，一邊說，一邊爲男孩抹去嘴角的蛋糕屑，不忘輕撫男孩。

男孩接著轉身，不遠處有名陌生人，他居然就這麼傻傻拿著雞蛋糕衝過去，女子恰好看見這一切，嚇得起身直追。

楊子吉的視線隨母親的快跑上下顛簸，隨著視野拉近，見到那名陌生人的瞬間，楊子吉又愣住了——是那個揍他肚子的陌生男子！在餐廳揍他肚子，又在夢裡海扁他的傢伙！

那男的爲什麼出現在這？原來他們以前就見過面了？楊子吉的心中冒出一堆問號。

男孩跑到高大魁梧的陌生男子腳邊，遞出雞蛋糕，「看起來凶巴巴的叔叔你好，這個給你。」

陌生男子沒有開口，眼神冰冷的他僅是皺起眉頭。昔日的他依舊和「親切」二字絕緣，與「和藹可親」一詞保持最遙遠的距離。

女子這才趕到，她一把抱起男孩，將貿然行動的男孩抱進懷裡緊緊護住，就怕她的唯一有個萬一。

陌生男子釋出的氣場令人倍感壓力，女子摟著懷裡的摯愛退了半步，接著點頭致歉。躲在母親懷中的男孩遲鈍得可愛，不但沒被陌生男子嚇到，反而又一次遞出雞蛋糕，「請你吃。」

陌生男子依舊皺著眉，但冷冽的雙眼因孩子純眞無邪的笑暖了幾分。

女子正要伸手制止，卻見陌生男子伸手接過男孩的善意，將雞蛋糕放入口中咀嚼，那對令人不寒而慄的眼也跟著起了變化。

「好吃嗎？」男孩問。

陌生男子點頭，眼中的情感被主動親近的男孩點燃，他注視母子的雙眼不再凶惡，甚至還帶了一抹極爲罕見的溫柔。

「叔叔好高大。」男孩突然朝陌生男子伸出雙手，「抱抱。」

女子伸手揮了揮制止兒子的胡亂討抱，附身於內的楊子吉能感覺得出母親對陌生男子很不好意思。

她對男孩說了些話，懷裡的男孩道：「可是我也想玩飛高高，都沒有爸比跟我玩。」

一股難以言喻的愧疚瞬時滿溢母親的心，楊子吉感受得到。所幸，陌生男子及時伸手，爲不知如何是好的女子化解尷尬。

楊子吉很驚訝，那個始終板著一張嚴肅臉孔的陌生男子竟主動抱起男孩，舉高高，將孩子送向天光。

男孩敞開雙臂，於空嘻笑，擁抱光明，天使般的笑聲撫平了母親的內疚，也融化陌生男子冰封的心。

然而溫馨的場景並未持續太久，一片黑暗襲來，明亮的公園被暗影吞噬，不過幾秒，夢又來到下一幕。

陌生男子單膝下跪，臣服於黑暗。楊子吉觀夢的視角看不出陌生男子向誰下跪，只能看見母親的視角，像是自地仰望陌生男子。

「兒子，千年以來過得很委屈吧？」

充滿威壓的聲線自陌生男子臣服的方向傳來，那殘暴似魔的聲音光聽就讓人窒息。

面對至高的力量，任一靈魂都不敢輕率抬頭，就連楊子吉也是，哪怕隔著夢，那恐怖的聲線依然死死掐住他的脖子，讓他害怕地發抖。

「作爲葬天的孩子，天庭肯定沒人正眼看你吧？你爲凡間斬鬼除惡，無私奉獻力量守護神界，他們雖賜你正義天將之名，卻沒人把你放在眼裡，只因你的魂魄源自葬天，是葬天的血脈。那份無知的畏懼一定讓你倍感屈辱吧？」

單膝跪地的陌生男子不甘咬牙，憤恨的拳像是要把世間萬物給擰碎。

「記得這份屈辱，待那孩子的靈魂成長健全，就將其煉成念玉，用念玉解開這座封印，屆時我們將重返天庭，葬送天空，奪回屬於我們的一切。在那之前繼續監視他，別讓他出意外。」似魔的聲音命令道。

陌生男子眼中透露著爲難，沉著臉的他與地上的女子對視，也和觀夢的楊子吉對上眼。

「至於那女人，把她的魂魄扔進地獄，讓她被地獄眾鬼啃食殆盡，別留下任何證據。」

什麼？慢著！住手！觀夢的楊子吉嚇得驚慌失措卻無從反抗，只能眼睁睁看陌生男子朝地面伸出手，任他單掌遮蔽光明，奪走母親的視線。

緊接而來的是渾身劇痛，群鬼尖銳的咆哮環繞母子，痛楚橫跨夢境蔓延楊子吉全身，刺耳的尖嘯劃刮靈魂。她很害怕，他也很害怕。

鋒利的爪牙不斷撕咬靈魂，感覺魂魄快被惡鬼們分食。她不願成爲惡鬼的糧食，她還有約定未完成，還有話語未傳達。

楊子吉不確定母親的結局，只知道胸口的炙熱是深淵中唯一的光。群鬼分食，深陷危機的楊子吉緊握來自左胸的思念，這份念想是他們母子最珍貴的連結，他死也不願鬆手。

本以爲惡夢到此爲止，殊不知騷動平息的下一幕，光明重現。

宛如被放置在六角形的容器之中，小小的容器內部陰暗，光線從失去蓋子的前方投射進來，從內向外看，只見陌生男子正直視著他們。

陌生男子面露慚愧，他很快收起柔弱的情感，重新振作。

「我以正義天將之名發誓，絕不會讓你們母子命喪不義。」

陌生男子承諾，他再次朝他們伸手，這回是依憑己志，將他們母子從黑暗帶向光明。

視野的最末是光芒的盡頭，眨眼，楊子吉從異夢中驚醒。

楊子吉百分之兩百確定，那場異夢絕不是什麼窮操心或胡思亂想，他開始有點擔心。那份不屬於自己的記憶太過眞實，說是幻想也太牽強。

若他不是夢使，估計不會把那場異夢當回事，頂多當成一場驚悚的惡夢，幾天就忘，忘不掉就去廟裡收驚，再過幾天終究會拋到腦後。偏偏楊子吉就是忘川郵政的員工，先前還有在夢裡被人痛扁的經驗，他知道託夢這個手段著實存在。

或許那場異夢是有人託夢給他，可能是那名陌生男子，也可能是他的母親，也可能通通都不是。

是誰到他夢裡託付那麼多資訊？重點還是母親的下落。她現在安全嗎？現在魂魄在哪？靈魂被扔進地獄後，那名陌生男子有救母親嗎？有救母親的話，他最後有護送母親的靈魂平安投胎嗎？在投胎之前，魂魄被地獄的惡鬼亂啃，多多少少會受傷，不可能安然無事吧？事後有誰爲母親治療嗎？應該說，魂魄是可以被治療的嗎？如果沒治療就送她去投胎，魂魄會不會在輪迴過程中支離破碎？那怎麼行？

一連串的問題浮現，楊子吉越想頭越痛，越想心越慌。

他能接受母親沒託夢找自己，寧可母親全然忘記自己，無牽無掛平安投胎，也不要母親的魂魄出事。

「拜託妳，千萬要快快樂樂去到美好的下輩子。待在某個神明旁邊工作也行，只要妳的魂魄健全，不必再受任何苦難，永遠忘記我也沒關係。」

這是楊子吉對母親最大的心願。

✉

忘川郵政，魂滿爲患的尖峰時段。

楊子吉先是向左看，「嗯，尚謙今天又蹺班了，很好很好。」接著向右看，「嗯嗯，隔壁桌的同事也很忙，非常好。」隨後起身張望，「嗯嗯嗯，茫茫魂海中不見明瀛的身影，眞是太好了。」

趁著沒大人，楊子吉默默將「出公差」的立牌擺上桌，他帶上夢使專用的工具書，偷偷前往位於忘川郵政內部，廟宇深處的書房。

抵達書房後，楊子吉不忘朝門外探頭，確認沒被任何靈魂跟蹤才關上房門。

比起書房，忘川郵政龐大的資料庫更像藏書豐富的圖書館，所有託夢過的靈魂都會在此留下文字紀錄。

輪迴多世、不計其數的靈魂紀錄集結億冊，架上陳列的冊子多到數不清，若用正常的方式瀏覽，一本一本徒手翻閱，哪怕花上十輩子，也找不到想要的資訊。

楊子吉回想當初明瀛不用幾秒就說「你這輩子沒有被人託夢過」，代表必定有方法可以直接調閱特定靈魂的託夢紀錄。他攤開夢使專用的工具書，認爲書中應有教導搜尋關鍵字的方法。

那場異夢使楊子吉放不下心，升起一股衝動，想調閱自己被託夢的紀錄或母親的託夢紀錄，一解困惑。

楊子吉才剛翻了兩頁，就聽聞身後傳來明瀛的聲音，「在幹麼？」

他嚇得闔上書本，急忙轉身，故作鎮定，「老……老闆好！」

「哎唷？自己帶上工具書來資料庫，這麼好學？」神出鬼沒的明瀛淺笑。

「呃，對啊！想說處理託夢案件也有一陣子了，是時候嘗試一下新東西。主動多學一點，多少對自己有幫助。」楊子吉順著明瀛的話接。

「既然這麼上進，要不要聽一下我的建議？」

「什麼建議？」

「建議你先學好說謊。」明瀛瞇起眼，「別對輪迴百世的靈魂撒謊。」

楊子吉不禁哽咽，眼神不自覺在地上來回掃，沒膽直視明瀛，就怕靈魂之窗出賣了他。

「所以，你在這幹麼？」明瀛面帶微笑提出第二次質問。

自知騙不過神仙，楊子吉只好老實，「我想找出我母親的託夢紀錄。」

「爲什麼？」明瀛沒有生氣，比起責備，他更想知道原因。

「其實我母親走一段時間了，在我國小的時候，她就去世了，只是我昨天做了奇怪的夢，想說會不會是她託夢給我。」

「你夢到什麼？」

楊子吉正打算詳述那場異夢，卻在開口前及時踩了煞車。

「切記，此願乃妳向葬天許下的承諾，是祕密、是天機，若向他人洩漏，妳的孩子將立刻壽盡，魂魄粉碎。」

曾在異夢中聽聞的告誡倏忽劃過腦海，楊子吉一時吐不出半個字。

能說嗎？感覺不能。應該說，這件事根本不能賭。說了不確定會不會出事，不說肯定沒事。

好比站在原地很安全，但向前跨可能踩到地雷炸得屍塊橫飛，那樣還會選擇向前跨，還是乖乖站在原地不動？當然是站在原地不動啊！

就怕說了會立刻散成渣渣，楊子吉費了幾秒，整頓好思緒才開口：「我夢到母親還在生病，夢到她還倒在病床上，想說會不會是她在另一個世界出了什麼狀況，才託夢這種內容給我。也可能是我還沒從母親病逝的創傷中走出來，就想確認一下……」

「你母親叫什麼名字？」明瀛攤開手中的術式。

「楊葉芯。」楊子吉回答。

利用術式，明瀛手中隨即浮現出一本冊子，他拿起來翻閱，很快地就道：「這邊查不到關於楊葉芯女士的託夢紀錄呢！」

「那我呢？我這輩子還是沒被任何人託夢過嗎？」楊子吉又問。

明瀛掌中的術式再次發光，手中的冊子迅速切換成另一本，他飛速瀏覽，「嗯，還是沒有人託夢給你。」

怎麼會？那昨天的異夢是怎樣？難道是像尙謙先前說的「走後門」？有位階很高的神透過特殊管道，便可執行不留紀錄的託夢？所以是那名陌生男子在搞鬼？

楊子吉頭上的問號越來越多，他沒能放下心中的大石，眼神緊張地亂飄，直到和明瀛對到眼，注意到對方一臉狐疑地打量著自己，才勉強回神。

「抱歉是我多慮了，我想母親應該早早就去投胎了。她大概眞的沒什麼話想對兒子說……」楊子吉難忍落寞地想，無話可說或無牽無掛都好，就怕不是如此，就怕母親的魂魄已遭遇不測。

「你和母親感情不好？」明瀛仔細觀察楊子吉的表情。

楊子吉搖頭，掛念母親的他就像個受傷的孩子。

「你在擔心母親？」直覺敏銳的明瀛關心。

楊子吉抿了抿唇，「嗯，我怕她死後還是過得不好……」

「原來如此，早說嘛！如果只是想知道母親去到彼世後的狀況，我去幫你查就好了，沒必要偷偷摸摸搞這些事。」明瀛用手中的冊子輕敲楊子吉的腦袋，讓小朋友用頭頂著書本。

「何況你想知道的事都不是夢使的職權範疇，得前往其他部門才行，也只有位階達標的神職才能調閱那些紀錄。」

「那樣會不會很麻煩？」楊子吉有些不好意思，他難爲情地戳戳手指，「而且這算是我個人的私事，如果還要特別麻煩老闆去調查，感覺有點濫權……」

「唉，小孩子就是小孩子。」明瀛朝楊子吉挑眉，他摩拳擦掌，故意笑得邪惡，「幾經輪迴的經驗告訴我，權力就是要拿來濫用。」

那是離邪惡最遠，離溫柔最近的笑容。楊子吉看得出來。

第七章

那孩子有所保留。

與楊子吉對話後，他鬼鬼祟祟的行爲讓明瀛忍不住起疑。

先是偷跑到書房，在兩人的談話中，眼神更是飄忽不定。問及擅自行動的理由，楊子吉開口前明顯愣了幾秒，眼中沒有惡意，反而湧現一股不知所措的恐懼，看起來不像爲了己利而撒謊，比較像是……被人威脅？

輪迴多世，明瀛見過的騙子很多，碰過的壞人更是多如天上繁星，他清楚壞人的德性，深知楊子吉不是。

他之所以沒打破砂鍋問到底，是因爲讀出楊子吉臉上的顧慮，明瀛認爲楊子吉對母親的思念不假，但促使楊子吉貿然行動的原因絕對不僅如此。

比起揪著孩子窮追猛打，倒不如自己調查，他本來就想查清楊子吉的底細，一名活人突然來到忘川郵政，帶著不知誰發的錄取通知，還帶著不知打哪弄來的靈鬼耳，這件事本身就有很大的問題。

絕對有生者擔任神職的先例，但未曾有過如此莫名其妙的案例。

得以擔任神職的生者，身世多半與彼世有淵源，可能來自除鬼世家，可能是被貶下凡的神仙。那些能夠擔任神職的生者，靈魂早已飽經鍛鍊，而不是像楊子吉一樣的年幼粗淺靈魂。

去天庭詢問人事處的基層，對方也沒能給出合理的解釋，反搬出「上面怎麼安排，我們只管照辦」的態度，一慣地敷衍與擺爛。

明瀛可沒這麼好打發。

✉

彼世，轉生課。

如同忘川郵政，此處一樣是大排長龍，擠滿了準備前去投胎的靈魂。

頂著一等神官的頭銜，身著夢使制服的明瀛大剌剌擠進人群，歷經無數句的「不好意思」、「借過借過」，他沒用多久就擠到辦理轉生業務的窗口前。

坐鎮窗口的是名身穿白袍的三等神官，叫恆胄。他一臉厭世地打著哈欠，邊朝一疊資料蓋上核准章。

「恭喜你，下輩子當毛毛蟲。下一位。」恆胄不屑地將資料扔上桌，要窗口前的靈魂帶上資料趕緊滾，少囉囉嗦嗦。

「毛毛蟲？爲什麼是毛毛蟲？」窗口前的靈魂詫異。

「陰德值太低，福報不夠。」恆胄聲音死平，毫無朝氣地回。死人太多，天天加班的他，同樣一句話一天得說上千次，「唉，我眞該把這句話錄起來。」

「一定要當毛毛蟲嗎？有沒有別的可以選？」窗口前的靈魂苦笑。

「吼，到底有什麼好選？又不是在挑老婆，可不可以不要浪費我時間？」恆胄不耐煩地看向陰德對照表，「還是你要當蠶寶寶？當蜜蜂也行，你頂多只能當這些東西。都不要的話只能往下挑，下面就剩蚊子那類的，你自己想清楚。」

「就不能往上選嗎？」靈魂看向對照表，「我不能當穿山甲？」再往上一格有穿山甲可以當，那至少是保育類。

「就跟你說最高只能當毛毛蟲，再來只能往下選，你是哪裡沒聽懂？你的腦袋是用蠶寶寶的絲織成的？」

恆胄粗聲粗氣，嘴巴超嗆，「想活漂亮一點就毛毛蟲，變成蝴蝶還可以美麗一陣子，至少可以美美地死在蜘蛛網上。想早點死就當蜜蜂，隨便挑個不長眼的白痴螫下去，讓屁眼的針一口氣拖出你的內臟，報復完社會後就可以快快進到下一次輪迴。蝴蝶、蜜蜂選一個，動作快，是沒看到後面一堆人在排？」

「那……那就蜜蜂吧。」窗口前的靈魂一臉黯淡，垂頭帶上資料，沮喪離去。

「下一位。」恆胄單手托腮，見明瀛湊上前，他本就死無可戀的臉便垮下，整張臉直從厭世變成憎恨宇宙，「拜託你去別的窗口，我不想和問題人物扯上關係。」

在彼世，天生爲神、生來強大的源神與千錘百鍊的凡神本就對立，各自一派。當中，明瀛更是出名的搞事凡神，除了愛淌渾水，還老愛以下犯上，從不按「規矩」辦事，誰都不想和明瀛扯上關係。

很多事明明眼睛閉上，假裝沒看見或得過且過即可，偏偏就是有明瀛這種不願闔眼，也不願安穩度日的傢伙。

明瀛的存在，讓他們這些不敢惹事的神職像個儒夫，害他們得承受沒必要的自責。恆胄打從心底討厭這種正派的靈魂。

「所以你連神職都幹不下去，打算投胎了？」恆胄冷笑。

「才不是，我是來執行夢使的工作。忘川郵政出了點問題，我來這調資料查案件。」明瀛模仿恆胄單手托腮，半身撐在窗口前。

「恕我直言，你本身就是個問題。」恆胄隨便拿出一疊厚厚的資料，作勢蓋章，「你還是去投胎吧！這個世界容不下問題人物，你投胎去凡間對大家都好。」

「這些話我就當作讚美了。閒話到此，幫我調閱這兩個靈魂的轉生紀錄。」明瀛抛出楊葉芯和楊子吉的相關檔案。

恆胄仰天嘆息，直覺告訴他，明瀛十之八九又踩紅線，肯定又沾染那些絕對不能碰的事，但作爲忘川郵政的最高管理人，他的確有權限提出這類要求，恆胄也只能照辦。

「唉，我怎麼死後還是這麼倒楣？生前加班過勞死，死後也在加班，還得處理一堆破事，到底哪個世界可以不用工作？」恆胄一邊碎念一邊動作，嘆氣連發。

他很快就翻出資料，「叫楊葉芯的靈魂死一陣子了，十多年前死於血癌，最後一次投胎是當人，從資料看來她沒到下輩子，她的靈魂並沒有來過這裡。」

「她沒來這辦理投胎？」明瀛皺眉。

「是啊，資料上沒看到她近期有轉生紀錄，也沒看到她被派到哪個神明旁邊幹活，大概是死後在凡間流浪。依時間推算，都死那麼久了，靈魂卻沒到這裡，想必已在陽間蒸發，真是令人遺憾。」話雖如此，恆胄臉上卻絲毫沒有遺憾的意思，「不過她有去過橋前郵政，按理來說，託夢完，魂魄就該被生死課帶過橋，靈魂會被引導到這，但就資料看來，楊葉芯最後的停留點是橋前郵政。」

「但我這邊查不到楊葉芯有任何託夢紀錄。」明瀛的眉頭越來越皺。

眞詭異，不僅詭異還很荒謬。照那孩子先前的反應來看，他跟母親的感情並沒有不好。一名和孩子感情要好的母親，死後就算無牽無掛，到了夢使事務所，在去到彼世前也會向孩子簡單道別。即使不託夢，生死課也該帶她過橋才符合流程。

對於明瀛提出的疑點，恆胄覺得沒必要大驚小怪，「到夢使事務所也不一定要託夢啊！託夢的機會又不是一定要用，搞不好她只是到橋前郵政觀光，之後又跑回凡間流浪，最後就化成灰了。不想投胎的靈魂待在凡間自盡的例子也不是沒有，對吧？」

「靈魂在凡間滯留並不是一件正常的事。」恆胄滿不在乎的態度燃起明瀛的怒意。

「下落不明的靈魂多的是，楊葉芯只是其中之一，沒什麼好在意。」

「她不是你媽，你當然不在意。」明瀛立刻嘖了句。

「好一句凡神的語氣。」輪迴過的恆胄無視明瀛的怒氣，他早已麻木，「正義感和同情心留在凡間就好，帶到這只會讓自己受罪。被貶官的你應該最清楚，這裡的不公不義比凡間還多，你也該長點記性。」

「我爲什麼要把在輪迴裡學到的一切留在凡間？」明瀛反問，「輪迴，不就是爲了把我們淬鍊成溫柔又勇敢的靈魂？」他認爲身前的凡神遺忘了輪迴的初衷。

這話令恆胄一時語塞，他就是討厭明瀛這點，他的正直會讓他們這些沒膽的凡神像隔岸觀火的混蛋，搞得他們像壞人，害他們自我譴責，心裡有負擔。

心生慚愧的恆胄迴避明瀛的質問，只管將話題帶回公事，「叫楊子吉的靈魂上輩子是人，四歲時不幸夭折，死於心臟功能不全。近期的轉生紀錄是海豹。」

「海豹？」明瀛晃了晃腦袋，他以爲自己聽錯再問一次，「你的意思是，他現在是一頭海豹？」

「是啊，看生死課的註記，這個靈魂才輪迴三次，是非常年輕的靈魂。第一世是魩仔魚，第二世是鴿子，第三世福報不夠硬要當人，年幼夭折。目前是第四世，在南極當海豹。」

什麼海豹，簡直瞎爆。

明瀛簡直不敢相信他聽到的。那孩子明明就還活著，人就在忘川郵政工作，怎麼可能在南極當海豹？

「如果我說那叫楊子吉的人正在忘川郵政擔任夢使呢？」明瀛尷尬地笑，滿腦子都是海豹爲逝世者託夢的畫面。

「喔？所以他的第四世也結束啦？還以爲海豹可以活久一點，大概是被虎鯨吃了吧？眞是個倒楣的孩子，呵。」恆胄冷笑。

「不，我的意思是，那孩子的第三世根本還沒結束。他正破格以活人的身分在忘川郵政擔任夢使。」

「那就是爛帳了，彼世常見的爛帳。」恆胄道出業界常態，只要有神職偷懶，就會碰到兩邊帳目對不上的狀況，這不算罕見。

但明瀛不這麼認爲，所有參與輪迴的靈魂，在凡間的壽命是由天庭眾神共同決定，是命運、是天命。想扭轉天命、延齡增壽等同違抗天意，豈可能用爛帳一詞含糊帶過？逆天眞要那麼容易，彼世一堆摸魚打混的神職早讓一票人活過百歲，凡間還不冒出一票人瑞？

明瀛想，眼下只剩兩種可能。

一，天庭更改了楊子吉的壽命。但改了天庭那邊的帳，卻沒改轉生課的帳也說不過去。改天命是大事，會由眾神決議，再由大神官修改紀錄，明瀛不認爲有哪位大神官敢在這種事上出錯。

那就是第二種了，有神替楊子吉扭轉天命，這大概是唯一的解答。有比天庭眾神更強的力量亂了天庭的帳。能夠辦到這種事的只有一神——眾神畏懼的大魔王「武葬天」。

答案很清晰了，知道接下來該找誰就不難。

「謝了同胞，我得去橋前郵政一趟。」明瀛在面前的凡神這得到不少資訊，他有了下一步的打算。

既然楊葉芯當初有去橋前郵政，那裡的管理人勢必知道些什麼。不管她有無執行託夢，橋前郵政都有義務通知生死課，請生死課帶領她過橋到彼世。

橋前郵政須爲此事負責。

聞此，恆胄約莫猜到明瀛想幹麼，「別白費力氣，橋前郵政的老闆早換人了。」

「換人？」明瀛才剛起步就頓住。

「是啊，我有個夢使朋友在橋前郵政幹活，他以前常提到他的前老闆，叫孫風，也是凡神，是個盡責又有正義感的好神職。他說什麼自己一定也要成爲那種良心夢使。」恆胄兩眼上翻，嗤之以鼻，「可惜他現在的老闆變成金銀麟的親信，是源神，還是個勢利眼的馬屁精，好像叫魏叢吧？照時間點來看，楊葉芯當初碰上的管理人是孫風，他早就不在了，你現在跑去只會碰上那條哈巴狗，保證他一問三不知。」

「那孫風被調去哪了？」明瀛追問。

「沒調職，聽說是神職當膩，投胎回凡間了。可能是職業倦怠吧？」恆胄不以爲意地聳肩，「投胎回凡間也沒什麼不好，要說職場險惡，這裡比凡間還要凶險。早知道這裡的職場生態比凡間機車兩萬倍，我當初就不接神職，寧可投胎當海鞘，當個快樂的無腦生物。」

「所以孫風下到凡間了？這麼剛好？」明瀛覺得事情越來越離奇，就這麼剛好，他要找的人喝下忘魂湯下凡去了？

他不死心，再次看向恆冑，「幫我調出孫風的轉生紀錄。」

「停停停，你當我這裡是許願池啊？先是楊葉芯再來楊子吉，現在又要我調孫風的紀錄，一直讓你調調調、調個沒完，我正事都不必幹了。」

恆冑指著明瀛後方的魂山魂海，「何況調出孫風的紀錄又能怎樣？你難道要下凡問他嗎？還是託夢問他？他都喝下忘魂湯了，你跟他鬼扯什麼夢使和橋前郵政，只會害他嚇到去看精神科。拜託你適可而止，別再管這些沒人在意的蠢事。」

「你眞的認爲這件事正常嗎？一個該去當海豹的靈魂，現在正以生者之姿擔任夢使？一個盡責的夢使沒來由自願下貶凡間，只因爲職業倦怠？」明瀛希望同爲凡神的恆冑摸摸良心。

「下一位。」無視明瀛的死纏爛打，恆冑舉手招呼下一名靈魂。

最終，明瀛只能低頭一嘆。離去前，他不禁吐了句：「你先前那幾世眞是白活了。」他遺憾面前的靈魂早已失去勇氣。

說完，明瀛便發動術式消失。

明瀛這話說得很重，氣得恆冑暴怒捶桌，走上前等待服務的靈魂嚇得跌坐在地。

自知正被下一位靈魂注視，恆冑氣得恐嚇，「看什麼看？再看讓你下輩子當草履蟲。」

那靈魂默默低下頭，鄰近的靈魂也不敢再看向恆冑，只管移走目光。

不曉得是被明瀛激到還是慚愧爆發，辦正事前，恆冑竟又一次發動術式，調出孫風的轉生紀錄。

不調還好，一調就發現大事不妙。

資料上顯示，孫風最後的停留點是橋前郵政，和楊葉芯一樣。

孫風，並沒有投胎。

✉

千年前的封神戰役，墨武沒想到兒子會背叛自己。

說是兒子也不對，最初從身上分離出一小塊魂魄的理由，不過是想多個強大的隨從差使。

由於魂魄源自莽天，那名源神超乎常理的強大，天庭便賦予他斬鬼除惡，並守護兩界之責。

那時的他僅僅四呎高，魂魄的力量卻已能單肩挑起十呎長的滅天戟，扛起天庭賦予的使命。

也因魂魄源自莽天，那名源神不被任何靈魂親近，任一神職見到他無不迴避，沒一靈魂敢正視他的眼睛。

或許是出於寂寞，沒有任務在身時，那名源神時常獨自蹲在天空的最角落，俯視底下凡間的喜樂。看著凡人與朋友們嘻笑，看著凡人被父母深深愛著，他很是羨慕。

於是，作爲下屬的他向葬天提出了請求。

「葬天大人，我可以做您的兒子嗎？」那名四呎高的幼魂問道。

葬天答應了，對祂來說，不過是稱呼從部下換成兒子，隨從仍是隨從。

但那名源神很滿足，他認爲自己獲得渴望已久的親情，以爲這麼做就能得到愛。

可惜他錯了，即便稱謂變了，他依然只是葬天的部下。

正因知曉自己錯了，當父親墮爲邪神時，他大義滅親，選擇站在天庭那一方，和眾神齊心封印葬天。

那時的他身長已超過六呎，爲了感謝他的助力，天庭賜予他「正義天將」的名號。他以爲贏得了眾神的認可，殊不知只是以另一種形式被邊緣化。

連同一些被排擠的靈魂，天庭派發了堅守葬天封印的重任給他們，說白了，就是一票不被信任的神慘遭發配邊疆，全被派去應付屎缺。

看守大魔王的封印並不容易，葬天的低語時不時擾亂靈魂的心智，意志不堅的魂魄靠近封印，不用多久就會淪爲葬天的爪牙。

那些被葬天聲音迷惑的神職最後都成爲瘋癲的惡神，有的不知去向，遭天庭通緝，有的試圖爲葬天解開封印，被僅剩的守護者一戟斃命，魂飛魄散。

那名僅剩的守護者即是葬天的兒子，孤獨的正義天將——墨文濁。

四柱環繞枷鎖的擎天柱構成巨大的封印，四道枷鎖延伸至中央石化的魔王，即便石化了，葬天魂魄所釋放的氣息仍瀰漫四處，詭譎的黑煙於此地形成黑色的雲海。最後的守護者就坐在通往封印的台階上，他坐鎮於封印前，漆黑的滅天戟直立於手中，戟刺朝天。

傳送術式劃開黑暗，明瀛一腳踏入深黑的雲海，他頭一抬就和台階上的男子對到眼。

見男子臉上沒有絲毫意外的情緒，明瀛加倍篤定自己沒來錯，就是這傢伙在幕後搞鬼。

「你不該出現在這。」男子自高處俯視前來的明瀛。

「但你早料到我會出現，不是嗎？」明瀛大步向前，貿然接近封印的舉動，迫使男子起身立於台階。見狀，明瀛又問，「是你賜給那孩子靈鬼耳吧，墨文濁？」

「我不曉得你在說什麼。」

名爲墨文濁的神將以長戟末端敲擊台階發出鏗鏘聲響，重擊掀起震波，黑煙浪起，滔滔黑霧瞬間蓋過明瀛。

但明瀛壓根不在意這等威嚇，他悠悠步出黑煙，「你要看守封印，我要管理忘川郵政，我們都是大忙人就別兜圈子了。」

「就說了，我不明白你在說什麼。」墨文濁臉上的表情可不是那麼回事。

「那孩子母親的靈魂在哪？」明瀛質問。

「誰的母親？」墨文濁高高站在台階上。

「就是那個該去當海豹的孩子。他的壽命被葬天延長了，是葬天葬送了那孩子夭折的天命。」明瀛一口咬定，「是你收買了人事處的神官。你安排那孩子擔任夢使有何目的？」他必須確認面前的守護者是否已淪爲葬天的爪牙，就怕大魔王對楊子吉另有企圖。

「延長壽命和擔任夢使都是由天庭安排，與我無關。」

「胡說。」明瀛認爲墨文濁一定知道楊葉芯靈魂的下落，見墨文濁打死不認，他忍不住揶揄，「頂著正義天將之名，私下行著不義之事，你可眞好意思。」一語挑戰高傲的自尊。

眨眼，台階上不見神影，周遭的黑煙隨強勁的步伐飛散，不過半秒，滅天戟的鋒端已停在明瀛頷下，墨文濁一步就來到明瀛身前。

「注意你的態度，你已不是大神官，區區一等神官竟敢用這種口氣和神將胡扯？」墨文濁警告明瀛。

「是不是胡扯你心裡有數，如果覺得我胡說八道，那就證明自己的清白。」戟刺在前，明瀛卻不爲所動。

「這麼想追根究柢就去跟天庭說，有個該死的靈魂沒死成，看看天庭怎麼幫你。」

墨文濁這話讓明瀛霎時明白了——這事不能攤上檯面。

要是天庭知道有個該去當海豹的靈魂現在還好端端的當人，天庭最終的處理方式很可能是回收楊子吉展延的壽命。最慘的是，楊子吉的魂魄因爲和大魔王有瓜葛，天庭將他視爲潛在威脅而剷除他。

見明瀛愣住，墨文濁便收起滅天戟，「看來你是明白了，眼下維持現狀最好。」

「但我必須知道楊葉芯靈魂的去向。」明瀛仍顧慮楊子吉的心情，「作爲夢使，我必須轉達逝世者的心意，我有義務讓那孩子收到母親的託夢信。」

「他已經收到了。」墨文濁給出意想不到的答案，同時，他的雙瞳後瞄，用眼神示意，「大魔王就在身後，不少莽天的手下未被天庭捉回，在此多言都是風險」。

背對封印的墨文濁單手輕拍腹部，輕拍著自己的身軀。

見狀，明瀛瞪大雙眼。

✉

三天後，忘川郵政。

楊子吉被明瀛找進小房間談話，說是查出楊葉芯靈魂的去向，愛看戲的尙謙也沒缺席。

「別擔心，你母親已經投胎了。」明瀛道出結論。

「眞的？」楊子吉驚訝。

「眞的。」明瀛微笑。

這個好消息讓楊子吉放下心中的大石，至少他能確定母親的靈魂安然無恙。

只不過，高興是高興，他的心中難免有些失落，因為母親投胎，意味著她當初並沒有執行託夢，也代表她對自己確實無話可說。

「那有查到母親投胎成什麼嗎？如果是人，她有誕生在好家庭嗎？」楊子吉打聽著母親的來世。

「這就不是我們能干涉的了。不論你母親下一世的命運為何，都是她的課題。」明瀛說道。

「也是。」楊子吉又是一嘆，「希望她下輩子能幸福，別再那麼辛苦。」

「這麼說就不對了。」明瀛輕拍楊子吉的肩，語重心長地說：「人的一世不會只有苦難，你母親與你共度的時光必定很快樂。若一味否定你母親的人生，就是在否定你們母子之間的回憶。」

這番話讓楊子吉有所體悟，稍稍減輕了他內心難以言喻的愧疚。

有時，楊子吉會想，母親如果當初直接人工流產，不必獨自撫養孩子，是否就能過上更好的生活？少了他這個累贅，母親一定能活得自由自在吧？

他始終認為母親的病痛源自獨力撫養孩子的經濟壓力，就算不完全是這個原因，多多少少也有影響，母親的壓力他絕對有份。更別提她還跑去找邪神許願，也不曉得她以什麼當代價，只為了延長平庸兒子的壽命。

坦白說，不管母親犧牲什麼，楊子吉都覺得不划算，他根本不希望母親這麼做，說不定他夭折，母親改嫁後還能過上好日子。

楊子吉頓時想起那場異夢，想起那個缺牙的小男孩，想起他一個笑容就讓她的世界圓滿——至少母親在世的時候，他們母子很相愛。

或許，光這一點就讓她覺得做什麼都值得了吧？

未料屁孩完全不會看氣氛，尙謙一句話就搞壞了溫馨的氛圍，「別愁眉苦臉啦！說不定你母親投胎成蜉蝣，一下下就死了，根本沒時間受苦受難，對吧？」

「你眞會安慰人。」楊子吉忍不住白眼。

他覺得尙謙根本欠輪迴、欠磨練、欠學怎麼做人，也欠學怎麼好好說話，更重要的是，欠打。

第八章

母親的事雖有遺憾，但勉強告一段落。

來不及沉澱心情，休假時，楊子吉竟從社群媒體看見大新聞。

「獨家！稜克科技創辦人詹正信驚傳機場昏倒！」

見到這行字，賴在床上的楊子吉嚇得坐起身。他認真地點擊新聞、查看內容、觀察下方的各種留言，就怕是烏龍。

沒多久又有其他媒體發布類似的新聞稿，甚至有記者蹲點在醫院大門前的影片流出。

是眞的！苳琳的爸爸昏倒了！楊子吉本想立刻致電詹苳琳，食指卻在按下通話鍵前踩了煞車。

他想，現在最焦急的一定是苳琳本人，貿然打過去等於是逼她接電話，應該給她足夠時間調整情緒，發訊息感覺比較妥當。

於是，楊子吉在通訊軟體留下簡短的文字。

「伯父不要緊吧？妳還好嗎？」

楊子吉擔心那顆總是關心自己的小太陽，就怕她下雨。天空不可能總是晴朗，不過是詹苳琳很體貼地將烏雲擋在身後，藏在光芒的背面。

楊子吉盤腿坐在床上，雙手合十爲詹苳琳的爸爸祈禱，希望他別出什麼大事。

直到傍晚，楊子吉才見通訊軟體傳來回覆。

「爸爸沒事，醫生判斷沒有大礙，說是太勞累。」詹苳琳回道，附上鬆一口氣的貼圖。

「妳人在醫院？吃過晚飯沒？要不要我送東西過去給妳？」楊子吉希望自己能幫上忙，省得每次都是詹苳琳在照顧他。

「不用啦！阿吉，都被我那臭老爸嚇到吃不下飯了。我今天會在醫院陪他，想說晚一點，等心情平復後再去覓食。阿吉也要好好吃飯喔！」詹苳琳還有餘力反過來關心他。

「我有啦。」

其實沒有，楊子吉同樣緊張地食不下咽，他比任何人都懂失去至親的感受，他不希望那種事發生在詹苳琳身上。也許總有一天要面對，但他的印象中，詹正信才五十幾歲而已，絕不該這麼早。

「有需要幫忙就說，我都在。」楊子吉發送微笑貼圖。

「你明天休假？」

「休啊。」

「那，陪我去拜拜好嗎？」詹苳琳請求。

「好啊，當然好。」楊子吉嘴角上揚，很高興自己終於派上用場。

✉

詹苳琳的父親是詹正信。

不是同名同姓，就是那位詹正信，就算沒見過也絕對聽過的詹正信。

詹正信是稜克科技集團的老闆，響噹噹的大人物，閃光燈下的常客。他登過報章雜誌，上過節目廣播，以多種形式受訪過，稱得上家喻戶曉的企業家。

很多人買過稜克科技的股票，若買不起股票，拆開自家電腦，主機內部的晶片八成是稜克科技出產。沒聽過詹正信也不知道稜克科技的人，估計只有山頂洞人。

詹正信是楊子吉能最快聯想到的有錢人，畢竟是朋友的父親。遺憾有錢人似乎都難逃壓力折磨，一有壓力心就會生病，心一生病便催生百病。原本打算在國外發展的詹苳琳，正是因爲父親身體頻出狀況才返國。

在詹苳琳的邀請下，他們相約前往廟宇爲詹正信祈福，據說是間很靈驗的福神廟，廣大網友宣稱有求必應。

上午，按說好的時間，楊子吉站在約好的捷運站出口，沒過多久，詹芠琳就走出驗票閘門。

她開心地舉手打招呼，快步跑向楊子吉，卻注意到楊子吉身旁站了一位生面孔，「這位是？」

詹芠琳看著楊子吉身側雙瞳黑到發亮的少年，他比他們矮了一截，正咀嚼著泡泡糖。

「我在多媒體公司的同事。」楊子吉一臉眼神死，心裡暗自吐槽那名該死的瘟神硬要跟，甩也甩不掉，說什麼要觀光凡間就擅自蹺班，轉爲活人之姿跟來。跟就算了，沒有凡間貨幣的神仙，沿路還吵著要買泡泡糖吃，逼人請客。

「他叫尙謙，他也想跟我們一起去拜福神廟。不好意思這麼突然，我應該先跟妳說的。」楊子吉向詹芠琳介紹身旁的屁孩。

「沒關係，人多比較熱鬧嘛！」詹芠琳笑得親切，完全不介意尙謙的到來，「你同事看起來好年輕。」

「他是企業實習生，還在念書。」楊子吉早就想好怎麼應對。

「所以是大學生囉？」詹芠琳笑問。

「對，只是他個子比較矮。」楊子吉猛點頭。甘願請吃泡泡糖就是希望尙謙忙著嚼啊嚼，最好能乖乖閉嘴不說話。

可惜泡泡糖仍塞不住口無遮攔的屁孩，尙謙隨便就報出自身靈魂的年齡，「是在問年紀啊？我五十歲，我超屌。」說完還用泡泡糖吹了個紛紅色大泡泡，「啵」一聲炸在嘴上。

「哈哈哈，你在說什麼啊尙謙？不要亂講話啦。」楊子吉認爲屁孩疑似忘了「不可洩漏天機」的天條。他尬笑，急忙補充說明，「他比較愛講幹話，苳琳妳別認眞。」說完，楊子吉便狠狠瞪向尙謙，不忘用力咳了幾聲，試圖提醒他別說些有的沒的。

尙謙明白楊子吉的暗示，要說彼世的規矩，他比楊子吉更懂。他悠悠撕下黏在嘴上的泡泡糖，塞回嘴裡繼續咀嚼，「安啦，也要對方信以爲眞才算，只要對方不信都不算數。」

「別理他，他在公司也這樣，常說些奇怪的話。」楊子吉苦笑。

「有這樣的同事，工作才不會無聊。」詹苳琳覺得尙謙挺有趣。

本以爲尙謙該閉嘴了，殊不知他突然湊向詹苳琳，沒來由地岔了句，「妳看起來眞有福報，上輩子應該做了很多好事。」

「嗯？」詹苳琳疑惑地眨了眨眼。

「他是在誇獎妳，他老在那邊胡說自己有特殊體質，能感應到一些非比尋常的事。」

楊子吉嘴角抽動，他一把擠開尙謙，抓準時機，偷偷在尙謙耳邊低語，「拜託你行行好，請表現得像個正常人。」

「你朋友跟你很不一樣耶！她不像你，一副就該早死的樣子。」尙謙呵呵呵地笑，又吹了顆泡泡。

「你想被雷爆成渣就自己滾去旁邊，省得你在這裡被劈，波及到我和茎琳。」楊子吉盡可能壓低音量。

「請我吃洋芋片和冰沙，我吃飽就會安靜。」尙謙趁勢敲詐。

「你他媽到底是乞丐還是神仙？」楊子吉氣到眼睛爆出血絲。

花錢消災，一行人去鄰近超商買了屁孩要的供品才出發前往福神廟。

好在尙謙算是講信用，說話算話的他沿路都在嗑洋芋片、吸冰沙、遊戲人間，只是那喀滋喀滋和簌簌的進食聲，聽在楊子吉耳裡格外惱人。

他們抵達山腳，順著蜿蜒的坡道，再迎著繽紛的花圃往上走，沿途聊著詹正信的近況。

「因爲工作壓力，爸爸從以前就睡得不好，需要借助藥物才能入睡。半年前奶奶離開後，爸爸失眠的情況更嚴重，就算睡著了也會做惡夢。爸爸說他一直夢到奶奶，說奶奶在另一個世界生病了。最近好像比較少夢到，但他可能還是很擔心吧？」詹茎琳長嘆，今天的她罕見地像片陰天。

「應該是太焦慮了，妳們家做了那麼多好事，奶奶應該會過得不錯。」楊子吉常看媒體報導稜克科技又捐出多少善款，沒記錯的話，詹家還滿熱衷於慈善事業。

「我也是這麼和爸爸說，但爸爸堅持要幫助奶奶，最近還要蓋一間廟，你應該有看新聞吧？」

「有啊，新聞說稜克科技要爲金銀麟建廟，好像快完工了？」

「嗯，完工當天爸爸還要去剪綵。蓋廟的事讓他變得更加忙碌，睡不好再加上勞累，這樣下去我怕爸爸會撐不住……」詹苳琳的憂心全寫在臉上。

她表露負面情緒的樣子楊子吉鮮少看見，可見她有多怕父親病倒，他懂坐在病榻旁看著親人受苦的煎熬。

「別怕，網友都說這間福神廟很厲害，等等我們一起爲伯父祈福，請福神保佑伯父，也請福神照顧伯父在彼世的母親，說不定拜一拜事情就好轉了。」楊子吉安撫道。

他拿起手機，分享其他網友的參拜流程，試著轉移詹苳琳的焦慮，「網友說山上有間甜點店，就在福神廟隔壁，拿那間店的草莓大福去拜福神效果很好。」

「原來福神喜歡吃草莓大福，也太可愛了吧！」詹苳琳噗哧一笑。

而後，他們到了山上，理所當然先去購買籠絡神明的點心，兩盒拿來參拜，一盒大家分著吃。

進到福神廟時，在雕有錦鯉圖示的神柱下，楊子吉正忙著擺放供品，他一個不留神沒看好尙謙，屁孩已經放肆地當著一堆信徒的面，從福神廟的供桌上大刺刺地拿走大福往嘴裡送。

大膽的舉動，看得楊子吉嘴巴大開。媽呀！這屁孩當眞不怕被雷劈！

一堆信徒皺起眉頭，連詹苳琳也看傻，楊子吉趕忙站出來向大家道歉，「對不起，他精神有點問題！剛才那盒的錢我會賠，眞的很抱歉！」

所幸路過的廟祝沒有生氣，老爺爺親切地爲楊子吉打圓場，「沒事沒事，那些供品本來就要吃。有些人拜完會自己帶回家，沒帶走的我們也會分給信徒，這樣拜的人和吃的人都會受到保佑。大家別放心上。」

老爺爺初次見到楊子吉和詹苳琳，猜想他們是第一次來訪，便領著他們參拜，還帶著他們求籤。

大家虔誠地祈願，詹苳琳爲父親的健康祈福，楊子吉爲詹正信祈福，也爲投胎的母親祈福。

一臉隨便的尙謙也跟著一起拜，天曉得他要拜什麼，可能是祈求自己不要被別的神打死。

他們三人各求了一張籤。詹苳琳抽到上吉，老爺爺熱心地爲她解說，「危及之時，神明會替妳解圍，化險爲夷。凡事不用太擔心，會有貴人暗中協助妳。」

楊子吉抽到普普通通的中平，老爺爺解釋，「心存善念，一切圓滿。若爲私利，必招禍患。」

楊子吉忍不住皺眉，他覺得這張籤不像答案，比較像忠告。再回頭看看牆上的籤等說明，由好至壞依序是上上、上吉、中吉、小吉、末吉、中平、中下、下下。

順著楊子吉的視線，尙謙白目地嘲笑，「哈！你的籤是倒數第三爛，你媽一定去當蜉蝣了啦！」

「你才蜉蝣，你全家都蜉蝣。」楊子吉立刻瞪回去，他真想抓一把香戳瞎尙謙。

「我抽到小吉，我比你好，三個人之中你最爛，你最爛啦呵呵呵！」尙謙嬉皮笑臉地說。

爲什麼連亂吃神明食物的屁孩籤運都比他旺？楊子吉無法理解。

老爺爺也爲尙謙解籤，「結交善友，獲得啟發，若能自我歷練則更上層樓。看來你交到不錯的朋友，但神明仍希望你磨練自我。」

「我這麼屌，不需要。」尙謙朝老爺爺扮完鬼臉就跑了。

「對不起，他腦袋眞的有問題，眞的很對不起。」楊子吉又得爲尙謙收拾爛攤，走到哪鞠躬到哪。

往好處想，至少苳琳求到好籤。看她最後心滿意足地離開福神廟，楊子吉便覺得自己的爛籤也無所謂了。

第九章

萬絲齊放的夜空，信紙在空中飛來飄去，夢使們送了整夜的信，終於熬到下班時間。

早晚班協助逝世者寫託夢信，大夜班循著思念東奔西跑，這點對其他同事而言沒什麼，但對身爲活人的楊子吉來說相當辛苦。

日出，忘川郵政。

頂著黑眼圈，疲憊的楊子吉正準備下班，而此刻尙謙前腳才剛跨進公司。

「你看起來好像熊貓，好白痴，哈哈。」尙謙見到楊子吉就是嘴炮。

「祝你早早被別的神打成熊貓。」楊子吉直接送尙謙一根中指，爲此他還仔細查過，《天條簡錄：神職職業道德及規範——夢使篇》中沒有明文規定「不得對同事比中指」，他可以安心豎起指頭。

離去前，楊子吉無意聽見右手邊的同事奮力推辭，「拜託妳別來我這桌，去別的隊伍排隊吧。」夢使揮手驅趕，拒絕協助前來託夢的逝世者。

那名逝世者是名身材瘦小的老婆婆，她的靈魂看上去略微透明，與其他逝世者不同，她的魂魄色澤淡了許多。

「我這邊不處理妳這種，麻煩妳去別的地方排隊。」那名夢使伸手比向別處。

「可是我已經換了兩次隊伍，拜託你幫幫我……」老婆婆苦苦哀求，她已被打槍數次。

「放眼望去這麼多桌，總會有夢使願意協助妳。」那名夢使堅決不處理。

老婆婆落寞地望向遠方，被推辭聲吸引的其他夢使，見老婆婆的視線看過去，有的揮手拒絕，有的雙手打叉，遠遠就要老婆婆打退堂鼓。更多的則是低頭裝死，假裝沒看見。

老婆婆只好轉回來，正想開口苦求，卻被面前的夢使硬生生地打斷，「反正我這邊沒辦法幫妳，妳大不了去別的事務所，天底下那麼多夢使，總會有夢使願意處理，祝福妳了。」

「可是我才剛從橋前郵政過來……」老婆婆已在多個夢使事務所間流浪。

「請妳離開，下一位。」那名夢使只管招呼下一名逝世者。

見此，楊子吉不禁問尙謙，「那個老婆婆怎麼了？爲什麼沒人願意幫她？」

「因爲她快化成灰啦。」尙謙也一副不想管的嘴臉。

「化成灰？」

「要嘛魂魄在凡間逗留太久，要嘛託夢失敗太多次。那老婆婆再不過橋去彼世，估計不用兩週就會煙消雲散。」

尙謙隔空打量老婆婆虛弱的魂魄，「如果再加上封緘託夢信必須犧牲的靈魂，那老婆婆說不定拇指一按上信封就會散成屑屑，那種委託誰敢接啊？她就像顆不定時炸彈，誰接誰倒楣。」

怪不得老婆婆的靈魂看起來有些透明。

「不定時炸彈」這比喻楊子吉聽得也明白，夢使的工作規章有記載——

「未順利替逝世者完成託夢，負責該委託的夢使將被懲處；若令逝世者的靈魂受損以致無法投胎，則加重懲處，魂飛魄散。」

嗯，又是魂飛魄散。

說白了，這就是沒人敢接的爛攤子，誰都不希望炸彈爆在自己手裡，就這麼互相拋來拋去。

但就這麼把一個老人家晾在一旁自生自滅，感覺也不對。楊子吉搓揉額頭中央，要是冷眼旁觀，總覺得會愧對這枚勛章。

緊接一聲沒轍的嘆息，楊子吉湊上前，他主動詢問老婆婆，「老婆婆，您是託夢好幾次都沒有成功嗎？」

「我已經寫過三封託夢信，但沒一封能傳達給兒子。」老婆婆無奈地回。

沒能傳達給兒子？

沒能傳達有很多種意思——一，託夢成功，但沒對被託夢者造成影響，逝世者不滿意，故想再次託夢；二，抗拒思念、託夢內容違背真心或心意不明，託夢信放不出引導線，夢使無法循著思念找到對應的信箱。

「是託夢信沒放出引導線？還是您的兒子已確實收到託夢內容，但您覺得效果不好？」楊子吉想先確認狀況，得先了解問題出在寫信人還是信，又或是找不到信箱。

老婆婆順手拿出一封託夢信，「這是我寫的第三封託夢信，這封信到了凌晨是會放出一條線沒錯，但那條線通常沒辦法維持太久，時常一閃一閃的，就算找到熟睡的兒子，信也放不進去。」

「信放不進去？」楊子吉皺眉，他頭一回聽到這種情形。

唯有在被託夢者熟睡的情況下，託夢信上的術式才會發動，並以靈魂的念想編織出引導線。引導線閃爍，意味被託夢者的睡眠品質不好，可能是輾轉反側。

醒醒睡睡不算什麼大問題，人總有睡死的時候，只要託夢信能正常放出引導線就不怕找不到人。但「信放不進去」是什麼意思？

恰好，老婆婆手中的託夢信在此時放出了引導線，線條明亮而溫暖，說明老婆婆對兒子的思念很深，楊子吉初步判斷不是託夢者或託夢信的問題。

還是先去看看狀況吧。楊子吉沒有猶豫，決定自主加班，「老婆婆，我幫您送看看，我們一起去。」

老婆婆感激地點頭，很高興終於有人願意搭理。她將珍貴的思念交給楊子吉，隨他一塊飄上天。

循著引導線，兩魂一同飛到醫院，來到一間位於十樓的單人病房，然而一飛進病房，楊子吉便愣住了。

病床上熟睡的正是稜克科技的老闆——詹芠琳的父親，而詹芠琳正躺在一旁的陪護床上休息。

楊子吉難以置信地看著牽向詹正信額頭的引導線。不對啊！芠琳的奶奶不是半年前就過世了？

他不認爲靈魂可以在凡間逗留半年之久，忍不住問，「老婆婆，冒昧請問一下，您辭世多久了？」

「我變成這樣五天了。」老婆婆注視自己透明的靈魂之軀。

「您是詹正信先生的母親？」楊子吉二次確認。

「是啊，躺在病床上休息的就是我兒子，在旁陪伴的是我孫女。」

老婆婆臉上寫滿了憂心。不論孩子長多大，哪怕到了五十幾歲，成家立業已久，看在母親的眼中，孩子永遠是個孩子。

事隔四十幾年，再次見到兒子卻是以這樣的姿態。老婆婆靠向病床，伸手想輕撫詹正信的頭，卻在碰到的前一刻收回了手，似乎是覺得自己沒資格這麼做。

「他讓自己操勞成這樣，要我怎麼安心地走？上回跟著線找到他是凌晨三點多，他居然趴在辦公桌上睡著，桌上還放了罐安眠藥。再這樣下去，我怕祐坤的身體吃不消。

眞希望他能好好照顧身體，多花點時間陪陪家人，別老是讓太太跟女兒操心，也別總忙公司的事，賠掉健康才眞的是得不償失……」

「祐坤？您是指詹正信先生？」楊子吉聽到疑似關鍵的詞彙。

老婆婆點頭，「那孩子原本的名字是藍祐坤，給詹家收養後改成了詹正信。」

原來老婆婆是詹正信的生母！所以詹芝琳半年前過世的奶奶，其實是詹正信的養母。

楊子吉恍然大悟，他第一次聽說這件事，詹芝琳不曾說過，詹正信也未曾在任何訪談中提及。

老婆婆接續說道：「這些年來，我只能從新聞間接得知祐坤的狀況，看他家大業大、有所成就，我很替他高興，打從心底爲他驕傲。還好他在詹家沒被欺負，過得很好，好在我當初的決定沒有錯。」

「爲什麼要把兒子送養呢？」楊子吉問。

「祐坤的爸爸很早就因爲船難走了，我無力撫養他，硬把他留在身邊只是限制他的發展，跟著我生活他絕對無法翻身。我不希望孩子跟著我吃苦，只好忍痛把他送給詹家。」老婆婆內疚地說。

楊子吉靜靜點頭，忍痛割下骨肉送給別人的事在以前不算罕見，他能理解老婆婆的苦衷。

在單親家庭長大的楊子吉，童年確實不好過。

孩子與白米，母親只抱得動一個。

很多時候楊子吉都是獨自一人，十次回家九次空，因爲母親還在市場擺攤。他的母親總是早出晚歸，回到家後也得做手工，所以他常等母親等到睡著，若還沒睡，就會陪母親一起熬夜裁剪布料，直到累了便倒在母親的大腿上睡去。

學校裡一些嘴壞的小孩常嘲笑他沒爸爸，甚至還因爲家長會他家沒有代表出席，看準他沒爹沒娘、沒後台，特別挑他捉弄。

沒有父母會希望自己的孩子過得辛苦，誰不想給孩子一個健全富裕的家庭？

「送養後都沒再跟兒子聯絡嗎？」楊子吉又問。

「我一直有寫信給祐坤，但他一封都沒有回……」老婆婆眼眶泛紅，滿心虧欠。她揉了揉眼哽咽地說：「我怕祐坤恨我，他會不會覺得被親生母親拋棄了？突然跑回去見他，會不會覺得我很厚臉皮？會不會覺得我是覬覦他的什麼才找他？所以生前一直沒臉見他，我不是一位稱職的母親，我拿不出勇氣……」

「伯父自己都當爸爸了，一定懂爲人父母的心情。我相信好好跟他解釋，他會諒解的。」

楊子吉相信身前的老母親，深信她深愛著孩子，要不也不會拚命地託夢。他也羨慕詹正信有這麼一位想和兒子對話的母親。

他也好想收到母親的託夢信。

「我不奢求祐坤的原諒，但在離開之前，我還是想把話說完。我想好好跟兒子道別，至少要提醒他好好照顧自己。」老婆婆深情地注視病床上的孩子，她生前錯過了太多，最後一次她不想再錯過。

「可以的話，我想讓祐坤知道，媽媽並沒有拋棄他，不論生前死後，媽媽都還愛著他。這最後一封信，我怎麼樣都希望兒子能收到，不管他最後怎麼回覆我，我都想在夢裡見他最後一面。趁我還記得、趁我還沒消失，我想再和祐坤說上幾句，好話壞話都沒關係。」

楊子吉完全能體會這份心情，他也想和母親再聊上幾句。

他還欠她一百次。

躺在陪護床上的詹芩琳這時揉了揉眼，神情疲倦地坐起身，一看就知道沒睡好。被難睡的陪護床折騰了整晚，她起身第一件事就是望向父親，緩緩地靠近，小心翼翼地為父親蓋妥棉被，就怕吵醒熟睡的他。確認父親身體沒有異樣後，詹芩琳便靜靜坐回陪護床，雙手合十，十指緊扣，祈禱一切都能好轉。

看著她，楊子吉彷彿見到過去的自己，他當初也是孤單守候在病榻旁，等待著沒有發生的奇蹟。

他想起那張畢業照——詹芩琳就站在他旁邊。

作為夢使的楊子吉深深吸氣，決定幫助詹芩琳的家人，他向老婆婆承諾，「這份心意，我會為您轉達。」接著，楊子吉別過身，一如既往地細心感受靈魂的念想，輕輕將託夢信放在被託夢者的額頭上。

隨後，承載思念的託夢信不但未陷入詹正信的腦海，反被無形的力量彈開，遭到抗拒的信差點迎面撞上楊子吉，迴旋的信封從他頭旁削過。楊子吉萬分錯愕，他從未見過這種現象。

同樣的結局令老婆婆搖頭嘆息，這已經是第四次……

✉

老婆婆的名字是吳慧熙。

透過記憶聯動術式，楊子吉試圖在吳慧熙生前的記憶中尋找託夢失敗的線索。

「祐坤，媽媽愛你。」

最後一次見面，離別那天。

她緊緊將年幼的兒子擁在懷裡，不曉得下一次見面是什麼時候。

她沒收半毛錢，只求詹家好好照顧兒子，務必將兒子視如己出。吳慧熙也答應詹家沒事絕不露臉，只因芳女士說她的存在會給詹家帶來非議。

待鬆開雙臂、背對兒子離開時，她的腳步很快，不敢回眸，就怕一個回頭會改變心意。

她不想讓兒子看見眼淚，更不想看見兒子臉上的淚水。她不捨與兒子分開，但她更捨不得兒子像她一樣，一輩子與垃圾爲伍。

年輕時的吳慧熙，清晨就騎著腳踏車獨自前往城市，穿梭在住戶、商家、街坊鄰居、大街小巷，處理他人不要的垃圾以換取溫飽。

收垃圾當正職，兼差拾荒。吳慧熙綁著頭巾，戴著護腰，用盡全身的力量推起滿載垃圾的手推車，任憑艱辛的汗水溼透衣物。

寒風冷得刺骨，酷暑悶熱難耐，她一年四季泡在難聞的惡臭裡，在各式各樣的垃圾中尋找明天。

值錢的東西拿去變賣，看當鋪收不收，剩下的就整理整理，拿去回收場換取下一頓飯。

紙類回收她檢查的最是仔細，只要有教注音的課本或是字典，她便會露出像是挖到寶藏的笑容。

那些泛黃損壞的字典、別人家孩子用過的作業簿，她全都會留給自己。她沒念過書、不識字，但爲了寫信給兒子，她必須學會寫字，爲了讀懂兒子的回信，她必須學會認字。

「媽媽答應你，每個月都會寫信給你，你也要回信給媽媽。」

「媽媽會認眞學習，你在這邊也要認眞學習喔！」

那是他們母子分別前的約定。

黃昏，吳慧熙會去菜市場撿拾爛菜，也會去即將打烊的烘焙坊接收人家不要的吐司邊。

逢夜，她埋首於漆黑的夜晚，棲身在簡陋的鐵皮屋下，點起油燈，窩在矮桌前提筆寫信。

她不擅提筆，腦子不靈光，學得慢也看得慢，邊寫還得邊翻字典，想把一個字寫好要花上許久，一封信便耗掉她整個晚上。

一筆一畫，一字一句。

筆畫蘊含眞心，全心全意滲透信紙，辛勞的手繭推移著筆墨，深深刻鑿對兒子的想念。

坐久了，腳麻便起身走走，身子痠了便給自己捶捶肩。

寫完信通常已過了午夜，那時她也睏了，但再怎麼睏，她都會把寫好的信整封讀一次，再對照一遍字典，逐字檢查用字是否正確，就怕哪邊沒寫好、怕意思沒表達清楚、怕兒子看不懂。

確認無誤後，才會將信紙放入信封，用糨糊黏妥信封，抄上地址和其他資訊——這部分她會檢查三遍，不希望最後的粗心毀了整晚的心血。

就寢時，躺上地鋪前，她會將信封壓在枕頭下，就怕被風吹走、就怕被誰偷，非得牢牢壓在枕下才能安穩入睡。

隔天一早，她會騎腳踏車到郵局，投郵筒什麼的才不放心呢！她要親自將那封思念轉交給郵政櫃檯。她站在窗口前千叮嚀萬交代，拜託他們一定要爲她將這封信確實送達。

擔心自己惹人嫌，這每個月固定一次的擾民，吳慧熙都會破費帶上一盒特地買的餅乾，送給郵局的工作人員，感謝他們聽她囉嗦。

那種高級的西點她自己都沒嘗過幾次，一盒餅乾能抵她好幾餐，但她覺得這是該花的錢，非得做到這樣她才安心，郵局的工作人員若婉拒她心裡反而不踏實。

每個月，她都會寫信，每個月，她也都在等著回信。這一寫就是十幾年，她卻沒收到回信。

爲什麼祐坤都沒有回信呢？是不是日子過得太開心就忘記媽媽了？那樣也好，要是他想媽媽，吵著要回來，還真不曉得該怎麼辦。

雖然她心底這麼想，每天還是會打開信箱檢查。裡頭始終空蕩蕩，她的期待一次又一次的落空。

有幾次她動了買火車票北上的念頭，帶上積蓄與僅有的地址，徒步走了老遠到最近的火車站。

她想見兒子，卻怕自己的出現給兒子帶來閒言閒語，也給詹家帶來不便。再想想自己最初承諾過的，她只好打消念頭。

比起這些，她最害怕兒子根本不想見她。

十幾年後的某天，吳慧熙在朋友的介紹下接了份差事，要到大飯店做臨時洗碗工。當天有豪門辦婚宴，席開百桌，堆積如山的碗盤滿出水槽，套上防水圍裙也免不了全身溼，腳上的雨鞋倒是挺管用，很防滑。

就像落入泡沫海，皮膚在白花花的泡沫裡泡皺、泡爛，她的雙手被冷水凍到麻木，哪怕戴手套也沒用。比起橡膠手套，歷經磨難的厚繭才眞能減緩幾分清潔劑帶來的刺痛。

由於人手不足，她常常碗洗一半就得匆匆忙忙卸下圍裙，換上乾淨體面的服務生制服，奔去外頭協助上菜。

就在婚宴的後半場，她爲菜色分盤時，無意間聽見來自台上的致詞。

那聲音既熟悉又陌生，她抬頭一瞧，就見西裝筆挺的藍祐坤站在台上。

四周景物霎時淡去，她情不自禁停下手邊的工作，整個人愣在原地，遠目此生最重要的牽掛。

母親一眼就認出自己的孩子，這瞬間，她眼中只有他一人。

祐坤長大了，祐坤結婚了。她難忍眼眶泛紅，見兒子獲得幸福，頓時覺得一切犧牲都很值得。

有那麼一秒，她和藍祐坤對到了眼，吳慧熙本能地朝他露出微笑，但他的視線卻沒有停留。

那並不是基於厭惡而移開視線，而是徹底的陌生——藍祐坤沒有認出她。上揚的嘴角褪為失落的抿唇，她心頭一沉。

隨後，藍祐坤將「母親」牽上台，當然是芳淑霞。在令人羨慕的擁抱後，母子倆一同迎接來自台下的掌聲與祝賀。

輪到芳淑霞致詞她才意識到，遠方那張屬於親屬的大圓桌，沒有她的位置。站在台上的人，不是她，被感謝的人，也不是她。

現在的她什麼都不是，只是個婚宴服務生，只是名洗碗工，只是陌生人。

即便如此，她還是擱下工作，急忙跑去拿錢。她向飯店櫃台要到紅包袋，將那些北上要用的旅費全部塞進紅包。

久候等到了時機。用餐期間，賓客進進出出，她終於在婚宴會場外等到了芳淑霞。

「不好意思，芳女士。」

芳淑霞回頭皺眉打量，想看看是誰叫住她。

她成功挽留了芳淑霞的腳步，雙手緊張地捏緊紅包，「我是吳慧熙，您還記得我嗎？」

見數年未見的吳慧熙現身於此，身上還穿了套可笑的服務生制服，芳淑霞回頭就是冷笑，打從心底看不起撿破爛的她，「想不到居然是妳，現在變成端盤子的了？」

面對酸言酸語，吳慧熙沒介意，反而高興芳淑霞沒忘記她。

「有什麼事？」芳淑霞眼中盡是鄙視。

「啊，這個。」吳慧熙恭敬地雙手呈上紅包，「可以麻煩您將這份紅包轉交給祐坤嗎？拜託您了，我知道自己的身分不適合出現在這——」

沒等吳慧熙說完，芳淑霞直接打斷她，「給我注意妳的用詞，這裡哪來的人叫祐坤？只有豪門詹家的詹正信，給我尊重點。」

「對……對不起。」吳慧熙隨即彎腰致歉，她無意冒犯。

「給我搞清楚，妳才沒有什麼孩子。」芳淑霞的語氣宛如冰晶雕琢的刺，字字扎在吳慧熙心頭，「正信是我兒子，他能有今天的成就是歸功於我，是多虧我們詹家的栽培。妳以為跟在妳身旁撿垃圾，他能辦出這麼風光的婚禮？」

「您說的我都明白，眞的很謝謝芳女士對正信一直以來的照顧。」吳慧熙又一次鞠躬，發自內心感激詹家讓兒子過上好生活。

吳慧熙剛直起腰桿，手中的紅包就被芳淑霞抽走。她當面清點紅包裡的鈔票，點完鈔便白了吳慧熙一眼，「哼，包這點錢是瞧不起人？」

「銀行已經關門了，我北上來工作，身上沒帶太多錢……」吳慧熙口氣滿是歉意。

「我們不稀罕這點錢，妳拿回去吧。」芳淑霞將紅包半拋半扔地還給吳慧熙。退回紅包後，還聞了聞自己的手，怕用垃圾換來的錢會有臭味。

「何況婚禮的位置都是安排好的，可沒留位置招待妳。」

吳慧熙面露錯愕，即便多次被拒，還是想為兒子的幸福盡一份心，「雖然金額微不足道，但這是我對正信的心意，還是希望他能收到，拜託您了。」吳慧熙再次遞出紅包。

這回芳淑霞連看都沒看，只管收起手，雙手抱胸，一臉嫌惡瞪著吳慧熙，「憑什麼要我們收外人的錢？我們詹家最不缺的就是錢，妳以爲路邊阿貓阿狗送錢上來我們就該收？」

「我……我不是這個意思。」吳慧熙內心有股說不上來的委屈。

「不然是什麼意思？妳想送，妳以爲正信想收？」芳淑霞口吻不屑地續道：「怎不想想這些年來正信爲什麼都沒寫信給妳？妳不曉得，妳寫的那些信全都被正信扔進垃圾桶？」

聽到芳淑霞這番話，吳慧熙不禁瞪大雙眼，她兩眼空洞，一時失神。原來祐坤根本不想見她，祐坤果然恨她。

「我也不想說多，說多了怕妳難受，妳一會兒還得端盤子，我可不希望美味的菜餚裡參了誰的鼻涕。」芳淑霞冷笑，說完便頭也不回地離去，徒留吳慧熙一人杵在原地哽咽。

和芳淑霞說完話後，吳慧熙再也沒進婚宴會場幫忙送餐，就怕賓客見到她滿臉涕淚。她把自己關在廚房裡，一直洗碗，拚命地洗，試圖轉移注意力，好讓自己別那麼難過。

手好冷，身子也好冷，更冷的是心。

那天，吳慧熙彷彿永遠失去兒子。

唯一沒變的是她對兒子的愛。

在那之後，她依然是一個月一封信，只是她再也沒把信寄出去。她沒有勇氣，每每站到郵局前就會腳軟，忍不住發抖。只要想到兒子對自己的思念不屑一顧、想到他怨恨拋棄兒子的生母，她便會轉身逃跑，躲回家裡，把自己關在陰暗的房間。

日復一日，月復一月，年復一年。

埋在枕下的信越來越厚，到後來枕頭壓不下，寄不出的信便散落房間各處。每封未傳達的心意都象徵一個月的流逝，她月月老去，身上的毛病也越來越多，以前得花上整晚寫信，現在得花上半天。

越老眼睛越花，字越來越看不清。縮在矮桌前的她，腰越來越瘦，越來越沒辦法久坐。體力也越來越差，有時寫著寫著還會突然睡著。

數十年過去，含淚從睡夢中清醒，白髮蒼蒼的她已倒臥在矮桌旁，桌邊還放了根拐杖。

昏暗的房間裡躺了三百多封信和各式各樣的報章雜誌，凡有撰寫詹正信的報導或專訪，她通通會買下來，那些文字是她與兒子僅剩的連繫，如今的她只能透過那些文字來了解那位熟悉的陌生人。

「祐坤創辦的公司好厲害，眞替他感到光榮。」
「祐坤生孩子了，是個女兒，眞希望能抱抱她。」
「祐坤好像生病了，住進了醫院，我該去看他嗎？」
「祐坤會想見我嗎？」
「祐坤……還在恨我嗎？」

失去兒子後的每一天，她心中總盤旋著這些疑問。

若拾荒完還有餘力，她會拄著拐杖上街，只爲了到賣電器的商家看電視展示區的電視，運氣好的話可以看到詹正信的新聞。

她只能以這種方式見兒子，也只敢用這樣的方法與兒子見面，好關心兒子近來過得安好。

她從郵局的常客變成電視展示區的常客，看她老人家每次來都只看不買，好心的銷售員們也不會趕她走，頂多打趣地問她一些問題。

「老婆婆，我看妳特別關心稜克科技的新聞，妳是不是有買股票啊？」銷售員特別爲老客人擺了張椅子在展示區，他知道她一坐就是一個下午。

「沒有啦，我買不起。」吳慧熙笑著說。

「那妳幹麼一直關注稜克科技？我們都說妳是詹正信的鐵粉耶！」銷售員與同事早替吳慧熙取了綽號。

「鐵粉是什麼？」吳慧熙不懂年輕人的用詞。

「就是粉絲啊，很支持某個明星的那群人，像追隨者。」

「喔，那我是啦！我是他的鐵粉沒錯。」吳慧熙露出滿是皺紋的笑容，心想她當然是兒子的鐵粉，她必須是。

「妳喜歡詹正信哪一點？」銷售員逗她老人家。

「全部啦，全都喜歡。」吳慧熙笑得露出假牙。

「少來，我看妳是喜歡人家的摳摳吧？」銷售員覺得她真有趣。

「沒有啦，你不要亂講。」吳慧熙亂揮著手。

「不然呢？還是妳覺得他很帥？」

「帥啊，他當然帥。」自己的孩子怎麼會不帥？

「可是人家都有老婆和小孩了，妳就別妄想了。」銷售員哈哈笑。

「比愛的話，我不會輸他老婆啦。」吳慧熙也哈哈笑，她可是全世界最愛他的人，論這點，她不覺得自己會輸給誰。

「啊，你們這邊有賣信紙嗎？」吳慧熙忽地想起家裡沒信紙了，又過了一個月，今天還得寫信呢！

「沒有耶，但對面雜貨店應該有賣，要不要我帶妳過去？」銷售員好心道。

「不用啦，我知道那邊有賣，只是不想走那麼遠。」吳慧熙的信紙都是在那間雜貨店買的。

「對了，我朋友說好像三十幾台剛好有詹正信的訪談，是重播的樣子，要不要我幫妳轉？」

「好啊，麻煩你了。」吳慧熙開心極了。

看兒子出現在訪談節目，她注視著長大的藍祐坤，便會想像自己就坐在兒子身前，想像著正在提問的人就是自己。

若問及詹正信的健康狀況，她就會拚命點頭，想著「嗯嗯，問得眞好」，她也很關心這個問題。

若問及詹正信的童年，如同以往的受訪，詹正信都會搬出那套老劇本，未曾提及生母和送養的實情。

吳慧熙雖然有點失落，感覺自己徹底從藍祐坤的人生中消失了，但那又如何？她想，這樣也好，如此一來詹家就不會飽受非議。

現在的藍祐坤氣色看上去還不錯，更重要的是不愁吃穿，這樣她就心滿意足了。只要孩子健康、幸福平安，不必爲下一餐苦惱，那她這輩子失去母親這名分，飽受孤獨煎熬也有了意義。

好在她當初的決定沒有錯。

「老婆婆妳怎麼了？怎麼在哭？」銷售員發現電視前的吳慧熙流下淚水。

「沒有啦，我沒事。」吳慧熙趕緊揉乾眼淚，「只是想我兒子而已。」她其實很寂寞。

「祐坤，媽媽好想你喔。」

「你可以不要恨媽媽嗎？」

「想他就去見他啊。」銷售員貼心地為吳慧熙遞上衛生紙。

「會啦，找時間會去，謝謝你。」

吳慧熙接過衛生紙，想了想，要見兒子的話，大概也要等死後吧？如果人眞有靈魂，她想等到死後再去見兒子，至少能偷偷看他，也能迴避當面碰頭可能發生的不快。

她自知這是在逃避，可是誰叫她就是拿不出勇氣。

節目結束後，她吃力地撐起身，現在連從椅子上起身都很費力，需要旁人攙扶。

吳慧熙拄起拐杖，離去前，她大方拿出千元大鈔給銷售員，「這個給你，不好意思老是打擾你們，拿去買東西和你同事們一起吃。」

「不用啦老婆婆，反正我們也不忙啊，妳太客氣了。」銷售員護送吳慧熙到店門口，「覺得無聊或想找人聊天，隨時都可以來看電視，別客氣喔！」

「好呀，以後也要麻煩你們了。」吳慧熙揮手與銷售員道別，想著下次得買些東西來請這些年輕人吃。

離開電器行，再去雜貨店買完信紙，回到家，吳慧熙也累壞了，明明沒走多少路，腳卻疼得發熱，她想，自己眞的老了。

年紀也過七十歲了，年輕時沒錢好好保養，幹的也都是勞力活，身體折損得快，老得也快。

她緩慢坐到矮桌前，拿出新買的信紙，撕開包裝，想說趁還沒日落，可以先寫點東西，算是省點油燈的煤油。

不曉得是太累還是怎麼，才寫了短短一句話，吳慧熙就睏得躺下，這一闔眼便是長眠。

帶著三百多封遺憾，七十一歲的吳慧熙孤單的在睡夢中離開人世。

矮桌上的信紙，留著她死前的最後一句話——

「祐坤，媽媽愛你。」

第十章

忘川郵政。

爲了處理吳慧熙的委託，楊子吉跑去請教明瀛，轉述吳慧熙的情況給明瀛聽。

「託夢信被彈開，說明被託夢者心中有怨，是被託夢者在抗拒託夢者的思念。」明瀛解釋。

聽到這話，吳慧熙心頭一陣刺痛，她難忍嘆息，魂魄的色澤似乎又暗了幾分。

尙謙也站在一旁看戲，想看楊子吉會怎麼拆炸彈。

「那有什麼方式可以解決嗎？我想將吳婆婆的心意傳達給伯父。」楊子吉想幫助身旁的老母親。

「坦白說這種情形很少見，通常只有託夢者和被託夢者之間不存在過任何善意的互動，彼此有不共戴天的仇恨才會發生這種情況。例如，託夢者生前殺害了被託夢者的親人，託夢者想請求原諒，被託夢者不接受且打從心底想忘記這件事，甚至深深恨著託夢者。」明瀛覺得事情有些奇怪，認爲吳慧熙的狀況不應如此極端。

「送養這種事在以前的年代挺常見，我也不是沒處理過。如果生母每個月都有寄信給兒子，兒子也許會埋怨，內心或多或少會不平衡，但不至於如此怨恨或無法諒解母親。」

「吳婆婆確實每個月都有寄信，我看見了，她並不是故意拋棄兒子。」楊子吉替吳慧熙抱不平。

「那也只是你看見的部分。」明瀛摸著下巴思考。

「什麼意思？」楊子吉不解。

「我們能看見吳女士的生前，但我們無法確認藍祐坤先生這些年來經歷了什麼。」明瀛點出關鍵，使楊子吉倏忽一愣。

明瀛說得沒錯，夢使只能看到託夢者的生前，卻無法看見被託夢者的記憶，故他無法從詹正信的視角確認整件事。

楊子吉仔細思考，回憶中出現的養母芳女士對吳婆婆的態度明顯惡劣，雖然沒有明確的證據，但天曉得伯父進到詹家，他們又是如何在伯父面前評論吳婆婆？難保不會說三道四，加油添醋。

「就目前來看，可能是兒子對生母有所誤解。是誤會產生的怨恨，導致被託夢者抗拒託夢信。」明瀛說道。

「那有辦法不用託夢的方式解開誤會嗎？」楊子吉又問。

「是有方法解開誤會，也還是可以透過託夢，但不適用於現在的吳慧熙女士。」明瀛注視吳慧熙黯淡的靈魂，「讓吳慧熙女士託夢給孫女，再讓孫女將她的心意傳達給藍祐坤先生，或許行得通。但恕我直言，現在的吳慧熙女士不宜再進行任何託夢。爲了您的靈魂著想，您現在應該趕緊過橋到彼世。」

「你是要我放棄？」吳婆婆無法釋懷地顫抖。

「依您目前靈魂的狀態，我不建議您再執著下去。」作爲夢使，明瀛認爲應把託夢者靈魂的安危擺在首要。

「你要吳婆婆帶著遺憾到下一世？」這不是楊子吉想聽到的答案。

「若讓吳女士再寫一封託夢信給孫女，要是在封緘託夢信時，她的魂魄耗盡呢？你又能爲她的靈魂負責嗎？」明瀛嚴肅地直視楊子吉，「我最初是怎麼跟你說的？」

楊子吉心有不甘地垂下頭，明瀛的教導他當然銘記在心——

「絕不讓逝世者隨便蓋下靈魂的契印，不能做出損害託夢者靈魂的事。」

「吳女士先前已經寫了三封託夢信，犧牲了不少靈魂，眼下滯留在凡間的每分每秒都是賭博，若無法放下執念，去不了彼世的她將會在凡間化爲灰燼，也可能化爲怨靈迷失於凡間。你得理解這件事的嚴重性。」

明瀛明白楊子吉的好意，但要是有個萬一，到時就不是只有耗盡靈魂的吳慧熙魂飛魄散，作爲夢使的楊子吉也會被金銀雷霆爆成渣，那可不是明瀛樂見的。

「吳女士的案件由我處理，忘川郵政還有很多靈魂需要你們協助，趕緊去吧。」明瀛說完便發動術式消失，楊子吉猜想他是去彼世找生死課了。

楊子吉低頭俯視手中那封無法傳達的託夢信，明瀛說的話他都明白，也清楚這案子背後的風險，但就這麼強迫吳慧熙去彼世，連他都會覺得遺憾。

如此深愛兒子的母親，非得背負怨恨到下一世？

眞要如此，她生前用心寫的一字一句、一筆一畫、每一橫每一豎，以及她死後獻上的每一分靈魂，不都白費了？

躺在三百多封的遺憾裡孤獨死去，死後又孤單地背著遺憾到下一世，想到那獨自過橋的淒涼背影，楊子吉不禁捏緊手中的託夢信，爲什麼這樣的好人非得走上這種結局？

一旁的吳慧熙倒不是很明白，只看出楊子吉很沮喪，「怎麼了？我害你被老闆罵了？」

「這不是吳婆婆的問題，您別想太多。」楊子吉逞強擠出笑容。

「那爲什麼你老闆看起來很生氣？」

「他是怕我笨手笨腳害婆婆受傷啦。」楊子吉苦笑。

「我不會害你丟掉工作吧？」吳婆婆擔心。

「不會啦婆婆，您想太多了。」楊子吉越笑越苦，丟掉工作倒還好，最慘是他們一塊散成渣，「只是，想把婆婆的心意轉達給伯父很有難度，一個不小心可能會害您沒辦法投胎。」

吳婆婆算是有點懂了，「所以你老闆希望我直接去投胎，要我放下，別再管這些事？」

「嗯，可以這麼說。」楊子吉點頭。

「就沒有別的辦法？」吳慧熙不認爲自己放得下執念，「如果不會害到你，只是我沒辦法投胎的話，那我願意再試試。只要能讓祐坤收到我的心意，不危及其他人，要我做什麼都可以。」

「那怎麼行？嚴重的話會害您靈魂消失，我們不能再寫信了。」楊子吉不希望詹苳琳的奶奶散成一團灰。

正當兩魂毫無頭緒時，一旁看戲的尚謙竟朝楊子吉吐了句：「你好笨喔短命臉，看來輪迴也沒辦法讓靈魂變聰明。」

「沒事幹麼罵我？」楊子吉皺眉。

「不託夢也沒差啊，你不是認識那個很有福報的女生？是不會直接約她老爸出來講喔？你眞的是腦袋空空耶。」尚謙笑罵。

嗯？有道理！自己不僅是夢使也是活人啊！更別提還跟苳琳認識，這些都是可以利用的優勢！尚謙的一番話讓楊子吉頂上的燈泡被閃電炸亮，不得不說，這屁孩的腦子意外地有料。

「你編個理由跟她老爸碰面，直接把老婆婆想說的話講給她老爸聽不就好了。」尚謙自認是天才。

「不行，我和伯父從沒見過面，一見面就劈里啪啦講一大串陌生人絕不可能知道的事也太詭異。」

楊子吉不想毀了自己在詹正信心中的印象，他嘗試在腦中優化此方案，事先想好說詞——你生母託夢，要我來轉達訊息。但這樣開口還是很唐突，連芠琳都不曉得吳婆婆的事。

送養的來龍去脈估計只有詹家的養父母、吳婆婆和伯父本人知道而已，楊子吉想，若初次見面就講一堆科學無法解釋的事，還拿對方最介意的事開刀，只怕會被當成神經病，更別提詹正信現在心中有怨，就算相信託夢的說法，也不一定相信這套說詞。

再加上他還有神職的身分，用這般直接的方式向生者傳達死者的訊息，算不算洩漏天機？照尚謙先前說的「對方信以爲眞才算數」，如果他的言行導致對方確切相信彼世的存在，那應該就算踩線吧？

保險起見，楊子吉認爲說詞還是得盡可能符合凡間的邏輯，不可怪力亂神。

在明瀛發現之前，或許還有辦法幫吳婆婆完成心願。

✉

運氣不錯，楊子吉順利以工作的名義，透過詹芠琳約到了詹正信。

清楚詹正信剛出院，楊子吉很抱歉在對方大病初癒之際打擾，他誠懇地拜託詹芠琳，以公司想採訪著名的企業家爲由，邀請稜克科技的老闆進行簡單的一對一訪談。

「你都這麼拜託我了，我一定會讓爸爸說好。」電話另一端，詹苳琳的口氣輕鬆，聽上去很高興。

「別這樣，不要太勉強伯父。如果伯父需要好好休養，那這件事就算了，我再想辦法。」楊子吉不習慣給人添麻煩。

「少來，我知道阿吉你不喜歡麻煩人，但偶爾難免會麻煩別人嘛！」詹苳琳很開心能幫上忙，「每次都是我麻煩你，你都不找我幫忙，我都快覺得我們不是朋友了。」

「妳有麻煩過我？我不覺得自己有幫過妳什麼……」楊子吉不好意思地捏著手機，他認爲一直都是詹苳琳在陪他。

「你幫的可多了阿吉，上次是誰陪我去福神廟拜拜，你說啊！」

「那麼簡單的事很多人都能勝任。而且那也不算幫忙，就只是一起出去而已……」和自己提出的請求相比，楊子吉不認爲那有什麼。

「你又在亂正經了臭阿吉，拜託你有點自信好不好？」

「我盡量……」

「眞是的，受不了你。」電話另一頭的詹苳琳嘆氣，「採訪的事我等等就去和爸爸說，等確定時間和地點後，我再發訊息給你。」

透過口袋裡寫有陰陽眼術式的紙張，楊子吉回頭看向吳慧熙淡薄的魂魄，「對了，可以的話，希望能盡快。」他不確定吳慧熙能存在多久，也不曉得生死課的人幾時會來把她帶走，「最好能在一、兩天之內，拜託妳了苳琳，眞的很謝謝妳。」

「好啦，我這就去問。」詹芠琳說完便掛上電話。

聽出楊子吉內心的急切，詹芠琳傳來的採訪時間就在隔天下午，地點在稜克科技的分公司。

爲準備訪談，楊子吉參考許多詹正信先前受訪的節目，他打算用一些老套的問題開場，等暖完場再切入正題。

他花了半天搞出幾張假名片，從衣櫃拉出沒穿過兩次的襯衫，將該打理的正式衣物拿去洗衣店燙好燙平。

傍晚，睡前，吳慧熙向楊子吉問起了過去。

「你跟芠琳是怎麼認識的？」吳慧熙好奇。

「我們高中是同班同學。」書桌前的楊子吉仍在爲明天的提問做準備。

「可以多跟我講一些芠琳的事嗎？」她遺憾自己無法參與孫女的成長過程。

「可以呀，那有什麼問題？」楊子吉乾脆闔上筆記，只要吳婆婆不嫌他話多，他很樂意耗掉整晚彌補她整輩子。

楊子吉說，他沒有父親，母親在他國小的時候就走了。

他膽小又沒自信，所以不擅長社交，慶幸高中時遇見了詹芠琳。因爲有她，高中三年他一點都不寂寞。應該說，自認識了詹芠琳，他就不再覺得自己是獨自一人，打開手機通訊錄，至少至少，裡頭絕對有一串號碼願意傾聽。

他還說，詹芩琳很善良，優秀且從不擺架子。會教他功課，也會借他筆記，還會在男生過分捉弄他時跳出來制止。分組報告、校外教學，她都會主動找他，從不會讓他落單。

逢年過節也會邀他一起度過，他們一起裝飾過聖誕樹、一起煮過湯圓、一起看過螢火蟲……不論他如何婉拒，她總會抓著他和大家一起跑來跑去。

她還記得他的生日，會幫他慶生，還送過他一條圍巾。那條圍巾他從來沒帶出門，就怕弄髒或搞丟，到現在還埋在衣櫃深處當傳家寶，全新未拆，外頭還套了層防塵套。全世界就那麼一條，獨一無二，他珍惜得捨不得用。

畢業那天，每個同學的家長都到了，唯獨他身邊空蕩蕩。

除了硬性規定必須放上畢業紀念冊的團體照，他找不到與他人一同留下相片的理由。失去親人，人生中那些應有儀式感的日子也一併失去意義。

他本想脫下畢業袍，含著眼淚，默默消失在喜悅的人群之中，卻被她及時叫住。

「阿吉，我們來拍照吧！」

不過是句簡單的邀請，就那麼一句話，她就為他的那一天賦予了意義。

暖陽灑落在他們倆身上，陽光映照著他臉上的淚痕，自母親離開他後，他首次站到鏡頭前，露出發自內心的笑。

楊子吉將放有畢業照的相框遞給吳慧熙，「就是這張照片。所以我說芝琳心地很好，她朋友很多，吳婆婆不必爲她擔心。」

吳慧熙以孫女爲榮，她和藹地笑著，「如果她周遭的每個朋友都像你一樣，那確實沒什麼好擔心的。未來也要麻煩你多照顧她。」

「沒有啦婆婆，眞的都是芝琳在照顧我，您太客氣了。」楊子吉自認欠詹芝琳太多，能幫上她的家人、幫上吳婆婆，他的心裡反而踏實。這是他報答的機會。

入夜，位於老者手中的託夢信再次釋出微光，暖光編織成線，將思念導向夜空彼端。

思念傳千里，橋前卸牽掛。

一魂一印，一信傳心。

月光下，老者的魂魄又比昨天更透明了點。注視手捧信封的老者，再想想自己來不及脫口的一百次，楊子吉心中只有一個念頭——

絕不能讓這對母子留下遺憾。

✉

隔天下午，在工作人員的帶領下，著裝正式的楊子吉進到稜克科技分公司的其中一間會客室。吳慧熙的靈魂緊跟在後，她執意參與這次的訪談，以旁觀者的身分。

工作人員已爲今天的訪談準備好茶水跟點心，楊子吉則做做樣子，假裝架設好事先租來的錄影機。

約定的時間一到，詹正信準時步入會客室，分秒不差。

見西裝革履的詹正信現身，坐在沙發上等待的楊子吉立刻起身，朝對方九十度鞠躬，不忘遞上準備好的名片。

「楊同學，對吧？」詹正信接過名片。

「是，我是楊子吉，是苳琳的高中同學，您好。」楊子吉拘謹地二次鞠躬。

「綠淞傳媒？」詹正信讀出名片上的字，他沒聽過這間公司。

「是的，我們是一間獨立媒體，算是小型的多媒體公司。」楊子吉介紹自己唬爛的公司。

詹正信面露威嚴，正眼和楊子吉對視，宛如獅子直視小倉鼠，那執著又強悍的眼神令楊子吉慌得發熱，迫使楊子吉繃緊全身的皮。

如同過往在螢幕前所見，詹正信就是不形於色的社會菁英，他成熟穩重，並專注於事業，旁人很難在他臉上看到情緒起伏。

楊子吉回想詹苳琳曾是如此形容父親——

「嚴以律己，嚴以待人。」

如今站在詹正信身前，楊子吉完全能體會那句話。

他嚴厲到讓人難以親近，和笑咪咪的小太陽詹芠琳絲毫看不出基因上的關係。面對這種人絕不能亂開玩笑，看就知道，詹正信認眞的氣場容不下幽默二字，敢在這種人面前耍嘴皮，保證被拖出去斬。

兩人對視了約莫三秒，石化的空氣解除，詹正信這才重新開口：「芠琳常跟我提起你，說你在求學時期幫了她不少忙。」

「沒有沒有，是芠琳幫我比較多。」楊子吉揮了揮手，他繃起笑容，背部淌下熱汗。

「我常告訴芠琳交友要謹愼，看來她有聽進去。」稍微審視楊子吉後，詹正信便點了點頭，確定楊子吉並非不三不四的人，他才收下名片。他走向沙發，「請坐。」

國王批准，楊子吉的屁股才敢黏向沙發。他戰戰兢兢拿出寫滿提問的筆記本，正要開始訪問，詹正信卻突然指向一旁的錄影機。

「已經開始錄了？」詹正信提醒。

詹正信的威嚴嚇得他立即臉紅，沒演好戲，他急著起身，按下錄影鈕，再笨笨地坐回原位。

專訪開始，楊子吉按計畫用一些基本的問題開場。他先請詹正信做個簡單的自我介紹，並介紹稜克科技。

經營之道、如何面對市場競爭，諸如此類的商業問答，楊子吉其實一竅不通，不過是照搬別的訪談節目，但楊子吉全程認眞地假裝做筆記，目的就是要讓詹正信相信，這就是一場貨眞價實的專訪，沒有其他目的。

問及詹正信曾碰過的難題，問他人生中的低潮又或是最煎熬的時刻，答案幾乎都圍繞著事業。

「充分感受到詹先生將自己的全心全意投入稜克科技集團。想請問詹先生是如何看待事業、家庭跟健康管理之間的平衡？家人是否會擔心您的健康？」楊子吉問道。

「除了死亡，這世上最公平的第二件事，就是每個人一天都只有二十四小時，扣除必須的日常作息，我認爲家庭跟事業不太可能兼顧，勢必會有一方占有較高的比重。」詹正信一如既往地不苟言笑，「至於健康，我認爲貧窮才是最大的疾病。」

這句話令楊子吉和吳慧熙雙雙一愣，非常現實，現實到無法反駁。

楊子吉的視線不自覺飄向一旁，他偷瞄吳慧熙，發現她正一臉愧疚。

「醫學不斷進步，很多過去的絕症如今都能根治，但貧窮並非如此，貧窮是每個世代的絕症，不僅無法根治，還會代代相傳。」詹正信冷冷說著階級複製的道理：「這也是爲什麼稜克科技每年都會捐錢給孤兒院，生於貧困並非出於己願，這對那些孩子不公平。」

「詹先生說得有道理，也很感謝稜克科技一直以來給予社會的幫助。」見吳慧熙的臉色越來越難看，楊子吉試圖爲她啟齒，「我相信天下父母都想賜予孩子一個健全富裕的家庭，有些父母可能有苦衷……」

「不，你的順序顛倒了。」詹正信直接打斷楊子吉，「應該是先有健全的家庭並讓家庭富裕，等經濟條件寬裕後再孕育下一代。有責任感的父母應如此安排。」

「每個家庭的狀況不太一樣。」楊子吉直接拿自己當例子，「不瞞您說，我父親在我母親懷孕時就離家了，這並不是我母親能控制的。」

「那是令堂將你撫養長大嗎？」

「在病逝之前，都是母親在照顧我。」

「那代表令堂是有責任感的母親，不論貧富，她都有善盡父母最基本的義務，並沒有找藉口拋下孩子。」詹正信眼中流露著怨，「在以前的年代，很多父母會將孩子送養，有些父母甚至爲了錢將孩子賣給別人。」

難道是在指吳婆婆？但吳婆婆沒有收錢啊！真要收錢，她日子哪會過得那麼辛苦？

聽到詹正信的一番話，楊子吉嚇得雙手死抓褲管。

他深深吸氣，擠出膽子確認，「詹先生是在指自己的經歷嗎？」

這話令詹正信罕見一頓，他先是愣住，很快又皺緊眉頭，故作不知情，「你在說什麼？」

「我是指送養的事。」楊子吉緊張地哽咽，眼神堅定直視詹正信，挑明自己知道實情。

對此，詹正信瞥向一旁的錄影機，「我不曉得你在說什麼。」

楊子吉即刻起身，「麻煩您稍等一下。」

看出詹正信有所戒備，楊子吉乾脆地結束錄影，他當詹正信的面收拾起錄影機和腳架，才重新坐回沙發。

隨後換詹正信深深吸了口氣，他眼帶戒備以鼻長嘆，內心似乎有了頭緒。

「你怎麼會知道這件事？」詹正信質問楊子吉，他道出心中想到的唯一可能：「我猜，是她主動找上你們，應該是缺錢吧？你們公司花了多少錢向她買到這手消息？」

爲什麼會是這種反應？楊子吉無法理解，爲何吳慧熙在詹正信心中的形象會是如此貪婪？這跟他所見到的、所相處的、所了解的她完全對不上。

楊子吉極力澄清，「吳女士是有與我們聯繫，但她沒有向我們索取任何費用。」

面對楊子吉的說法，詹正信不禁冷笑，「怎麼可能？我也算了解媒體產業的運作，甚至懷疑你桌上那枝筆能夠錄音，你們公司想拿這件事炒新聞？」

「您多慮了。」楊子吉直接把筆扔進一旁的垃圾桶，事到如今他也豁出去，「其實今天是受吳女士的委託而來，她主動向我們透露，她很想跟您見面。」

詹正信伸出五指回絕，「別說了，她就是個爲錢拋下孩子的母親，我根本不想見她。」

刺骨的怨狠狠扎穿吳慧熙的靈魂之軀，詹正信一句話就讓她摀起臉啜泣。

見此，楊子吉慌了，又慌又氣。

怎麼可以這麼說？憑什麼這樣講？爲什麼那日夜刻畫的一字一句，竟換來如此讓人心寒的字句？

楊子吉無法接受身旁的老母親被這樣傷害，他激動地握緊雙拳，更不自覺提高音量，「就吳女士給我們的說法，他是爲了讓您有更好的生活才將您送養，這當中或許有什麼誤會。」

「誤會？」楊子吉的質疑令詹正信感到不適，「照我養母的說法，我生母是爲了錢才把我賣給詹家，從那之後就對我不聞不問。你口中的誤會，難道是指我養母撒謊？」

什麼？難不成是養母在操弄整件事？

就算是，楊子吉想，他也不可能正面跟對方大吵，他不過是名外人，區區外人想顛覆一名成年人多年來所相信的「事實」哪那麼容易？

眼下能做的，就是轉述吳慧熙所做的一切，「但吳女士說，在將您送養後，她每個月都有寫信給您，只是不曉得爲什麼您都沒有回信。」

「如果她有寫信，那我爲什麼沒收到？」詹正信反問。

這話令楊子吉和吳慧熙同時瞪大雙眼。

沒收到信？怎麼可能？

楊子吉瞬時想起吳慧熙生前的記憶，婚宴那天芳淑霞的話——

「怎不想想這些年來正信爲什麼都沒寫信給妳？妳不曉得，妳寫的那些信全都被正信扔進垃圾桶？」

當初她是這麼說的，但現在的詹正信卻說他根本沒收到信？

答案顯而易見了。

「如果她有寫信，你有什麼證據能佐證她的說法？」詹正信要楊子吉拿出證明。那些沒能傳達的手寫信就是最好的證明，但遺憾的是，楊子吉沒有準備，何況也不清楚那些信是否早被葬儀社或社會局等相關單位處理掉。

「看來是沒有。」見楊子吉不甘語塞，也拿不出證據，詹正信更加確信自己的猜想沒錯，「退一步來說，就算她眞有寫信好了，那也改變不了她丟下孩子的事實。事實就是我生母和令堂不一樣，她毫無責任感。」

夠了，求求你別再說了。身旁老者崩潰的哭聲快讓楊子吉失去理智，他想起那些積灰的信紙，想起三百多封遺憾伴著吳婆婆孤單死去的畫面。

偏偏詹正信還是吐著鋒利的言語，刀割老者的心，「不管是基於什麼理由，作爲一名母親橫豎不該拋下孩子，送養美其名是託付，說白就是失職。」

拜託，求求你住口。楊子吉在心中吶喊。

老者的靈魂被極度的悲傷稀釋得更加黯淡，那不願諒解的字句猶如千刀萬剮，彷彿要把吳慧熙的靈魂給抹滅。

楊子吉想起那些被老者視爲寶物的破舊字典，想起老者日以繼夜苦學寫字，想起老者辛苦拄著拐杖步行到電器行，就爲了碰碰運氣，看能否和某人「見上一面」。

詹正信卻毫不領情，「況且她眞要想見我，這麼多年來有的是機會。事隔這麼多年，最後卻是透過媒體來與我聯繫，居然還是用這種沒擔當的方式，這說明了她依然在逃避責任。」

停了，求求你適可而止。

一旁的吳慧熙已哭到直不起腰，楊子吉自覺快忍不住，頓時想起她留給世間的最後一句話——

「祐坤，媽媽愛你。」

詹正信最終道：「像她那樣自私的人，根本不配母親一詞。」

碰——

一聲巨響震大了母子的雙眼，打斷了老母親的哭泣，也打斷了兒子自顧自的言詞。楊子吉失控地雙手敲桌，他暴怒一敲，震翻了桌上的水杯，令整個空間一時鴉雀無聲……

詹正信不明白楊子吉為何勃然大怒，但他知道訪談已經結束了。

遲一步才恢復理智的楊子吉正想為自己的失禮致歉，只見詹正信伸手看了下手錶，「感謝貴司的專訪，我還有公事要辦，先告辭了。」

省略虛偽的握手道別，詹正信只管起身，「看在我是芝琳父親的份上，訪談後半段的內容希望貴司別對外公開。」

「不會的……請您放心。」楊子吉既尷尬又錯愕，更從詹正信的眼中讀出了厭惡。

「桌面記得收拾。」

沒等楊子吉應聲，詹正信說完便離開會客室，令楊子吉百般懊惱地坐回沙發上，後悔自己的衝動。

完了，這下全都搞砸了。

第十一章

翌日。

「阿吉，訪談還順利嗎？」

「怎麼都不回？還有需要幫忙的部分都可以跟我說，別客氣唷！」

悠閒的午後，微風輕拂，光影在綠葉的縫隙間搖曳，窸窸窣窣。

公園，陰涼的樹蔭下，楊子吉垂頭俯視手機訊息，他不曉得該如何回覆，只能已讀。

照字面來看，楊子吉感覺詹正信並沒有跟女兒多說什麼，但他想，自己在對方心中的印象大概是沒救了。更糟的是，還拖累了吳婆婆。

起初他是出於好意想幫忙，最後卻弄得一塌糊塗，還害吳慧熙的靈魂變得更加脆弱，被停職也是剛好而已。

是啊，他被天庭無限期停職了。

使託夢者的靈魂受損乃夢使的大忌，楊子吉的貿然行事被明瀛狠狠臭罵一頓，只差沒被壓在地上摩擦。

真要被按到牆上暴打他也無從怨言。原本按規章應魂飛魄散，所幸明瀛為他說情，僅僅是被無限期停職，可真幸運。

也因為吳慧熙魂魄的情況不樂觀，能存活的時間剩不到一週，昨晚，生死課就帶走了吳慧熙，試圖帶她過橋，可惜以失敗告終。

她對兒子的牽掛太深，一步都上不了橋，就連半根腳趾都跨不上去。生死課神職不斷在旁鼓勵、催眠，要她趕緊放下執念，甚至動用推進術式想把吳慧熙硬擠到橋上，結果全是徒勞。

最後生死課神職只能叫上天刑隊，讓他們在吳慧熙的魂魄上刻下追蹤術式，再放她回凡間流浪。

這意味吳慧熙只剩兩種結局——一，魂魄的壽命在陽間耗盡，散向虛無；二，執念太深怨靈化，屆時天刑隊刻下的術式將會發動，他們會直接瞬間移動到吳慧熙身邊，消滅化為怨靈的吳慧熙。

現在，楊子吉和吳慧熙只能一同坐在樹蔭下納涼，束手無策地空等光陰流逝……

「吳婆婆對不起，都怪我不好。」楊子吉滿臉歉意，他抱起雙腿，沮喪地將頭埋進膝蓋。

吳慧熙仍舊和藹地笑著，語氣中沒有半點責怪，「傻孩子，我跑遍那麼多間夢使事務所，從頭到尾只有你願意伸出援手，你有這份心意，我就很感動了。雖然結果不盡人意，但還是很謝謝你。」

吳慧熙伸出近乎無形的手，做出安撫的動作，隔著空氣、隔著陰陽兩界在楊子吉頭上摸了摸，希望這名善良的孩子別太自責。

「人生嘛，總有些事無法順自己的意，至少我們都努力過了。」吳慧熙沒想怪罪任何人，反而還擔心楊子吉，「我比較不好意思，害你一直被老闆罵。」

楊子吉稍微抬起頭，他仍不肯放棄，「吳婆婆生前寫的那些信還在嗎？如果還在，或許可以找幫手潛進您的住處，說不定伯父看到那些信後就會……」

話說到一半，吳慧熙便搖了搖頭，「到此為止吧。」她無奈一笑，「那些信說不定早被處理掉了，我也不想再連累別人。」

「可是這樣的結果對您不公平。」楊子吉替吳婆婆感到不捨，「您甘願就這麼消失？明明就是養母在幕後搞鬼，不覺得委屈嗎？」

吳慧熙難忍嘆息，她當然不甘願，當然委屈，但仔細想想，兒子那番傷人的話語還眞有幾分道理。

她望向遠方公園裡嬉戲的母子，看著他們一同吹著泡泡的溫馨模樣，她反省道：「就算芳女士沒做那些多餘的事，我送走祐坤仍是不爭的事實。比起榮華富貴，說不定祐坤更想待在我身邊。」

漫天飛舞的泡泡包覆著彩虹，那藏於泡泡中的彩虹倒影，喚醒了楊子吉的童年——與母親共度的時光雖然辛苦，但著實快樂。

「再說，讓祐坤釐清事實只會害他內疚，他一定會覺得自己錯過了整輩子，哪怕想補償我，我卻已不在人世。」吳慧熙寧可讓一切維持謊言，讓誤解成為眞相，「現在的祐坤至少有養母可以愛、有養母可以思念，如果讓他知道養母的所作所為，等同是害他再一次失去母親，我不希望祐坤帶著遺憾度過餘生。」

「但您這樣沒辦法投胎啊！」楊子吉眼眶泛紅，透過口袋內的陰陽眼術式，他快看不清吳婆婆的四肢。

「那也沒關係。」吳慧熙笑得甘之如飴，「只要祐坤過得好就行了。」

寧可犧牲自己也希望孩子過得好，寧可向邪神許願也希望孩子平安。

這，就是母親。

而後，生死課的神職透過傳送術式而來，他們又來帶走吳慧熙，說是要嘗試花式過橋的三百種方式，一旁還跟了兩名天刑隊的成員，以備不時之需。

樹蔭下，心情爛到谷底的楊子吉躺上草皮，頂著黑眼圈，仰望樹葉間的縫隙，點點光影在他的臉上晃動。

他試圖在那些極小的縫隙間尋找另一種可能——

就沒有別的辦法了嗎？

要是能弄到吳婆婆生前的手寫信，並轉交那些信給伯父，或許還有機會？

除非伯父堅信那些信是他人偽造的，不然見到吳婆婆親筆寫的信，或許能動搖他一直以來相信的「事實」。只要稍微鬆開糾纏的誤解，令他心中的怨產生一絲破綻，吳婆婆寫的託夢信或許就能順利投進信箱。

至於該如何弄到那些信，或許能拜託尚謙？

向吳婆婆索取地址，再請尚謙以靈魂之姿穿牆入宅，只要他願意，一切都很容易。

當然，上述這些都是「或許」，而這些「或許」又是建立在手寫信安在、尚謙願意淌渾水且自己絕對會被嚴懲的前提下。

明瀛已經警告過了，誰都不許再插手這個案件。

現下已被停職，要是自己再攪和下去，下回估計連明瀛都袒護不了，他注定會被金銀雷霆轟成渣。

楊子吉在心中自問——眞有犧牲己命的勇氣嗎？

他迷失在光影之間，清楚自己有多膽小，輕易就回答了心中的疑問，「肯定沒有吧。」

苦惱伴隨睡意襲來，視野在搖曳的光影下逐漸模糊，楊子吉沒多久便失去意識，沉入夢境……

✉

奇怪的夢，楊子吉闔眼就被詭譎的雲霧纏身，他來不及反抗就被襲捲而來的白雲傳至異處，待重新睜眼，一座金碧輝煌的黃金廟宇映入眼底。

以雲爲地，以象徵富裕的金爲基石，坐落在雲上的黃金廟宇宛如古代君王居住的金色宮殿。

楊子吉站在通往黃金廟宇的長階前，他未曾見過如此奢華的場景，就連想像都沒想過。矛盾的是，此刻的楊子吉並不覺得眼前的景致僅是單純的幻想或夢境，這裡異常眞實，像是身臨其境。

好眞實的夢，逼眞到令人害怕。

雲霧繚繞，楊子吉緊張地退了幾步，他不敢隨意踏上階梯，只踩著雲霧構築的地面不斷後退。退著退著，他突然撞到一隻藏於霧氣中的生物，差點被那生物絆倒。

楊子吉回頭一瞧，竟是隻咬著金幣的銀色蟾蜍，牠的體型跟現實世界的中型犬一樣大，頭上還長了金銀交織的麒麟角。

不習慣比例尺失控的生物，楊子吉趕忙退開，殊不知這一退又撞到了背著金元寶的龍龜。

龍為首，龜為身，目測七呎高的龍龜以鼻嘆出參雜閃電的雷雲，接二連三的神獸迸出，嚇得楊子吉原地打轉，不曉得何去何從。

大到離譜的蟾蜍、金色的龍龜、銀色的獅子……藏於雲霧的神獸接連現身，每一尊神獸都長有金銀編織的麒麟角。牠們將楊子吉團團包圍，直至一聲雷鳴，一瞬閃光將百獸串成一線，該神才正式現身。

雷聲嚇得楊子吉一屁股跌在雲上，他抬頭就見飄動的黃袍與隨神氣飛揚的麒麟鬚。分為百獸的神融合為一，頂著金銀角，那神以人形之姿重現，祂高高在上，一臉傲慢地俯視全身顫抖的楊子吉。

楊子吉腿軟地跌坐在雲中，他見過神像，十分清楚是誰在他眼前。

這神在凡間有很多廟，更有大把大把的信眾，祂正是掌管財富的神明，現任的天庭統領——金銀麟。

「就是他嗎？」金銀麟一手撫著垂至胸前的銀白色長鬚，另一手把玩著幾個金元寶，無盡的財富於祂手中碰撞摩擦，喀啦喀啦。

面對提問，位於金銀麟身後的夢使魏叢拱手彎腰，身軀前傾，「是，這人就是夢使楊子吉，就是他負責吳慧熙的案件。他將吳慧熙的靈魂帶往詹正信身邊，現實中也和詹正信有所交流。」

金銀麟打量癱軟在地的楊子吉，看似在盤算什麼。

至於楊子吉，他差點嚇到失神，不理解為何天庭統領會出現在夢裡？

看那站著一名夢使同行，代表是金銀麟透過御用夢使，以託夢的方式與他聯繫。

楊子吉的腦子一團亂，聽夢使提到吳慧熙，隨即從軟趴趴的跌坐之姿轉為恭敬的跪姿，只差沒磕頭，「我……我要被處分了？」

「處分？」金銀麟皺眉，「你認為我是來處決你？」

「難……難道不是？」楊子吉認為天庭可能改變了判決，「因為吳女士的託夢案，我被判處無限期停職，原本是要按規定魂飛魄散……」

「你想多了。」金銀麟冷笑，「別擔心孩子，我今天只是來跟你聊聊，是來找你商量商量。」

聊聊？商量？

楊子吉的腦還沒轉過來，就見金銀麟輕抬起手，令一座雲椅自地升起。軟綿綿的雲椅倏忽將楊子吉擁抱其中，讓他坐得舒舒服服。

以雲椅為圓心，金銀麟繞著楊子吉打轉，祂不疾不徐，從容自在地走著，「考考你，你認為神明為什麼需要香火？」

「呃，因為需要香火凝聚靈魂的念？」楊子吉記得明瀛曾說過，廟宇是為了廣納香火，也為了凝聚眾魂的念。

「沒錯，因為神需要靈魂的念，需要被人們信仰，需要被人們記得。」金銀麟隨手撥開一處雲霧，祂單手輕揮，於上開了個洞，讓楊子吉得以透過洞口俯視凡間，將大大小小的廟宇盡收眼底。金銀麟接續道：「除了神靈本身的力量，若能匯集更多靈魂的念，神的力量便能更上一層。」

楊子吉點點頭，他的小腦袋尚能理解這些資訊。

「作為夢使的你，肯定清楚靈魂的念得以多強大，託夢就是獻上少許靈魂，以靈魂的契印封緘，以魂魄的思念構築成信，而那樣的信在思念尚未傳達前都無法用外力摧毀。」金銀麟繼續說著，楊子吉跟著點頭。

承載念想的託夢信無法用外力毀滅，撕不爛，子彈打不穿，哪怕扔進火堆也無法銷毀，直至思念傳達為止，信都不會消失。

這些明瀛都有教過他。

金銀麟腳步未停，持續繞著雲椅漫步，「思念、執念和信念，這些全都是念。靈魂的念用途廣泛，能賦予魂魄更強的力量，能維持彼界神職體系的一切運行，能用在好的地方，亦能用在壞處。」

話到這裡，金銀麟終於停在楊子吉面前，祂正對楊子吉道：「而你的存在，就是個壞例。」

楊子吉頓時哽咽，他啞了幾秒才開口：「什……什麼意思？」

「千年前，眾神齊心封印邪神武葬天，由於神的力量源自靈魂的念，武葬天想破除封印亦得靠念，他八成是把腦筋動到念玉上，打算將執念很深的靈魂煉成念玉，作爲瓦解封印的鑰匙。」金銀麟直視著楊子吉，「而你，就是那把鑰匙。」

聽聞念玉一詞，楊子吉腦中瞬時閃過那場異夢，他想起夢中那殘暴似魔的聲線。

「待那孩子的靈魂成長健全，就將其煉成念玉，用念玉解開這座封印。」

原來大魔王想把他煉成鑰匙。

看著苦笑的楊子吉，金銀麟已將他視爲潛在威脅，「多虧吳慧熙的案子，在決議你靈魂的去留時，我順道調查了你的底細。你今世應於四歲夭折，但你卻活到現在，估計是葬天葬送了你本該夭折的天命。而整件事的起因，我猜是有人向葬天祈願，深入追查就發現你母親並沒有投胎轉世。」

「等等！祢說我母親沒有投胎？她的靈魂沒有到下一世？」楊子吉不敢置信。

「是啊，我想她的靈魂應已犧牲，畢竟向葬天許願必須付出代價。」金銀麟推測。

所以母親犧牲了自己的靈魂，只為了幫兒子展延壽命？所以明瀛其實騙了他？

腦中浮現一堆問號，楊子吉已無法思考，他不知道究竟該相信誰，「可……可是，明瀛說我母親已經投胎了。」

「他是怕你內疚才欺騙你吧？濫情是凡神的通病，善意的謊言是用來體恤弱者的慈悲，但謊言終究是謊言。」金銀麟不屑冷哼，祂一語粉碎楊子吉眼中的天眞，「葬天可是邪神，你認為向邪神許願什麼都不必償還？」

近乎崩潰的楊子吉無法言語，他緊閉雙眼，摀住兩耳，什麼都不想聽，什麼都不願面對。

金銀麟的口吻令人不適，道出的來龍去脈更是讓人難以接受，偏偏楊子吉認為，金銀麟說的極有可能才是事實。

他果然連累了母親。

「母親為了讓兒子活至天年犧牲自己，兒子則因失去母親而深深地想念，母子的靈魂牽掛著彼此，這份念想正是念玉最好的材料，你們母子被葬天利用了。」

金銀麟認為楊子吉是個後患，各種意義上都是，祂一直想找機會把楊子吉處理掉，偏偏有明瀛看著，而那些與祂競爭的凡神也不會順祂的意，一定會為凡人說情，好讓楊子吉苟安於世。

金銀麟繼續爲接下來的交易鋪路，「你母親和葬天有了契約，使你的魂魄和葬天產生一定的連結，作爲天庭統領，我無法對你置之不理。若此事外傳，絕大多數的源神也會想抹除你的靈魂，以保彼世安寧。」

楊子吉臉色鐵青，他想離開雲椅，試圖逃脫，身體卻被即時變化的雲椅纏住，轉眼就被綁在雲椅上，像是被刑椅囚禁。

「別急孩子，聽我把話說完。」金銀麟摸透了楊子吉魂中的恐懼，安撫似地說：「說過了，今天是來找你商量，這件事尚有轉圜餘地。」

楊子吉疑似看見生機，卻見金銀麟道：「只要你不再插手吳慧熙的事。」

什麼？楊子吉不明白，他不處理吳慧熙的案子能給誰帶來好處？

而他不知道的是，他的行蹤早被魏叢監視。

怕他亂了好事，魏叢早在詹正信周圍布下眼線。

魏叢清楚楊子吉一心想處理吳慧熙的案子，甚至冒險利用活人的身分與詹正信接觸。

當兩人接觸，最糟的情況就是解開詹正信和吳慧熙之間的誤會，讓詹正信發現養母是個貪婪的惡人，也是個企圖控制養子來鞏固自身地位的自私鬼，那他還會想拯救養母？還會想爲金銀麟建廟？不能讓詹正信失去建廟的主要動機。

怕詹正信被生母影響，因此絕不能讓吳慧熙的託夢信傳達給兒子，天曉得吳慧熙會在夢裡和詹正信說什麼。

爲了天迴大選，更爲了下個百年，金銀麟不想失去詹正信這枚有用的棋子，祂還要詹正信爲祂蓋好幾座廟呢。

「只要你不再插手吳慧熙的事，不再跟詹正信往來，你與葬天的瓜葛，我大可睜一隻眼，閉一隻眼，這事我也會替你保密。」金銀麟認爲這條件對楊子吉來說十分容易。只要楊子吉什麼都不管、什麼都不做，祂願意給楊子吉一條生路。

但腦袋不靈光的楊子吉還沒想通，只知道金銀麟是在跟他協商，尚未釐清當中的利害關係。

「只要放吳婆婆不管，祢就會放過我？」暫且不問金銀麟能從中獲得什麼好處，光聽條件，楊子吉就對不住良心，「祢要我放吳婆婆自生自滅？」

金銀麟點頭，可楊子吉還是想不透，「但吳婆婆是詹正信先生的生母，伯父最近還要爲祢蓋一座廟，要說虔誠，伯父算是祢最虔誠的信眾，讓他跟生母解開誤會不好嗎？」

「這就輪不到你顧慮了。」金銀麟不希望楊子吉過分打探。

「但就我所知，伯父的養母正在彼世受苦，正因爲不斷夢到養母受苦，伯父才想蓋廟拯救——」話說到一半，楊子吉很快就在腦中重新思考一遍剛才講的話。

照詹芠琳轉述，自她的奶奶離世後，詹正信就一直夢到養母在彼世受苦，她曾提到，父親爲金銀麟建廟正是爲了救她奶奶。

如果那些令詹正信失眠的惡夢都不是窮操心，而是有心人士蓄意為之呢？

夜有所夢，日有所思。

明瀛說過，讓逝世者頻繁託夢，夜夜和生者密切交流，只會干擾生者的日常生活。

換言之，頻繁託夢能影響人心，進而操縱人心。

一個壞的神明，難保不會用託夢的方式支配凡人。

再看看眼前的金銀麟，如果祂是個好神明，理當協助信眾解開心結吧？要祂給個不協助吳慧熙的緣由，祂也有所隱瞞，擺明有鬼。

就算不弄清雙方的利弊，再怎麼遲鈍，憑藉一丁點的直覺，楊子吉至少能確定一件事──金銀麟或許不是窮凶惡極的邪神，但也不會是什麼好東西。

楊子吉哽咽了幾秒，他看著金銀麟，「祢……該不會在利用伯父為自己建廟？」

面對楊子吉的質疑，一旁的魏叢立刻粗聲，「說話小心點，無憑無據，一介凡人膽敢質疑天庭統領？」

「無妨。」金銀麟伸手擋住魏叢，要魏叢別插嘴。祂只管直視楊子吉，「反正，這筆交涉一定會成功。」就算楊子吉識破託夢操縱的手法，金銀麟依然有百分之兩百的自信能讓楊子吉乖乖搖尾巴。

「那……那可不一定。」楊子吉全身都在發抖，「如果我寧死也要為吳婆婆傳達託夢信呢？」他反射脫口連自己都沒把握的答案，只因不想被牽著鼻子走。

「不，你不會那麼做。」金銀麟笑著鄙視。

於凡間坐擁百廟的金銀麟，祂太了解凡人有多自私、多貪婪、多醜陋，日夜都能聽見來自腳下的乞求。

多少凡人向祂許願，希望能發達致富？

「請讓我中樂透。」

「請讓我升官發財。」

「請讓我事業有成，錢越賺越多。」

人們都是爲了私利向祂祈禱，那些向祂下跪、向祂合掌、向祂磕頭的凡人，沒有人是爲了別人。

凡人終究現實，逢緊要關頭，優先考慮的永遠是自己。

貪生怕死，自私自利。此乃金銀麟對人類的理解。

金銀麟湊近雲椅上的楊子吉，祂將手掌朝下，令手中的金元寶全部落到楊子吉的大腿上。不僅元寶，金銀麟還變出大把大把的金幣和銀幣，無盡的財富沒幾秒就淹沒了楊子吉的下半身。

「祢想用錢收買我？」楊子吉依舊害怕，他逞強擠出叛逆的笑，嘲笑金銀麟不了解他，「很可惜，我含著土湯匙出生，自幼就沒過什麼好日子，早就窮習慣了。我知道自己這輩子注定與富貴無緣，如果能爲吳婆婆傳達心意，我不介意窮進棺材。」

「你誤會了孩子，這不過是比喻。」沒想到金銀麟竟道：「我眞正想表達的是，如果你不再插手吳慧熙的事，我就復原你母親的靈魂。」

楊子吉的腦袋霎時一片空白。

「我從轉生課那聽說了，明瀛去轉生課打聽你母親的事。」見楊子吉明顯有所動搖，金銀麟滿意地勾起嘴角，一切如祂所料，「你一定很思念母親吧？」

楊子吉不甘咬牙，他內心某處的天秤已經失衡，「祢騙人！祢辦不到！」

「天庭統領的權力可是遠遠超乎你的想像，哪怕是散向虛無的靈魂，天庭統領也有權復原。」金銀麟很享受楊子吉掙扎的表情。

「胡說！我憑什麼相信祢？」楊子吉自覺快被身上的金銀財寶徹底壓垮。

「你不相信我，難道要相信把你蒙在鼓裡的明瀛？」金銀麟看出面前的凡人已被利益所迷惑，祂深信楊子吉會爲了私利妥協，「你信不信倒也無所謂，這是我開出的條件，你大可好好考慮。」

威逼利誘，鞭子與糖雙管齊下。

恐嚇對某些頑固的靈魂或許不管用，但賄賂總是有用。

只要丟著吳慧熙不管，楊子吉既能保住自身的靈魂，還能和母親見上一面。面對這樣的條件，哪來的理由拒絕？哪來的理由堅持？

「善良和正直不能當飯吃，在輪迴飽受折磨的你，應該比誰都要清楚。」金銀麟早已摸透凡人，篤定楊子吉會被利益所蒙蔽，「拋開正義道德，多爲自己想想吧！你也不必因此感到羞愧，因爲自私自利就是人類的本性。」

楊子吉垂頭俯視腿上閃耀迷人的財富，金銀麟明明已解開雲椅的束縛，他仍被身上這些包袱壓得無法動彈。

倒不是因爲這些東西太過沉重，而是迷惘的他無法依憑己志離開椅子，就這麼被困在雲椅上。

他從覆蓋雙腿的無盡財寶中捧起一顆金光閃閃的大元寶，透過光滑如鏡的表面，楊子吉隱約見到已逝母親的面容。

他眞的好想再和母親見上一面，眞的好想再和母親說說話。

「我給你三天的時間，三天後我會再託夢與你聯繫。在那之前，你若對他人洩漏此夢，我便視同交涉破局。」

金銀麟語畢，楊子吉腳下的雲霧隨之瓦解，失去落腳處的他隨金銀財寶墜向凡間，落往深淵。

脫離夢境，墜回現實。

待楊子吉重新睜眼，時間已來到傍晚，公園的樹蔭下不再有光，他獨自一人被夜幕籠罩，迷失於黑暗……

✉

楊子吉失眠了一整晚，翻來覆去，分秒都是煎熬。

早上起來照鏡子，他感覺鏡中的自己就像嗑藥的毒蟲，眼袋超深，黑眼圈超重，氣色差到像從戰壕裡爬出，整張臉灰濛濛的。

唯一的好處是省了早餐費，他完全提不起食慾。

狹窄的租屋處令他窒息，怕再關在房裡會瘋掉，楊子吉只好上街亂晃，漫無目的，行屍走肉。

太陽很刺眼，逢上班時段的大馬路吵得要命，但那都無所謂，楊子吉無心在意那些惱人的背景，不論是香氣四溢的飯糰攤，還是刺耳的汽車喇叭，麻木的感官使楊子吉都接收不到。

無法聚焦在任何景物上，眼中徒剩自己迷路的雙腳，楊子吉只管低著頭一直走、一直走，也不曉得該往哪去，還差點忘了看紅綠燈，撞到兩次電線杆。

要說目的，或許，他是在找自己遺落的那把尺。

每個人心中都有一把尺，用以丈量道德、評斷是非。透過那把尺，人們可以量出個人的底線。

有些人的尺很長，底線很遠，要退十萬八千里才能踩到；有些人的尺很短，隨便退幾步就壓線了。

楊子吉自知不是大聖人，但他自認心中的尺應是比全人類的平均還要短一點，換句話說，他心中的道德門檻比正常人還要高。

他不是正義魔人，但他會盡可能要求自己，只要情況允許，他會盡所能選擇善良，盡力去當一個好人。

也因爲如此，他在社會混得並不好。

回想過往在遊戲公司的遭遇，在凡事向「錢」看的社會裡，他老被主管約談，被同事評爲冥頑不靈的笨蛋。

他清楚想當一個好人並不容易，在利益勾結的現實世界尤其不容易，但他還是堅持當一個好人、當一個笨蛋，盡所能去堅持那不能當飯吃的善良。

善，是他這名魯蛇的僅剩。

但就在昨天，就在那場夢裡，他那把尺突然不見了。

「如果你不再插手吳慧熙的事，我就復原你母親的靈魂。」

金銀麟一句話就讓他失去自豪的底線，他很意外自己堅持多年的善良輕易就被動搖，可見，他並沒有自己所想的那麼善良。

也許那把尺還在，只是金銀麟一句話就讓他選擇眼瞎，讓他假裝看不見尺、見不著底線。

善與惡，一線之隔。此刻的楊子吉就站在線上，站在善惡的中央。私慾令天秤失衡，迫使楊子吉望向惡那一端，爲了見母親，他想拋棄一直以來的堅持，即便這麼做會令他感到羞愧。

這也是逼不得已吧？他想。

要是再插手吳婆婆的事，金銀麟就會把他跟葬天的瓜葛公諸於彼世，到時魂魄難保，靈魂十之八九會在天庭眾神的裁決下散向虛無。

何況，這也是彌補的機會啊！

他的存在連累了母親，要不是爲了短命的兒子，她也不會犧牲靈魂。如今有機會可以讓母親的靈魂恢復，他又怎能錯過？

但真要讓母親的靈魂復原，如果她知道靈魂的重生是建立在兒子棄善者於不顧的份上，絕對會很失望吧……

可是可是，她應該也能理解兒子的苦衷吧？兒子被威脅了，母親應該也會希望兒子優先考量自身的安危吧？

只要什麼都不做、什麼都不管，放吳婆婆在人間化爲一縷煙，自己就能繼續活蹦亂跳，說不定還能跟母親見上一面，更重要的是，母親還能順利去投胎，這麼好康的條件沒道理不選吧？

頂多是吳婆婆化成灰，母子倆無法解開恩怨。

頂多是伯父可能淪爲金銀麟的建廟工具，一輩子受惡夢支配，一覺難求。

頂多是伯父身心俱疲，直到某天突然倒下，再也無法睜眼。

頂多是苳琳莫名其妙失去父親。

這些說到底都跟自己無關，眞是的，到底有什麼好糾結啊哈哈哈……

一直想、一直想，腦細胞的額度早就透支了，腦袋都要燒成灰了，熔化的腦子都快從七孔滲出，再這樣想下去，整個人都會熔化吧……

就算堅持己見當笨蛋，還能榨出什麼方法爲吳婆婆傳達心意呢？時間所剩無幾，在伯父心中的印象已經爛到宇宙毀滅，那些國王的手寫信也不知道去哪生，被停職的自己到底要幫個屁忙啊？

用投資報酬率的角度來看，自己根本沒必要堅持當笨蛋嘛！

最最最好笑的是，自己居然已經糟糕到用投資報酬率來衡量善惡了，哇！原來投資報酬率可以用來合理化袖手旁觀之惡，眞的是長知識哈哈哈哈哈……

他的眼神渙散如失神的幽靈，楊子吉在大街上左搖右晃，正準備飄過斑馬線，一對母子迎面而來。

「媽咪，今天放學可以吃冰淇淋嗎？」背著書包的男孩牽緊母親的手。

「可以呀！如果你在學校有乖乖，媽媽放學就帶你去。」母親另一手爲小孩提著便當袋。

送孩子上學的母親，何其普通的日常與楊子吉擦身而過，理當溫馨的景象在此時的楊子吉眼中是何等揪心。

楊子吉杵在原地，萬般羨慕地注視那對母子，直至他們遠去。

如果還能見到媽媽，自己會和她說什麼呢？

不……不可以！那樣太對不起吳婆婆！太對不起芠琳了！

楊子吉趕忙別過身，他背對誘惑往前衝，沿途不慎被石子絆倒，踉蹌起身又差點撞到人。

失去方向的他停在一間花店前，楊子吉背脊爬滿冷汗，彎下腰喘息，此時，外頭忙著澆花的老闆娘朝他開口。

「年輕人要不要買花啊？買些花送給女朋友吧。」親切的老闆娘提著澆花器。

瀕臨虛脫的楊子吉勉強挺直腰桿，他苦笑，「不了謝謝，我沒有女朋友……」

「沒有女朋友也可以買花送母親呀。」老闆娘微笑。

明明是帶著善意的笑容，卻笑得楊子吉頭皮發麻，心底發寒，他崩潰地亂叫，加速逃離現場。

楊子吉不敢停下腳步，害怕一旦停下就會撞見多餘的場景，觸景生情。一旦停下腳步，那些平凡的字句都將化爲公審，對他進行道德審判。

他死命跑、拚命跑，試圖在利益薰心的迷宮裡尋找出口，一幕幕街景伴隨模糊的聲音迅速從眼前掠過，楊子吉只想逃離紛擾的世俗。

直到精疲力竭，他已逃到偏遠的堤防，寧靜的河堤不再有人，也不再有多餘的聲音。

萬里無雲，楊子吉倒在堤防斜坡，癱軟在地躺了許久，仰看什麼都沒有的蔚藍，好讓腦袋放空，平靜下來。

調整好呼吸，楊子吉才重新坐起身，他環抱雙腿，凝視河面發呆了好一陣子。

事實上，他沒有聚焦在任何景物上，他待機多時的雙眼已進入螢幕保護程式，好讓沸騰的腦漿趕緊冷卻。

兩眼空洞地反白，靈魂不曉得離線多久，直到看見河邊的烏龜爬上石頭曬太陽時，楊子吉才意識到自己回神了。

如果真的什麼都不管，未來要怎麼面對苳琳？想到這，楊子吉忍不住拿出手機，他打開通訊軟體，與詹苳琳的聊天室永遠都在第一格，提示聲永遠都是開的。

除了詹苳琳，他沒有其他可以傾訴的對象。

點開聊天紀錄，對話仍停留在上回訪談結束後，詹苳琳傳來的關心。

「怎麼都不回？還有需要幫忙的部分都可以跟我說，別客氣唷！」

她就是這麼好的一個人。

那，自己又是怎麼樣的人呢？

手指停頓了很久，遲疑了好一段時間，楊子吉才在對話欄輸入。

「苳琳，妳覺得我是個怎麼樣的人？」楊子吉已對自己全然失去信心。

所幸詹苳琳很快就傳來回覆，「怎麼了阿吉？怎麼突然這樣問？」

「就工作遇到了一點瓶頸。」楊子吉心虛地盯著手機螢幕。

「上次訪談的事不順利？」

「不是啦，是其他事。」

楊子吉才剛發出訊息，不過幾秒，詹苳琳就打來，說不出的愧疚害他第一時間不敢接電話。

任憑鈴聲響了十幾秒之久，楊子吉才按下接聽鍵。

一接起電話，對頭便傳來詹苳琳的關心，「阿吉你怎麼了？」

「就工作不太順心而已……」

「可是你聽起來好沮喪，你在哪？要不要我去找你？」

「不用不用，我在上班，只是現在剛好能休息一下。」

「發生了什麼事？你被主管罵了？還是有同事欺負你？」

「都不是，只是覺得自己的個性好像有點問題。」楊子吉沉著臉，「就覺得自己其實也滿自私的，好像不算什麼好人。」

「為什麼突然這樣想？你做了對不起誰的事？」

「呃……沒有，還沒有。」楊子吉認為內心的某處早已背叛詹苳琳，不然如此簡單的二選一他不該如此掙扎。

「但我不確定自己能一直保持下去。」

「是遇到什麼難題？可以跟我說，我給你建議？」

「沒有啦，只是狀態不好，抱歉，沒事問了怪問題……」楊子吉不可能對詹苳琳道出實情，「就只是突然想知道，自己到底算好人還是壞人。」

「你當然算好人呀！」電話彼端傳來詹苳琳的笑意，她答得不假思索，「壞人才不會思考這種問題呢。」

「這麼說好像也對。」楊子吉苦笑。

「阿吉你只是太沒自信，你都看不到自己的優點，別人稱讚你，你還會不好意思。你就是太客氣了，應該多認可自己一點。」

「唉，我盡量。」楊子吉不禁一嘆。

聽出楊子吉正逢低潮，詹苳琳想給他打打氣，她認爲必須具體地提出實例，才能說服楊子吉這個絕不輕易肯定自己的傻瓜。

詹苳琳提起往事，「阿吉，你還記得我們是怎麼成爲朋友的嗎？」

「呃……抱歉，我完全沒有印象了。」楊子吉老實。

「其實，我一開始覺得你是個奇怪的人。」詹苳琳也老實地說，換來楊子吉腦袋一愣。

「剛進高中時，開學第一天的自我介紹，你在台上只說你叫楊子吉，其餘什麼也沒說，一旁的班導怕冷場，問你喜歡什麼、討厭什麼、興趣是什麼，你從頭到尾就一直說沒有、沒有、沒有。就連問你是哪所國中畢業的，你都要想一下才回答，那時大家都覺得你超怪。」

楊子吉回想起來了，好像眞如她所說，那時的自己在台上就像白痴，連話都說不好，算是成功毀了大家的第一印象。

詹苳琳接著道：「剛進入新環境，大家都想快點找到可以聊天或一起行動的對象。

下課時，很多人會一起去福利社或探索校園，也會圍在課桌旁聊著國中的事，至少會跟鄰座同學小聊幾句，就只有你一人坐在角落，連術科換教室也獨來獨往，感覺像刻意孤立自己。女生們都覺得你很封閉，甚至認爲你是故意裝酷，想把自己塑造成獨行俠。」

「我只是不擅長社交。」楊子吉澄清。

「那時候就還不熟嘛！老實講，我最初也覺得你很孤僻。」詹苳琳笑笑，「直到某天放學，我和另外兩個女生在捷運車廂裡找座位。走了幾節車廂，我隔著一節車廂剛好看到你坐在三人座上，你也往我們的方向看，我們正要走過去，你卻突然離開位子，讓出座位，好讓我們一起坐那排三人座。我原本想跟你道謝，你卻匆匆忙忙跑到別的車廂，像是怕被我們發現。」

「好像有這件事。」詹苳琳喚醒楊子吉生灰的記憶，「原來妳有看見。」

「拜託，我遠遠就看到你了。」

那時，女孩們顧著聊天，除了詹苳琳，根本沒人注意到那幸運找到的三人座其實是楊子吉空出來的。詹苳琳接續道：「那時我就在猜，你之所以跑掉，大概是不好意思接受道謝吧？所以我也沒追上去。」

「妳眞了解我。」楊子吉微微勾起嘴角，很高興有人注意到他默默的體貼。

楊子吉有點感動，電話另一端的詹苳琳也會心一笑，「從那之後我就開始注意你，但眞正對你完全改觀是因爲另一件事。」

「什麼事？」

「就你把上衣借給我的事呀，你不記得了？」

「不記得了。」楊子吉沒輒地搖頭，他從來不覺得自己幫過人什麼。

「吼唷，要重講這件事很難爲情耶！」詹芠琳難忍臉紅，「就是我褲子沾到那個，你把上衣借給我遮啊！」

「啊……」聽到關鍵字楊子吉才想起來，想起那個夏天。

高一那年，某個炎熱的日子。

下課，他拿著水瓶前去飲水機，她恰好排在他的前方正在裝水。

這時，他無意看見她短褲沾到醒目的暗紅汙漬。

她沒有發現，他怕別人看見、怕她丟臉，不擅言詞的他著急拍拍她的肩，可能是太緊張了，沒控制好力道害她不舒服，她一回頭就沒好臉色。

「有什麼事嗎？」她皺起眉頭。

「靠……靠著。」走廊上人很多，他要她背部貼緊飲水機，不忘降低音量，「妳的短褲後面沾到那個。」

她反射將手伸手背後，見她一臉錯愕，他立刻脫下上衣，「圍著。」那個不喜歡受矚目的男生毫不猶豫脫下上衣，看起來比她還要慌張。

待她用衣服圍住褲子時，他早光著上半身跑掉。他代替她成爲焦點，引來走廊上所有同學的側目，而他也剛好爲她爭取到時間，讓她能前去購買新的制服褲和生理用品。

換好乾淨衣物，回到教室時已經上課，她一進教室就看見他被老師問話。她默默從後門潛進教室，看著被老師叫到講台前的他。

「楊子吉，你的上衣去哪了？」班導師當著全班的面問。

他偷瞄悄悄回到座位的她，和她對到了眼。

不能讓她難堪，他當全班的面回答，「我……弄不見了。」

「弄不見？上衣好好穿著，怎麼會弄不見？」班導師只覺得荒謬。

「天氣太熱，我覺得脫衣服比較涼快，但我忘記我把衣服放在哪。」他作勢搔搔頭。

「不就還好頭跟脖子是黏住的？不然我看你連腦袋都會弄丟！」班導師沒好氣，她的揶揄換來全班哄堂大笑。班導師一指朝外，粗聲命令，「給我去把上衣找回來！立刻！馬上！找不到就去福利社重新買一件，休想給我打赤膊上課！」

看他在此起彼落的笑聲下低頭跑出教室，詹苳琳非常內疚，偏偏她錯過開口時機。

隔天，她已將那件上衣清洗乾淨。

打掃時間，她前往他所在的外掃區，趁著四下無人，將上衣和買制服的錢一併還給他。

「對不起，都是我害你成爲大家的笑柄。」她後悔自己來不及開口：「你被班導罵的時候，我應該出去解釋。」

「那樣男生們會開始亂吹口哨。」他完全能想像幼稚的男生們拿這件事開啟一連串的流言蜚語，那只會引來更多不必要的誤會。

「如果妳出面解釋，場面只會更尷尬。」

她完全明白他的意思，但她還是自責地抿唇，「但這樣很對不起你……」

「不然妳請我喝飲料吧。」他微笑，「我想喝福利社的葡萄汁，鋁箔包那個。」這不是邀功，而是希望她心裡能好受一點。

十五元的葡萄汁，微不足道的要求。

十五元，她就決定要和他當朋友。

總有一天，她會鼓起勇氣開口，盼望這段關係不再只是朋友。

聽楊子吉在電話那頭「啊」了一聲，詹苳琳便笑，「想起來了嗎？」

「嗯……」楊子吉正扶著額頭，他感到慚愧，和現在相比，過去的自己勇敢多了。

「所以囉，阿吉絕對是心地善良的好人。」詹苳琳始終相信。

「萬一我變了呢？」楊子吉眼眶溼溼的。

「不，你不會。」

「說不定我會變啊。」

「你才不會。」

「人都是會變的，妳怎麼確定我不會變？就這麼相信我？」

「我當然相信你，我們可是好朋友耶！」詹苳琳從來沒懷疑過電話那頭的傻瓜，

「不管別人怎麼說，不論你怎麼懷疑自己，我都相信你。」

他想起了那張畢業照，他不想失去站在她身邊的資格。

詹苳琳又道：「伯母一定也是這麼相信唷！」

這話讓楊子吉強忍多時的眼淚潰堤，他激動地握緊手機，哽咽了數秒，盡可能把哭聲壓回喉嚨。

他望向河畔彼端，望向彼岸，望向光明所在。

他不想讓她失望。

想起額頭曾接下的那一吻，楊子吉再也忍不住，「對不起，我先靜一靜……」

楊子吉掛上電話，他扶著額頭泣不成聲，期間詹苳琳還持續傳訊來關心，提示聲不斷。

「阿吉你沒事吧？」

「你幾點下班？下班後，我去找你。」

「打起精神，不論發生什麼事，我都會陪著你喔！」

淚水清澈了迷惘的雙眼，陽光瓦解了迷宮的高牆。

在太陽的指引下，男孩撿起那枚遺落的勛章，重拾與母親的那段回憶……

第十二章

國小三年級，學校運動會即將到來。

楊子吉前去醫院探望母親時提起了這件事。

「老師說運動會會有很多攤販，也會有很多吃的和喝的。」楊子吉坐在床緣，靠在母親懷裡。

「那子吉有參加比賽嗎？」楊葉芯摟著他。

「老師派我參加短跑，但我跑得很慢。」楊子吉扁嘴裝可憐，他只想吃吃喝喝。

「那也沒關係，盡力就好。」楊葉芯摸摸他的頭，「那，媽媽去看你比賽好不好？」

「不要啦，我會緊張。」楊子吉有點兩難，希望母親來運動會陪他逛攤販，卻不想母親看他跑步，他跑起來笨拙，肯定贏不了任何人。

他怕母親失望。

但楊葉芯很堅持，她已全然失去頭髮，只想把握與兒子相處的時光。

這回換楊葉芯扁嘴裝可憐，「可是媽媽好想看你比賽，眞的好想好想喔！拜託讓媽媽看嘛！」她故意抱著楊子吉搖啊晃，蹭得他咯咯笑，楊子吉只好答應。

「但醫生叔叔會同意嗎？」楊子吉記得母親必須待在醫院。

「如果我們一起撒嬌，說不定有機會喔！」楊葉芯莞爾，她確信醫生一定會答應。

畢竟，她沒有多少時間了。

自醫生允諾後，有快兩週，楊子吉放學就先到操場跑步，跑完再換上乾淨衣物前去醫院。

也不是什麼專業訓練，就只是卯足全力亂跑，區區十來天，不可能讓運動白痴變成奧運選手。

臨陣磨槍，不亮也光。可惜楊子吉連槍都不是，他生來就不是運動的料，但他願意爲母親付出努力。

他超討厭運動，跑步更是討厭中的究極討厭，但媽媽難得出院就爲了看他比賽，說什麼也不能輸。

很天眞，天眞得不切實際，但他就是這麼天眞地愛著他所愛的人。

運動會當天，跑道兩側擠滿觀賽的小朋友與特地前來的父母，加油聲不絕於耳。

兩百米短跑，六條跑道。

位於第五跑道的楊子吉一下就在茫茫人海中望見母親。消瘦的楊葉芯戴著化療帽在人群中向兒子招手。

楊子吉賣力朝母親擠出缺牙的笑。媽媽在看，不可以輸。他手肘向下，拳面朝上，努力為自己加油。

而後，參賽的孩子就定位，主任高舉起跑槍。

「預備——」

下秒，槍鳴衝向豔陽，六名孩子全速衝出。

楊子吉起跑就落於人後，沒過三秒就被其他孩子拉開距離，他重心不穩，跑得顛簸，搖頭晃腦看似隨時會跌倒。

慶幸不是墊底，位於第六跑道的男孩比楊子吉還慢。

眼看前方四名孩子離自己越來越遠，望塵莫及，楊子吉知道完蛋了，肯定拿不到好名次。

至少不要吊車尾，至少不要最後一名。至少要贏過一個人。

媽媽辛苦離開醫院，生病的她站在烈日下就為了看他比賽，要是最後一名就太對不起她了。

想著想著，楊子吉便加快腳步，他跑得上氣不接下氣。未料，後方突然傳來聲響，位於跑道兩側的呼聲也跟著起了變化。楊子吉反射地回頭一看，就見位於第六跑道的孩子整個人趴在地上。

沒有多想，楊子吉調頭，他靠向那孩子，朝他伸出手，嘗試扶他起身，卻被那孩子一把撥開。

趁著楊子吉發楞，他便抓緊機會超前，換得楊子吉淪為墊底。

此時的楊子吉早已耗光體力，不可能追上了，他只能榨乾僅剩的力氣完成賽事。

最終，他以最後一名收場。

眾目睽睽下，在最愛的母親面前，楊子吉徹底輸掉了比賽，輸給了每一位參賽者。

頒獎樂響起，前三名上司令台接下獎狀，迎接底下觀眾的掌聲與喝采。

人群中，楊子吉沮喪地垂著頭，他眼盯地面走向母親，卻聽見戴著化療帽的母親突然哼起同樣的頒獎樂。

她俏皮地哼唱，拿出毛巾，擦乾楊子吉臉上的汗水與淚，「頒獎時間！」

還沒等楊子吉搞清狀況，楊葉芯蹲下，朝他額頭中央獻上輕輕一吻。

吻完摯愛，蹲在楊子吉身前的楊葉芯輕撫他的額頭，「這是勇氣勛章，獻給最勇敢的孩子。」

「為什麼我也有獎？」楊子吉的淚珠還在掉。

「因為子吉很勇敢啊！」

「我哪裡勇敢？」楊子吉可沒這麼好打發。

「因為你選擇幫助別人。」楊葉芯又朝他額頭吻了第二下，「善良需要勇氣，你真是我的驕傲。」

「可是我最後一名。」

「那一點也不重要，在媽媽心中，子吉已經是第一名了，你很棒唷！」楊葉芯捧著他的雙頰，用拇指爲他拭去淚痕，「答應媽媽，要一直保持下去。」

「那樣妳會開心嗎？」這是楊子吉最在意的事。

「那當然，媽媽希望子吉能一直這麼勇敢，希望額頭上的勛章永遠賦予你勇氣。」

楊子吉點點頭，既然母親希望，那他就會一直戴著這個勛章。既然母親希望，他就會一直這麼勇敢。

恢復心情的楊子吉擦乾眼淚，重新展露笑容。

「肚子餓不餓？」楊葉芯接著關心。

「餓！我想吃地瓜球，我剛才有看到，在那邊、在那邊！」楊子吉指著遠方。

「好呀，想喝什麼呢？」楊葉芯牽起兒子的手。

「香蕉奶昔！」

「香蕉奶昔啊？這邊可能沒有耶。」她被孩子的難題給逗樂。

「那……葡萄汁！」

「好呀，我們一起找找看。」楊葉芯看著楊子吉微笑。

「嗯嗯，一起一起。」楊子吉開心牽著母親跳上跳下。

母子牽著彼此，攜手沒入熱鬧的人群。

那天沒有病痛，沒有失落。

只有幸福。

財富之神金銀麟第三百二十二座廟宇落成。

鑼鼓喧天，陣頭舞獅引來民眾圍觀，比鄰的供桌擺滿信徒供奉的佳餚，法師正領著人員們進行入廟儀式。

達官顯貴、政商名流、媒體記者，螢光幕前的熟面孔在稜克科技集團的邀請下，參與入廟儀式後的落成剪綵。

人擠人，魂擠魂。

除了大票凡人，彼世力挺金銀麟連任的神職們也來到這沾喜氣。

天迴即彼世的選舉，時逢天迴大選，各大廟宇成了神職們社交聯誼的場所，大小神明欣賞凡間的表演，品嘗信徒獻上的供品，享受熱鬧的氛圍，感受正向匯聚的念。

流浪在凡間的鬼怪也有甜頭，按彼世的規矩，新廟落成之時，鬼怪可享用信眾的供品，期間，天刑隊不得動武或殺生滅魂，以求吉利。

新廟落成對凡人是喜事，對鬼神亦是。

可以的話，楊子吉並不想在這種喜慶之日掃興。

但，他已經下定決心。

站在群眾的最外圍，楊子吉正等著剪綵，他等待著詹正信出現。人還沒等到，就見那眼熟的屁孩從遠處飄來。

「唉唷？你怎麼在這啊短命臉？」尙謙身穿夢使制服，大口咀嚼信徒供奉的蘋果。

「我才想問你怎麼在這？」楊子吉看著這位蹺班鬼混大王，「你也是金銀麟的支持者？」

「我是食物的支持者。」尙謙高舉兩手蘋果，「誰當選對我來說又沒差，我是爲供品而來，有免費的東西吃當然要來爽一波。不過這蘋果好澀、好難吃喔，呸！」

尙謙隨口一吐，將啃半的蘋果扔往遠處的供桌，殘剩的蘋果精準命中一隻鬼怪的後腦。忙於分食的鬼怪隨即轉身察看，尙謙立刻亂指一名天刑隊成員，「是他扔的！快咬他、快咬他！」

鬼怪看向天刑隊，就算是也不敢吭聲，只能默默低下頭繼續啃食供品。

至於那名天刑隊成員，朝尙謙翻了個白眼便轉身走掉，一臉生氣又拿他沒輒的無奈。

楊子吉忍不住道：「可以不要這麼屁嗎？幼稚也該適可而止。」

「大家都知道我老爸是誰，他們不敢拿我怎樣。」官二代尙謙理直氣壯，「說白了，這些支持金銀麟的魂魄都是我老爸的死對頭，我當然要鬧鬧他們。」

「你爸的死對頭？」

「我爸會跟金銀麟角逐這次天迴，聽說現在票數很接近。若加上這座新落成的廟，我爸搞不好會輸。」尙謙邊說邊伸出腳，絆倒一隻路過的小鬼怪，還順手搶走小鬼怪捧在懷裡的仙貝。

「你不用幫你爸助選？」

「我爸說我不去就是最好的助選。」尚謙拿高仙貝，讓腰下的小鬼怪跳啊跳也勾不著。

「令尊真是英明。」楊子吉朝尚謙的手揮了幾下，希望尚謙別再戲弄小鬼怪。見尚謙把仙貝還給小鬼怪，楊子吉便問，「不過，沒看見金銀麟出現在這耶。」

「祂是現任天庭統領，天庭有一堆事要忙，才沒那閒工夫下凡。」尚謙看著遠方步入尾聲的入廟儀式，「沒什麼好玩的事，我東西吃吃就要閃了。」

「建議你留久一點。」楊子吉苦笑，「運氣好的話，說不定會看到你想看的。」接下來的分分秒秒都可能是他人生最後的光景。

「例如？」

「看就知道了。」楊子吉暫且賣個關子。

他背後隨之傳來熟悉的聲線，「楊同學。」回頭一看，就見吳慧熙已來到身後。此刻的吳慧熙已失去下半身，上半身的輪廓也已模糊不清，若不是她出聲叫住楊子吉，他很難認出她的靈魂。

看來花式過橋三百式是失敗了，要不她也不會出現在這。楊子吉關心地說：「吳婆婆，您怎麼在這？」

「看新聞都在報，祐坤今天會來這剪綵，我想把握僅剩的時光來看他。」吳慧熙用糊成一團的臉孔說著：「你呢？爲什麼到這來？」

「我想出一個估計可行的辦法。」楊子吉也不敢保證接下來的發展，但他願意賭上最後一次，一口氣把剩下的籌碼全部推出去，「事情順利的話，吳婆婆的託夢信應該就能傳達給伯父，到時再麻煩您委託我老闆接手了。」

「你怎麼還在想這件事？我不都說沒關係了？」吳婆婆倍感詫異，「而且……爲什麼要麻煩你老闆接手？」

因爲到時自己大概不在了。楊子吉哽咽。

一想到自己最後的結局，楊子吉便臉色鐵青，他盡可能保持鎮定，盡可能堅定覺悟，就怕自己臨時改變主意。

他很害怕，眞的很害怕。

作爲一名膽小鬼，楊子吉是賭上前世、今生與無緣的下輩子，是賭上過去、現在以及未來的所有勇氣才來到此地。

他不想愧對額頭上的勳章。

楊子吉深深吸氣，吐氣，既然都在這遇到吳婆婆了，剛好能把事情交代清楚。

他湊近吳慧熙瘦小的魂魄，稍微彎下腰，盡可能地與她保持平視。

楊子吉攤開雙掌，掌心朝上，示意吳慧熙將無形的雙手置於他手中，讓他輕輕捧著，盼望她能從中感受他賦予的溫暖。

「吳婆婆您別放心上，我之所以站在這都是出於己願，您心裡別有負擔。」楊子吉直視身前的老母親，用溫柔的雙手，輕輕捧著陰陽眼也看不清的虛無，「我打心底羨慕伯父，羨慕他有這麼一位想和兒子對話的母親，我眞心希望你們母子有一個美好的結局。」別像我跟母親一樣。這句話他沒有說出口。

楊子吉眼中泛著淚光，「作爲夢使，我有義務爲逝世者傳達心意，作爲苳琳的朋友，我想保護她的家人。所以，不管最後的結局是什麼，您千萬別往心裡去，這一切都是我自願的。」

「你要做什麼？」吳慧熙有種不好的預感。

一旁的尙謙也靠過來八卦，雙眼期待地發亮。

對此，楊子吉沒想多解釋，只管做最後的叮嚀，「記得把託夢信交給明瀛，務必把信交給忘川郵政的老闆，請明瀛協助您託夢，別把信交給其他夢使。」

說完，楊子吉便鬆開雙手，帶著破釜沉舟之心別過身。他正對前方金銀麟的大廟，以渺小的凡人之姿面對神明至高的大殿，隔著人山魂海，望著陰陽兩界，就等詹正信現身。

與此同時，入廟儀式已完整結束，即將進入新廟落成的剪綵。

即將與輪迴永別，趁著還能思念，楊子吉想著母親——

媽，妳過得好嗎？

坦白說，我也不知道現在的妳究竟在哪？是投胎了，還是散向虛無？

若是散向虛無，那究竟是一種狀態，還是一個地方呢？

眞心希望虛無是指某個地方，那樣我們很快就能見面。

我還有好多話想對妳說，還有好多話來不及向妳開口。

妳不在的那些日子，我經歷了很多事，有開心的事，有難過的事。

雖然難過的事居多，但還是謝謝妳讓我多活了那麼久，要不我也沒機會遇見苳琳。

謝謝妳讓我來到世上，雖然我這輩子活得很爛、很魯、很遜，還沒什麼自信、沒什麼朋友，也沒能活出什麼了不起的成就，但我眞的很努力。

就像妳曾經說的「不擅長的事，盡力就好」，對吧？

我不擅長活得精采亮眼，但我已盡力活得勇敢。

我認爲，在這生來就沒有公平的世界，想在這不公不義的世界裡好好生活、好好活著，本就是一件勇敢的事，絕大多數的人也都是這樣勇敢地掙扎，試圖在苦難居多的人生裡尋找溫暖，尋找那些持續賦予他們勇氣，好讓他們勇敢活下去的理由。

在我看來，大家都滿勇敢的。

善良需要勇氣，而我，想比大家再勇敢一點。

我決定勇敢到最後一刻。

眼中再無喧擾的陰陽兩界，新廟落成的剪綵即將開始。

見詹正信隨同政商顯要走往廟前，一行人紅緞帶還沒拉直，楊子吉便大步向前。

掠過吵鬧的人群，穿越無數靈魂，擠過歷經三次的現世，揮別不屑一顧的彼世。帶上未能傳達的心意，楊子吉朝天大喊。

「藍——祐——坤——」

以無人知曉的名字劃開喧囂，源自靈魂的吶喊引來所有人的目光，沒人知道那究竟是誰。

全場僅有一人露出震驚的神韻，哪怕四十多年過去，世人不再以此名稱呼他，那人也不可能忘記。

他清楚知道，世上只有一人會以此名溫柔地呼喚他，此名此姓正是他與那人僅剩的連結。

楊子吉不計後果衝上前，趁著保全發楞，他站到詹正信身前就是一陣狂罵。

什麼禮貌和旁人側目？媒體鏡頭在拍又如何？苳琳事後會怎麼看又怎樣？那全都是活人才需要擔心的事！死人就是無敵啦！

進入爛命一條模式的楊子吉指著詹正信飆罵：「你這不肖子！你知不知道當初訪問你的時候，你生母吳慧熙的靈魂就在旁邊？你居然當你生母的面講那些傷人的話？你知不知道她已經死了？你知不知道你母親生前死後都還掛念著你？她生前寫了幾百封信你一封都沒收到，那都是因爲你養母在背後搞鬼！你母親生前寫的信沒能讓你收到，死後她犧牲靈魂就爲了向你傳達心意。爲了託夢給你，她都快把自己的靈魂搞沒了！你不知道腦袋出什麼問題，居然一丁點都不相信你母親依然愛著你！」

主持人愣住了，觀眾愣住了，圍觀的神職們也全都愣住了，正在享用供品的鬼怪們愣得食物都掉出嘴巴。

「看你那表情就知道你不信！沒關係，給我聽好了藍祐坤！只要我一會兒被雷劈死，你就必須相信我說的一切！」見詹正信的眉頭越來越皺，楊子吉便搬出大絕招。這時，他已被趕來的保全左右架住，但他嘴巴還能動便仰天挑釁，「我，夢使楊子吉已在這洩漏天機，請現任天庭統領放雷把我爆成渣！請當眾處決我這搞事靈魂！來啊金銀麟，放馬過來！有本事現在就放雷劈死我啊！來啊來啊！」

無懼魂飛魄散又不要命的傢伙在現世無敵，在彼世也無敵，到哪都是所向披靡。失控的凡人令在場眾魂嘴巴大開，凡人毫無節制地口無遮攔，一口氣把彼世資訊毫無保留地亂吐。這種瘋子，可謂前無古人，後無來者，空前絕後，沒有任何先例得以參考，神職們完全不曉得該如何應對。

楊子吉打算用自己的死換取詹正信的信任，更打算拉金銀麟一起下水，「想搞選舉拚連任？很好，恁爸死前一定拖祢下去。」

他想，作爲凡人沒能拉神一塊陪葬，也必須讓祂恨得心癢癢，非得當祂屁股上的那粒痔瘡。祂選舉落敗，自己散成灰也舒服。

那麼愛威脅凡人、利誘凡人，是覺得凡人很好操縱？

那不過是運氣好沒碰過神經病，一定要讓祂瞧瞧機車的凡人究竟可以多機車。

趕在被保全架走之前，楊子吉朝在場的神職們粗吼：「如果金銀麟不敢當眾處決我，就證明祂心虛，也證明祂不適任天庭統領的位置！這麼明目張膽地違反天條，作爲天庭統領不該速速處決我嗎？難道金銀麟就這麼怕詹正信相信我說的句句屬實？就這麼不希望吳慧熙順利完成託夢？希望在場神職密切關注吳慧熙女士的託夢案！我嚴重懷疑金銀麟利用託夢控制凡人爲己建廟！請諸神協助調查吳慧熙託夢失敗的原因，夢使楊子吉在此以死明志！」

楊子吉的胡亂咆哮立刻換來眾魂議論，神職們你看我，我看你，他看她，議論紛紛。

「這凡人在瞎說什麼？天刑隊趕緊收了他吧！」有神職嚇到差點被供品噎死。

「說什麼鬼話？我們天刑隊的職責是斬妖除魔，活人不在我們的業務範疇！」天刑隊趕忙撇清。

「夢使楊子吉？是被無限期停職的那名夢使？破格以生者擔任神職的那位仁兄？」有神職記得楊子吉這位紅人。

「吳慧熙是那個過不了橋的靈魂？這事我有聽生死課說過。」

「所以那叫詹正信的人是吳慧熙的兒子？吳慧熙無法託夢跟金銀麟有關？」

「他剛才說金銀麟利用託夢控制凡人，這件事有證據嗎？」有神職認爲口說無憑。

「沒證據也可以調查一下吧？閒閒沒事哪會冒出一個找死的凡人？他都說要以死明志了耶？」有神職認爲此案值得留意。

「稜克科技的老闆本來就是金銀麟的信眾，生意人爲金銀麟蓋廟很正常吧？」

「金銀麟還不處決他嗎？還要放任那小子繼續洩漏天機？」

神職們慌成一團，幾名神官沒能拿定主意，不知道該立刻斃了楊子吉，還是把生殺大權留給天庭統領。

在場沒有神職敢隨便出手宰掉凡人，僅有兩、三位神官緊急發動術式癱瘓群眾的電子設備，讓周遭的智慧型手機和攝影機暫時陷入失靈。

楊子吉的目的已達成，他就是要利用在場神職的輿論逼金銀麟立刻轟死他，以換取詹正信的深信不疑。

只要他當眾被雷劈死，再怎麼不信邪的人也得服氣。金銀麟若不立刻劈死他，這些圍觀的神職作何感想？

一個囂張到完全不把天條放在眼裡的凡人，天庭統領竟不立刻處決？不立刻把這種妖孽炸成灰，圍觀的神職們又怎會信服？

就算金銀麟選擇放棄神職們的信賴和選票，讓他當神經病，害他變成世人眼中的白痴好了，他的死終究是注定的——觸犯天條注定會死。

早死晚死都要死，而且這個晚絕對不會太晚，哪怕不是現在，也不會拖過一天。若晚點死，頂多死前被世人當白痴，持續的時間也不會太長，以事後的報酬來看，怎麼樣都划算。

這番瘋言瘋語已引來彼世神職們的關注，千百位神職中，絕對有那麼幾名願意相信這番話，也願意深入調查，那就夠了。

抱歉了金銀麟，碰上不怕死的神經病，就算是神也沒轍。打從置生死於度外的那刻起，自己就已經勝利了。隨時準備臨死的楊子吉於心發笑。

他被兩名保全從後架住，眼看離詹正信越來越遠，臨死前，他仍想再爲吳慧熙多說幾句。

「聽著藍祐坤！也許你說得沒錯，不管基於什麼理由，作爲母親都不該把孩子送養！或許你母親很多地方都做得不夠好，或許她不是世上最好的母親，或許她眞的不配母親一詞……」

楊子吉眞誠直視詹正信，直視藍祐坤，直視那名多年前被母親留在原地的男孩，「但她絕對是世上最愛你的人！這點無庸置疑！你沒有被遺棄，也沒有被拋下！不論生前死後，你母親自始至終深愛著你！你一定要相信我，你必須相信我！」

注視著藍祐坤，彷彿注視著另一個自己。楊子吉不希望藍祐坤失去最後的機會，一旦吳慧熙消失，他們母子將不再有下輩子。

代替母親向兒子道盡心意，緊接而來的是令人昏眩的耳鳴，一陣刺耳的鳴聲令術式範圍內的凡人反射性摀住兩耳，不少人頭痛欲裂，視線模糊，記憶斷片。

方圓數尺內的聲響全被哨聲壓過，強制噤聲的術式輕易剝奪人類的五感，這瞬間，人們甚至感受不到時間的流逝。

失去五感的前一秒，楊子吉看見幾名大神官從天而降，顯然是來「善後」。

失去五感的下一秒，楊子吉兩眼反白，架住他的保全也在定格的狀態下，被大神官的術式移成撲倒在旁的姿勢。

淨空楊子吉的周圍，確認不會傷及無辜後，眾神矚目下，位於天空盡頭的金銀麟已高舉天罰，決心葬送腳下那愚昧的靈魂，將其從輪迴中永遠剔除。

任意處置這小子，明瀛必定糾纏不休。但這小子已引來太多不必要的目光，多留他一秒，金銀麟只怕與自己角逐權力的凡神會來淌渾水，誰透過術式窺視這小子的記憶，祂託夢與之交涉的事將罪證確鑿。

不立刻制裁他，更會失去天庭統領的威信。

這小子必須馬上消失。事不宜遲，萬丈雷霆於金銀麟手中凝聚，祂自天朝凡間投擲閃電，擲下金銀交織的閃電長矛。

天罰驟降，金銀雷霆貫穿雲霄，失去五感的第二秒，楊子吉慘遭雷擊，眩光霎時屏蔽四周神職的視野，轟聲巨響嚇退鬼神。

失去五感三秒後，楊子吉終於恢復視線，他的最後一幕依稀停在藍祐坤錯愕的面容上。四面八方傳來的尖叫聲此起彼落，但楊子吉聽不清楚，耳鳴聲沒能褪去，眼前也逐漸變暗……

他只知道自己已經雙膝跪地，接著向前趴倒在地，昏暗的視野裡僅剩殘留鞭炮碎屑的地面。

好像要天黑了，好像要下雨了，好像聞到了焦味，原來這就是被雷劈的感覺。

失去意識前，從前種種如跑馬燈在腦中閃過，楊子吉回想一切的一切——

除了腹部灼熱，並沒有想像中痛，眞是太好了。

這樣一來，伯父應該就會相信這些話了吧？

記得去找明瀛，吳婆婆！趁著靈魂還沒消失……一定、一定要好好跟伯父說開……

生前該說的話，這最後一次，一定要好好說完。絕對、絕對不可以留下遺憾……

「回家後，我對妳說一百次。」

帶著畢生最大的遺憾，楊子吉陷入無聲的黑暗。

✉

這封信，神無法摧毀。

這封信，鬼無法消滅。

這份愛，誰也無法抹滅。

萬絲齊放的夜空，千百萬條思念。

一道溫暖的光輝脫離群群絲線，在夜空中轉啊轉、繞啊繞，歷經多次迂迴曲折，最終拐了個大彎飛入男孩的視線。

男孩，終於收到了屬於他的託夢信。

未知的曙光爲楊子吉散去黑暗，隨後，映入眼簾的是萬分熟悉的場景——熟悉的鞦韆、滑梯、單槓、攀爬架、平衡木……啊，是那座熟悉的公園，是他小時候和母親常來的地方。

不知爲何突然來到此地，有些恍神的楊子吉站在公園裡，這裡除了他，沒有別人。他呆呆地看著微風輕輕推送鞦韆、推送暖陽，懶洋洋的鴿子窩在沙地上取暖。即便周圍沒有任何人，只有一些搖頭晃腦的鴿子在閒晃，看著這些遊樂設施，楊子吉的耳邊仍會傳來孩童們的嘻笑，眼前似乎還能見到漫天飛舞的泡泡。

飄浮的泡泡包覆著彩虹，也包覆著回憶，他以前常和母親來這餵鴿子，天氣好的時候，他們會帶上吐司邊和泡泡棒來這度過一整個下午。

這應該就是所謂的死前跑馬燈吧？他想。

他無疑被雷劈中，千眞萬確是死定了。

俯視腳邊肥嘟嘟的鴿子，楊子吉忍不住勾起嘴角，都要死了，令他記憶深刻的卻是這些微不足道的日常。

吹泡泡啊、餵鴿子啊，何等瑣碎的日常。稀鬆平常的芝麻小事明明不是什麼了不起的事，偏偏這才眞正讓楊子吉感到幸福。

人生就像裝滿大小石塊的玻璃瓶，石塊象徵壓力，也象徵痛苦，而這些日常點滴催生的小小快樂即是微小的砂礫，少了這些不值得一提的小砂礫填塞玻璃瓶，將瓶中的縫隙全全塞滿，一旦劇烈搖晃玻璃瓶，瓶中的石塊便會將玻璃瓶撞得稀巴爛。多虧這些看似毫無意義的小砂礫，「人生」這罐玻璃瓶才得以完整。

或許，他正是爲了這麼一點一滴的小小快樂才誕生於世。

那麼，也該去下一幕了。

楊子吉腦中剛閃過這個想法，下秒，群群野鴿振翅齊飛，刹那間，楊子吉的視野被拍打的翅羽全然屏蔽。

待鴿群展翅飛離，場景卻沒如楊子吉的預期轉換，他仍停留在公園內，這跟他想像的跑馬燈不太一樣。

此時，楊子吉眼前倏忽出現那人的身影，他的母親莫名來到他身前。

久違的母子團聚，兩人一同站在公園內。隔著不遠的距離，母親朝他溫柔一笑，什麼也沒說。

這大概也是跑馬燈的一部分吧？

只是太想念母親，她才會突然冒出，日有所思，夜有所夢，就只是一般的做夢而已。

別看了，媽媽已經不在了。

楊子吉面露不捨地別過身，正想前往別的地方，前往那該死的虛無，卻被那人出聲叫住。

「怎麼都不說話呢，子吉？」

楊子吉回頭一愣，幾度以爲自己聽錯。

不可能，不太對勁。他一心想離開，並不覺得母親會開口說話。

待楊子吉意識到眼前的一切並非由自己的意識所控制時，那人又再次開口。

「就沒有什麼話想對媽媽說嗎？」楊葉芯深情注視驚訝的兒子。

「……媽？」楊子吉不敢置信，緩緩走向母親，「這……難不成是託夢？」

楊葉芯笑著點頭，很快就見兒子掛著眼淚快步朝自己走來。

憋了近二十年的淚水再也按耐不住，楊子吉掛著涙涕撲向母親，他敞開雙臂抱住母親，緊緊抱著，牢牢抱住，他頭靠上母親的肩就是一陣狂哭，哭得跟孩子一樣。

「長大了呢，子吉。」楊葉芯擁著不曾擁抱過的高度。

「妳怎麼會在這？爲什麼會是託夢？妳……不是消失了？」楊子吉心中有千百個理性的問號，但更多的是感性的想念，「我好想妳，我眞的眞的好想妳……」

「我知道。」楊葉芯輕撫他的後腦，溫柔地安撫。

「妳不在的日子我好寂寞，我好希望妳還在……」楊子吉哭得一塌糊塗，哭到雙眼模糊，什麼都看不清楚，哭腔害他的話語都黏成一團，「妳怎麼會在這裡？爲什麼現在才託夢？妳到底去哪了？妳……該不會沒去投胎吧？嗚……」

「爲了再見你一面，媽媽哪也沒去喔！」楊葉芯老實地說：「媽媽全部的靈魂都在這了。」

「什……什麼？」楊子吉身軀後傾，退出母親的懷，「妳把全部的靈魂用來寫信？」他不明白母親究竟在說什麼。

「媽媽要寫託夢信給你時，碰到了一些不好的事，當下協助媽媽的夢使說，想再見你一面只剩這個辦法，就是把全部的靈魂封緘進託夢信裡。」楊葉芯伸手按向楊子吉的腹部，「媽媽變成信後，爲了保護我也爲了保護你，那個人就在餐廳裡，把託夢信藏在你身上，這樣壞人就找不到媽媽，也沒辦法傷害子吉。」

楊子吉頓時想起自助餐廳的那一拳——那名陌生男子。

原來那一拳是爲了把化作託夢信的母親藏在他身上，怪不得自己會做那場異夢，進而看到母親生前的片段記憶。

楊子吉很開心能再見到母親，但……

「如果妳用全部的靈魂來託夢……」楊子吉難以接受地看著母親，「這樣不就沒辦法投胎了？」

承載念想的信無法用外力毀滅，撕不爛，子彈打不穿，哪怕扔進火堆也無法銷毀。每封託夢信都象徵一部分的靈魂，甚至是全部的靈魂，靈魂的多寡與蘊含的念將影響託夢信的強韌度，唯有當信化爲夢境並傳達思念時，信才會消失。

換而言之，一旦完整傳達思念後，楊葉芯便會永遠離開。

楊子吉想到這就心慌，很快地，他想起自己可以和母親攜手上路，「沒關係，反正我也被雷劈死了，我們可以一起走，不管是虛無還是什麼鬼地方，只要能陪在媽媽身邊，上哪去都無所謂。」

「傻瓜，你得留下來。」楊葉芯卻輕輕捧起他的雙手。

楊子吉愣愣看著母親逐漸透明的雙手，隨著思念傳達，她的身體末梢正緩慢化作點點亮光飛散，而楊子吉並沒有產生消散現象。

「爲什麼？爲什麼只有妳消失？」自己不是被雷劈死了嗎？楊子吉焦急地握住母親。

「說過了，不論發生什麼事，媽媽永遠會保護子吉，我們打過勾勾了，記得嗎？」母親莞爾，「獻上所有的靈魂就是爲了見你一面，就是爲了守護你呀。」她不曾忘記自己的承諾。

金銀麟曾說，靈魂的念即是力量。

神靈的雷霆是力量，母親的託夢信亦是。是母親的託夢信保住了他的性命。

然而楊子吉卻一點也不高興，見母親的輪廓漸漸模糊，他眼底的淚水隨同憤怒和愧疚滿溢。

楊子吉失控地朝楊葉芯粗吼：「妳傻了嗎？妳瘋了嗎？根本沒必要這麼做啊！到底爲什麼要做到這種地步？妳知不知道這麼做會無法投胎？妳曉不曉得這麼做妳會永遠消失？妳到底明不明白這件事情的嚴重性？」他壓根不希望母親爲了他犧牲。

楊子吉崩潰地朝畢生的摯愛咆哮，「當初妳就不該去找邪神葬天！妳應該多爲自己想想啊！應該開開心心去過自己喜歡的日子，根本就不該把我生下來！」不光是現在，打從一開始，他就不希望母親跑去找葬天許願。

楊葉芯罕見露出難過的神情，「子吉，你不希望被生下來嗎？」

母親一個悲傷的眼神就讓楊子吉意識到自己說錯話，他不成熟的發言傷到她了。

當母親的面，楊子吉立刻朝自己臉上轟了一記響亮的巴掌，好不容易見面了，他應該好好珍惜這短暫的重逢才對。楊子吉哭著跪在楊葉芯身前垂淚，「對不起，對不起……我只是希望妳快樂，我只是希望妳能幸福啊……」

楊葉芯慢慢蹲到男孩身前，「子吉，你覺得媽媽這輩子不幸福嗎？」

「我覺得……我覺得妳都沒享受到好日子，我覺得妳這輩子過得太辛苦了，嗚……」楊子吉哭到快無法呼吸，他老想著母親能否有不一樣的結局，認爲母親值得更好的人生。

「可是媽媽打從心底覺得自己很幸福喔！」陪孩子一起跪在地上，她再次將孩子攬進懷裡，「如果媽媽沒把你生下來，我們就沒辦法一起餵鴿子，沒辦法一起吹泡泡，也沒辦法一起吃地瓜球了，那樣多可惜呀。」

她捧起孩子的臉，如同生前那樣，用拇指爲孩子拭去眼淚，「而且你是這樣地愛我，這麼愛我的孩子怎麼可以不讓他來到世上？你希望我幸福，媽媽也希望你幸福，我們也確實很幸福。所以不要再哭了，笑一個好嗎？」

哭崩的楊子吉完全笑不出來，他死命搖頭，拚命搖頭，他不想和母親分開。

見兒子哭得淅瀝嘩啦，楊葉芯也難忍落淚。

大人的眼淚很珍貴，自有記憶以來，從出生到母親離世，楊子吉沒見母親哭過幾次。

這是最後一次了。

思念一點點傳達，時間一秒秒流逝，自知時間不多了，逐漸透明的楊葉芯掛著淚痕提醒，「子吉，你是不是還有話沒對媽媽說呢？」

「生前該說的話，生前就該說完。」

「回家後，我對妳說一百次。」

想起那份承諾，楊子吉隨即扯開喉嚨大喊：「我愛妳！我愛妳我愛妳！我愛妳我愛妳我愛妳！我愛妳我愛妳我愛妳我愛妳！我愛妳！我愛妳！我愛妳！」

男孩使盡全身的力量吶喊，他傾盡生命，道盡肺腑，聲嘶力竭地重複這三個字。

他吼到聲音沙啞，喊到喘不過氣，他不斷地重複，不斷地吶喊，不斷傾瀉靈魂的情感。

「我愛妳，我愛妳，我愛妳。」

一百次，兩百次，三百次。

一輩子，兩輩子，三輩子。

只要時間永恆，只要輪迴無盡，不管是前世、今生還是來世，永遠都愛妳。

「我愛妳！我愛妳！我愛妳！我愛妳我愛妳！我愛妳我愛妳我愛妳！我愛妳我愛妳！我愛妳！我真的真的很愛妳！我愛妳，我真的真的……很愛妳……」

楊子吉喊到上氣不接下氣，不知道自己究竟吼了幾次，只知道自己哭到快化為一灘泡沫，喊到字都糊成一塊。

喊到沒力了，他只能靠在母親的肩上嚎啕大哭。

他不想和母親分開。如果可以，他真希望母親帶上他一起離開。要不，他希望時間能永遠停在這一刻，好讓他繼續述說著愛。

離去前，楊葉芯又一次伸出小指，「來，伸出小指頭，我們立個約定。」哭傻的楊子吉仍舊搖頭，彷彿眼淚暴漲全數淹進腦袋，他完全無法思考，大小腦都泡在淚水裡載浮載沉。

就怕兒子一蹶不振，楊葉芯只好搬出老方法，她故作扁嘴，「不跟媽媽打勾勾的話，媽媽會傷心喔！」

聽到這話，楊子吉只能認命伸出小指。媽媽好賊，每次都用這招對付他，偏偏這招總是管用。

她就是吃定他，清楚他什麼都行，就是不願她難過。

楊葉芯用小指勾起孩子的小指，「不論發生什麼事，子吉未來都會好好照顧自己。」

源自小指的觸感漸漸稀薄，楊子吉知道母親要消失了，只能承諾，「不論發生什麼事，我未來都會好好照顧自己。」他眼睛都要哭花。

「打勾勾，蓋印章，靈魂的約定。」

小指勾小指，大拇指碰大拇指。

母親以拇指封緘最後的約定，一魂一印，一信傳心。

思念傳達，靈魂飛散前的最後幾秒，楊葉芯擁著兒子，「謝謝你子吉，謝謝你來到我身邊，媽媽這輩子很幸福喔！」

楊子吉跪著接受擁抱，腦中不知爲何響起了那句話——

「她愛我，我愛她，我們一定會幸福。」

還好他有下凡來，「謝謝妳，媽媽，謝謝妳讓我來到世上。」

思念化作點點光輝，滿載的愛於母子的相擁間飄散……

第十三章

二十多年前，那叫楊葉芯的女人挺著身孕前來莽天的廟祈願。

「若您願以對應的代價還願，莽天便認您腹中的孩子爲契子，令其平安誕生，得以活至夭年。」

最終，女人犧牲自己在陽間的壽命，好延長孩子的生命。

作爲生來強大的源神，墨文濁難以理解凡人的情感，他無法領會親情，認爲她眞傻。

他是神將，是僅次於神的存在，他知道女人少了孩子能活多久，在凡間活到七老八十都不是問題，他不明白女人爲孩子犧牲壽命的意義何在。

父親說，那孩子僅僅輪迴兩世，本就是年幼脆弱的靈魂，如同一株發育不良的嫩芽，必須讓他的靈魂在凡間成長健全，累積足夠的念才能將其製成念玉。

先讓他們母子相處一段時間，再令他們天人永隔，加劇思念，如此一來，那孩子的靈魂終將成爲解開封印最好的鑰匙。

而天命乃由天庭眾神共同決定，是諸神靈魂念下的決策，想扭轉這份念並不容易。受困於封印削弱父親不少力量，怕沒能以一神之念對抗整片天，無法順利扭轉天命，令那孩子突然死於非命，更怕女人私下燒香給別的神密告，墨文濁便被父親賦予了監視之責。

「盯著女人，別讓她洩漏許願的事，敢多嘴就直接收了。」

「護著那孩子，在他靈魂成長健全之前，別讓他出意外，他可是珍貴的念玉素材。」

墨文濁必須暗地監視那對母子。

女人爲孩子做的一切，墨文濁全看在眼裡。

他發現，孩子出生後，女人臉上的笑容變多了。

剛誕生的凡人就像一團軟嫩的麻糬，脆弱如一碰就碎的豆腐，感覺不小心摔到地上就會立刻進入下一次輪迴。

剛出世那幾週還得放在一個透明箱子裡照顧，不知道是什麼，還怪麻煩的，比照顧一朵花還麻煩，比呵護一株綠豆芽還辛苦。

什麼發育不良的嫩芽？這孩子根本比嫩芽還脆弱，爲何要爲如此弱小的東西犧牲己命？注視出生不久的男孩，站在保溫箱旁的墨文濁始終想不透。

幾週後，男孩離開了奇怪的透明箱子，被女人帶回家照顧。

本以爲監視這對母子挺輕鬆，女人看起來老實，感覺就不會動什麼歪腦筋，而小孩就放時間流逝，讓他慢慢長大。遺憾小嬰兒的一哭二鬧很快就粉碎墨文濁天眞的想法，他差點就被男孩的哭聲逼瘋。

肚子餓，哭。

想喝奶，哭。

聽見窗外傳來的警車鳴笛聲，哭。

自己把奶嘴吐掉，嘴巴沒東西含著，哭。

不需要任何有意義的理由，哭。

扣除睡覺時間，男孩睜眼沒看到母親九成都會哭，母親似乎一秒都不能離開男孩的視線。

到底有什麼好哭的？就不能安靜閉上嘴嗎？究竟是多沒有安全感？

神將也是會頭疼的，墨文濁被嬰兒的哭聲搞得相當煩躁。反觀女人，只要孩子一哭，她就會不厭其煩地抱起孩子哄，緩緩搖晃。

他打心底佩服女人的耐心，作爲一名神將，他幾次欽佩地舉起雙手，站在一旁爲女人鼓掌。

例如在短短五分鐘內，女人就為孩子彎腰撿了五十幾次奶嘴。她居然能忍受這坨無法用言語溝通的小東西，居然還沒親手掐死這坨只知道討奶喝、對世間毫無貢獻的小廢物。雖然她真的這麼做，他也會立刻阻止就是了。

女人聽不見他的掌聲，但這時候的男孩天靈蓋尚未閉合，倒是看得見他。長時間站在嬰兒床旁邊，墨文濁多少會和這坨念玉素材有點互動。

「看什麼看？看你的玩具，別看我。」對於弱小的事物，墨文濁不屑一顧。

墨文濁故意朝懸掛在嬰兒床頂部的玩具床鈴揮了一把，五顏六色的床鈴叮叮噹噹發出聲響。在旁人看來，玩具床鈴就像是被風吹動。

殊不知陣陣響聲立刻把孩子嚇哭，這令墨文濁感到錯愕，他沒事做死，害自己頭疼。直到女人趕回床邊，將孩子抱起來安撫，墨文濁才重拾安寧。

自那之後，墨文濁就不敢再隨便出手，孩子若看著他笑，他就板著臉讓孩子看到爽。

偶爾孩子會朝他伸出手，發出咿咿呀呀的奶音，感覺像在討抱。

墨文濁並不會回予特別的表情，但孩子純真無邪的笑，總能觸動他靈魂深處，在彼世，可不會有誰對他露出笑容。

因為他的魂魄源自葬天，是葬天的血脈，沒有靈魂敢直視他，沒有神會正眼看他，但這坨賴在嬰兒床上的小廢物，卻總是看著他微笑。

「別誤會了，我不是因為喜歡你才站在這，撒嬌對我可沒用。」墨文濁鄙視地說。

他時常這麼告誡嬰兒床上的孩子，也不管孩子聽不聽得懂，應該說，孩子根本聽不見。

又或者，他其實是在告誡自己，怕自己對這坨注定會被煉成念玉的東西投注情感。

「你一點都不可愛，少跟我來這套。」

「你也就現在笑得出來，被煉成念玉後，我看你怎麼笑。」

「連翻身都不會，身體要再側過去一些，別顧著哭啊。」

除了一廂情願地自言自語，孩子開始學爬後，墨文濁要做的事也跟著變多。例如，女人在廚房煮飯，在客廳的孩子爬向插座，還手賤地將手指朝插座孔的方向伸去，這時墨文濁就得揮揮手，用神力移開孩子。

「沒事別找死，你得活上好一陣子。」墨文濁俯視腳邊學爬的嬰兒，孩子又仰頭看著他笑。

又例如，孩子在女人恰好背對他時沒坐穩，差點摔下嬰兒椅，原本會頭朝地撞傷，墨文濁卻及時伸手往上一托，讓孩子輕輕滑到地上。

「又笨又沒用，難怪活不到五歲。」墨文濁難忍嘆息，被女人重新放上嬰兒椅的孩子仍舊朝他笑著。

開始學走後，孩子探索的區域變大，更多的危險隨之而來，這時的墨文濁就得緊跟在後。

扶著桌子學走，一不小心把桌巾連同桌上的熱水壺扯下，孩子本該被燙傷，墨文濁及時一出手就拉開孩子。待女人放好洗澡水走出浴室，孩子已站在牆邊大哭，他只是被水壺落地的聲響嚇到，身體毫髮無傷。

「對不起，媽媽眞粗心，神明保佑，神明保佑。」女人摟著孩子安撫，「子吉是被神明眷顧的孩子，要好好跟神明說謝謝唷！」

孩子靠在母親肩上，視線卻停在墨文濁身上。

「看什麼？我是爲了保護念玉，不是爲了保護你。」墨文濁看著孩子再三強調，孩子卻仍看著他微笑。

兩歲時，天靈蓋閉合，這時的孩子已經看不見他，不知道爲什麼，這讓墨文濁感到有點寂寞。小廢物不再對著他笑了，這讓監視任務變得有些無聊。

這時的女人也注意到孩子常東張西望，疑似在尋找什麼，「子吉，你在找什麼呀？」

「哥哥。」男孩左看右看，他記得以前哥哥都在的。

「傻孩子，哪裡來的哥哥。」女人不以爲意。

「哥哥，想哥哥。」男孩還不太會說話，他鑽到椅子底下，頭探往冰箱底下，甚至拉開抽屜尋覓，「哥哥，找哥哥玩。」

「是想找公園的哥哥嗎？」女人認爲孩子是在說公園那些年紀稍大的哥哥姊姊，「走，我們去公園找哥哥，你們可以一起玩溜滑梯。」

從頭到尾墨文濁就站在母子之間，只是他們沒能看見，估計再過幾年，這孩子就會完全忘記他。事情本就該如此發展。

「這孩子是念玉，就只是把鑰匙而已。」墨文濁不斷在心裡重複這句話。然後孩子過了三歲、四歲。

四歲即將邁入五歲的那一年很關鍵，必須瞞過天。

在葬天的庇護下，本該死於心臟功能不全的男孩身體健康得很，只是因爲愛吃甜食長了幾顆蛀牙。

沒有如期的心臟衰竭，倒是有面該死的鷹架差點讓計畫泡湯。

孩子剛從幼稚園下課，爲了賺錢，女人還在市場擺攤，沒法時刻伴在孩子身邊，因此放學他得獨自走回家。

沒有母親守在一旁，只有神將跟在後頭。

行經工地附近時，男孩還傻呼呼地哼著兒歌，根本沒注意到大難臨頭。

五層樓高的鷹架突然橫向倒塌，男孩察覺大片陰影迎頭壓下時，只能兩眼開開，準備投胎。位於他背後的墨文濁僅是隨意揚起單臂，一揮，就讓那些本該砸中男孩的鐵條扭曲變形，不按物理路徑地全全彈飛。

鷹架倒塌浪起塵煙，待塵埃落地，男孩已避掉此生最大的劫難，他蹲在事故的中心哇哇大哭，很快就被趕來的大人們帶到一旁檢查傷勢。目睹的人們都說，男孩大難不死簡直是奇蹟。

才不是什麼奇蹟，不過是瞞過了天。

男孩成功扭轉了天命。

自五歲開始，墨文濁不再那麼神經緊繃，只要許願的事沒敗露，理論上不會有什麼突發狀況來取小廢物的命。

從天庭的帳目來看，他已是帳面上的死人，接下來的輪迴，第四世他會去南極當海豹。

公園，站在不遠處的樹蔭下，墨文濁望著那對母子。

女人坐在長椅上，男孩被鴿群包圍，他將雞蛋糕碎屑拋撒給鴿子，一個缺牙的回眸笑就換來母親溫柔的凝望。

好羨慕。

自己爲何羨慕弱小的凡人？他們不過是徒手就能捏死的渺小存在，作爲強大的神將，墨文濁不明白自己何須羨慕那對母子。

生來就超凡強大的源神，何必羨慕這些必須下凡，還非得在輪迴中打滾歷練的弱者？

墨文濁回想起，父親尚未被封印時，祂會稱自己爲「兒子」，但祂卻不曾用那般溫柔的眼神看待自己。明明同樣都是家人，兩人的關係，並不像眼前這對母子那般緊密。

眞是個令人羨慕的小廢物。墨文濁倏忽想起男孩躺在嬰兒床上朝他伸手的畫面，他想念那笑容。

八成是腦子傻了，想到出神，墨文濁情不自禁以凡人之姿現身，他竟下意識希望不遠處的男孩能發現他。

不過幾秒，墨文濁清楚不該做多餘的事，正反悔，卻見男孩已捧著褐色小紙袋衝來，女人則追在男孩身後。

「看起來凶巴巴的叔叔你好，這個給你。」男孩遞出雞蛋糕。

墨文濁一時不曉得該回什麼，僅是皺起眉頭，想著還好這小子沒認出他，不，就算認出來，大人也不會相信小孩子的說詞。

等不到墨文濁的回應，男孩又吐了句：「叔叔好眼熟，你是不是來過我們家？」

墨文濁板起臉，「胡說。」

這時，女人趕到，她一把抱起男孩。見墨文濁殺氣騰騰，她抱緊孩子退了半步，隨後便點頭致歉，「對不起，希望這孩子沒有打擾到你。」

縮進母親懷裡的男孩又一次朝墨文濁遞出雞蛋糕，「請你吃。」

令人懷念的笑使墨文濁冷冽的雙眼暖了幾分，他接過男孩的善意，將雞蛋糕放入口中咀嚼。

「好吃嗎？」男孩微笑。

墨文濁點頭，他沒發現自己不寒而慄的眼已被融化。

「叔叔好高大。」男孩朝墨文濁伸出雙手，「抱抱。」

「子吉，不可以這樣喔！」女人感到不好意思。

「可是我也想玩飛高高，都沒有爸比跟我玩。」男孩扁嘴。

看出女人的爲難，明知不該做多餘的事，墨文濁的雙手還是不由自主伸向男孩。他將男孩高高抱起，送向天光。

我在幹什麼？爲什麼要做這些沒意義的事？墨文濁不禁自問。

墨文濁的職責向來都是抹滅生命、剷除靈魂，抱著男孩，他頭一次感受到生命的重量。

仰看天光，孤高的正義天將像是獲得期盼已久的親情，有那麼一剎那，他感受到了愛。

這，說不定就是輪迴的意義。

過了幾年，男孩進入國小，母親則住進了醫院。

墨文濁知道女人的壽命將盡，沒剩幾年。

看著她在病床上受苦，看著母子在病床上相擁而泣。

看著男孩努力在操場上練跑，看著男孩在短跑比賽中落敗。

看著女人將勛章吻上男孩的額頭，看著母子倆小指勾小指，拇指碰拇指，立下靈魂的約定。

這份親情羈絆，墨文濁全看在眼裡。

女人將離世那天，墨文濁被葬天召回。

「不能讓那女人來到彼世，想辦法避開生死課，把那女人收拾掉。」困於封印中的葬天下令。

「來到彼世，喝下忘魂湯後什麼都記不得，讓那女人投胎不影響計畫。」墨文濁覺得沒必要剷除她的靈魂。

「你在祖護那對母子？你該不會對凡人投注了情感吧？作為源神之最，身為葬天大神墨武的孩子，你豈會如此濫情？」葬天質疑部下，祂認為那女人已失去利用價值，眼下只要留孩子繼續思念母親，直到靈魂健全即可。

「那女人若是跑去託夢，夢使透過術式瀏覽生前記憶，許願的事便會敗露，你知道這代表什麼？」

代表念玉的計畫會失敗，代表作為共犯的墨文濁會被諸神消滅，好一點就是被封印在旁。

「你難道不想復仇？難道不想教訓那些不願正眼看你的傢伙？你還想再被諸神鄙視千百年？」葬天的魔音誘惑著墨文濁心中的不滿，被引出的憎恨持續蒙蔽正義天將心中的正義，「我相信你不會讓父親失望。」

最終，墨文濁只能麻木自身的靈魂，泯滅情感，扛起滅天戟，前往橋前郵政只為滿足父親的期望。

潛入橋前郵政，找到女人時，名為孫風的夢使已透過術式看見女人的記憶。

見女人曾向葬天祈願，孫風確信大事不妙，他尚未反應過來，就被一道漆黑術式轉移至別處。

兩魂摔至邊陲地帶，孫風踉蹌起身，只見墨文濁隨手一揮就造了座密閉空間，將他們三人全都關進去，顯然是要暗地處理掉他們。

清楚墨文濁是來消滅他和女人的魂魄，孫風怒道：「看來正義天將也敵不過邪神的迷惑。你墮落了，墨文濁！」

「不管我如何守護蒼生，不論我為眾神做了多少，我殺再多惡鬼，滅再多邪妖，在你們這些人眼中，我永遠都是邪神！」受憤恨驅使的墨文濁高舉滅天戟。

孫風立刻擋到女人身前，他發動防禦術式造了面防護罩，讓兩人得以躲在裡頭，但孫風也清楚這不過是垂死掙扎，不用十秒，他和女人終將在此魂飛魄散。

「白費力氣！」墨文濁造出的空間得以阻隔傳送術式，孫風和女人若想逃出這裡，只能想辦法破壞空間。躲在另造的防護罩中，不過是坐以待斃。

「區區夢使，豈能戰勝神將！」

見不著躲在防護罩裡的目標在做什麼，墨文濁只管揮舞滅天戟。他朝防護罩連劈三下，輕鬆斬碎防護罩，然而防護罩綻裂的瞬間，墨文濁沒見到女人，只見堅定領死的孫風。

墨文濁一戟貫穿孫風的腹部，死前，魂魄將散的孫風，眼中竟沒有絲毫恐懼。

孫風緊握貫穿己腹的長柄，用一種看著不成熟孩子的眼神看墨文濁，語帶同情地說：「咳……你們這些源神眞是任性，每個都像小孩一樣無理取鬧，輕易就被情緒左右……」

不甘被瞧不起，墨文濁扭轉戟身，故意讓孫風感受莫大的痛楚，才拔出滅天戟。

孫風跪倒在地，靈魂逐漸瓦解，高傲的墨文濁站著俯視他，「笑話就到虛無裡慢慢說吧，凡神。」

「哈……你不也下凡歷練了？吃了那孩子給的雞蛋糕，還爲那女人抱過孩子，我看你挺喜歡那對母子的，咳！」透過女人生前的記憶，孫風確實看見墨文濁溫柔的那一面，「你太軟弱了墨文濁，你應該鼓起勇氣反抗葬天……」

「哼，一派胡言。」墨文濁冷笑，弱者的話他才不會往心裡去。

直到看見地上那封信，墨文濁才皺起眉頭，「你把那女人變成託夢信？」

「夢使必須爲逝世者轉達心意……」孫風疲倦地笑著。魂魄全然飛散前，孫風看著誤入歧途的正義天將，「好好品嘗愧疚吧墨文濁，參與那對母子的人生，對你也是一種輪迴的歷練啊……」

語畢，孫風化爲粉塵消散。

懶得把敗北者的言論當回事，墨文濁大步走向託夢信，再次舉起滅天戟，準備將地上的信斬碎，殊不知他高舉武器的雙手居然在發抖。

爲什麼顫抖？這是在害怕嗎？堂堂神將，竟然在畏懼一介凡人的靈魂？

墨文濁不明白自己爲何猶豫，注視地上那封託夢信，凝視女人的魂魄，墨文濁感受到從未體驗過的罪惡感。

罪惡、內疚、自責，這些唯有在輪迴中才能體會的情緒，此時此刻全湧上墨文濁心頭，他的靈魂一下就被前所未有的愧疚感填滿。

「什麼愧疚……什麼輪迴歷練……」一切都被孫風說中，這讓墨文濁嘗到形同落敗的不甘，他惱羞成怒，朝地上的託夢信揮出滅天戟，「無聊至極！」

滅天戟驟下，戟鋒卻被託夢信硬生彈開，墨文濁甚至被反作用力震退了幾步。

墨文濁傻了，驚訝到呆在原地。

承載念想的信無法用外力毀滅，唯有當信化爲夢境並將思念傳達時，信才會消失。

該死，被孫風擺了一道。到頭來墨文濁只能帶上那封託夢信回去稟報，他向葬天宣稱，已朝託夢信揮舞滅天戟不下百次，仍無法摧毀託夢信。

其實他只朝信劈了那麼一次，墨文濁不願再對女人的靈魂出手，那令他渾身不對勁。

可惜葬天仍不放棄湮滅證據，「把她的魂魄扔進地獄，讓她被地獄眾鬼啃食殆盡。」

墨文濁只好帶上託夢信來到地獄。他站上斷崖，俯視深淵，就算惡鬼啃不爛，沒事也不會有神職出現在地獄深淵，只要把信扔下去，所有問題都將迎刃而解。

即便這麼做，女人的靈魂將永遠在地獄中受苦。

「別怨我，要怨，就怨自己爲何向葬天祈願。」墨文濁冷冷獨白，他昧著良心，試圖掩蓋心虛，接著將託夢信拋向斷崖下的深淵。

背著深淵，墨文濁看似頭也不回，他走了幾步離開斷崖，越走越快，越走心情越煩。

那張嬰兒床，那塊雞蛋糕，那場短跑，那個約定。

墨文濁腦中全是母子倆相處的日常。沒過半分鐘，他便咬牙別過身，火速折返。他覺得自己眞是蠢斃了。

墨文濁重回斷崖，他拔出滅天戟，躍入深淵，一入地底就是一陣橫掃，一口氣滅了千百隻惡鬼，隨後帶著託夢信返回地面。

至於對葬天的說詞，他早想好了。

「連滅天戟都無法摧毀的靈魂念想，我不認爲惡鬼有辦法對付，就算藏在地獄深淵，那孩子一旦入睡，託夢信也會射出引導線，那樣反而引人矚目。」墨文濁向葬天說道。

「那你有什麼對策？」封印中的葬天反問。

「不如把託夢信封在一個密閉的容器中，再把容器扔進地獄深淵。」

「那樣容器也可能會因惡鬼的襲擊而受損。」葬天已察覺墨文濁心有不忠，祂直覺墨文濁想私自處理託夢信。祂認爲託夢信應藏在祂視線所及之處，「把託夢信封在容器裡，但容器得藏在封印這。」

奉令辦事，墨文濁找來一個六角形的容器，置入託夢信，最後用隱形術式將容器藏在葬天的封印附近，藏在這無神敢踏入的禁地。

墨文濁心裡已有盤算，他想出了保護男孩的方法，但現在還無法執行。他重返凡間，繼續監視任務，而等待男孩靈魂健全的時光，完完全全就是在贖罪。

失去母親後，男孩變得封閉，逢夜還會躲在棉被裡啜泣。孤單、寂寞，如同從前蹲在彼世天空最角落，俯視凡間的那個孩子。墨文濁清楚，害男孩失去笑容的罪魁禍首就是他。

時間一晃，男孩歷經求學生涯多次畢業典禮。

國小的畢業照，男孩是獨自一人的哭臉。其實墨文濁就站在他旁邊。

國中的畢業照，少年是孤單落寞的臭臉。墨文濁依然站在他身邊。

高中的畢業照，少年臉上洋溢淚痕褪去的笑。那張照片，墨文濁站在左側，名叫詹苳琳的少女站在右側，他們就像少年的家人，伴在他左右。

十多年來，墨文濁代替母親默默伴著孩子成長。雖然他能做的不多，但他會盡所能地彌補。

孩子夜裡踢棉被，他就偷偷幫他蓋上被子，以免孩子感冒；孩子忘了設鬧鐘，他就會讓鬧鈴響起，提醒孩子出門上課。

孩子和同學們玩試膽大會，把東西藏進最凶最陰森的廢棄醫院裡，早上藏，晚上找，膽小的孩子偏偏抽到了晚上找東西的組別。

深夜，數支手電筒點亮醫院大門。

「幹！據說這間醫院晚上進去會中邪，好刺激喔！」陳以祥輕浮地搖晃手電筒。

「確定要玩嗎？之前新聞有報過，一名網紅晚上進去，沒過一個星期就自殺了。」林文豪不想冒險。

「吼！東西都藏進去了，當然就要玩啊！沒有臨陣脫逃的，衝了啦！有輸過沒怕過！」一名同學耍屁壯膽。

「對啊！怕什麼？鬼啊、神啊，那些東西才不存在呢！」刺蝟頭同學站在墨文濁面前高聲嚷嚷，相當鐵齒。

「可是……三班那個有陰陽眼的怪妹說這間醫院眞的很凶耶？」有女同學想退出。

「跟妳說啦，她陰陽眼絕對是裝的，她那是中二，才不是什麼狗屎陰陽眼！」刺蝟頭同學打死不信。他故意用手電筒頂著下巴，「有鬼也頂多像我這樣醜，到底在怕三小？你們這群小孬孬。」他覺得大家都很膽小。

「怎麼辦阿吉，你覺得要進去嗎？」詹芠琳看著楊子吉。

「呃，如果會有危險當然是不要啊。」人還沒進去，楊子吉已經有點腳軟，他是不好意思拒絕詹芠琳的邀請，才參加這場試膽大會。

「不然表決啊！民主決勝負！」屁孩同學提議。

五比四，多數決定要進去。

隔著醫院大門，墨文濁確實感受到醫院內部傳來鬼魂們的氣息，數量眾多，當中還有幾隻凶暴的傢伙。

再凶暴也比不過大魔王的兒子。

趁著孩子們停在大門討論路線，墨文濁先一步進到廢棄醫院，他刻意釋放氣場和威壓，一踏入醫院，閒晃的鬼魂全嚇到不敢現身，紛紛躲了起來。

「給我出來，不聽命令，我就葬了這裡所有的魂。」

墨文濁一語換來群鬼顯靈，每隻鬼魂見到他都趴在地上，不是下跪就是磕頭。他們不敢亂動，也不敢直視魔王的血脈，就連最囂張、怨氣最強的鬼魂也乖得跟貓一樣。

「等會有群孩子進來，不准對他們出手，也不許作怪。」墨文濁慎重告誡，不忘補充，「不過，我允許你們嚇嚇那個刺蝟頭，只有他。」

試膽大會結束後，刺蝟頭同學整整兩週沒去學校上課，說是得了流感，但大家再次見到他時，他脖子已掛上三串佛珠，書包裡放了本符咒，每週三固定吃素，人還變得很迷信。

上了大學，出了社會，很快地，男孩就到了靈魂健全之時。

那年，葬天號召殘存的手下到封印前集合，準備在解開封印後葬送天空，沒料墨文濁竟突然叛變，他剿滅九成的爪牙，剩下一成僥倖溜走。

「連血親也敢背叛！這麼做只會讓你失去所有容身之處，諸神不會信賴你，我也不會再信任你！」封印中的葬天獰視墨文濁。

「我沒有背叛血親。」墨文濁反駁，「父親說過，若楊葉芯願以對應的代價還願，祢便認她腹中的孩子爲契子，這意味那叫楊子吉的孩子是我的兄弟。」

「強詞奪理！爲了那孩子，你注定失去一切！你以爲這麼做就能功過相抵？太天眞了墨文濁！你殺了孫風，逼得那女人犧牲全部的靈魂！總有一天，你注定爲這一切付出代價！天庭眾神不會原諒你，那孩子也不會！你注定眾叛親離，孤身一人到魂魄消失爲止！」

無視莽天恐嚇，墨文濁從隱形術式中取回六角容器，他打開容器頂部，向容器內的託夢信承諾。

「我以正義天將之名發誓，絕不會讓你們母子命喪不義。」

帶上託夢信，墨文濁來到凡間。

凱特飯店，三樓自助餐廳，西點區。

神將哥哥與凡人弟弟相遇，這並不是兄弟倆初次見面。至少對墨文濁來說不是。

「先生，你是不是認錯人？」楊子吉的嘴角不悅抽動，他覺得面前這男的好機車。

「站好。」墨文濁才懶得跟小廢物解釋，他握起託夢信，一拳就朝楊子吉的腹部灌下去。

帶著後悔，帶著慚愧，帶著正義以及男孩與母親的約定，墨文濁將託夢信烙進楊子吉體內，還爲楊子吉開啟靈鬼耳。如今的楊子吉靈魂已經健全，已能承受這般強大的術式。

把信藏在楊子吉身上，哪怕自己不在他身邊，葬天的手下真要發動奇襲，他也能保住一命。

但保住性命只是低標，作爲念玉的絕佳素材，葬天的手下很可能監禁他。以防萬一，最好再把弟弟安排到一個雞婆的凡神旁邊。

不光是雞婆，還得很聰明，最好是本身有實力且跳脫體制，必須是不喜歡按「規矩」辦事的那種。

於是，墨文濁收買了彼世人事處的神官，安排弟弟到忘川郵政就職，有靈鬼耳便能溝通，剩下的事交給喜歡凡人的明瀛應是妥妥的沒問題。

弟弟成爲夢使後，明瀛也如墨文濁的預料向上追查，一路查到了葬天的封印前。

「作爲夢使，我必須轉達逝世者的心意，我有義務讓那孩子收到母親的託夢信。」明瀛說道。

「他已經收到了。」背對葬天的封印，墨文濁輕拍自己的腹部，他用兩指在腹部前打了個叉，暗示明瀛千萬別拿出信。

要是讓他看見母親的託夢信，他絕對會吵著要去夢裡見母親，一旦思念傳達，那封信就會消失，屆時楊子吉便會失去託夢信的守護。

「已經收到了？那應該是某間夢使事務所的疏失，我再去查查。」機靈的明瀛說完便轉身。

「順從天庭的安排，好好照顧你的下屬吧。」墨文濁希望明瀛好好照顧弟弟，同時說給身後的莽天聽，要莽天最好別打歪主意。

「這不用你來提醒。」明瀛背對墨文濁勾起嘴角。

事情的發展本該順利，墨文濁本希望楊子吉能在自己和明瀛的照應下，將夢使一職做到退休、做到往生。

誰知那天殺的小廢物沒事跑去挑釁金銀麟，又是鬧金銀麟的場，又是洩漏天機。金銀雷霆一轟就把墨文濁的術式炸破，令藏在楊子吉身上的託夢信掉了出來。

新落成的廟宇前，人魂陷入一片混亂。

感應到術式被破壞，墨文濁第一時間瞬間移動至楊子吉身側，楊子吉已兩眼上翻，趴在地上動也不動，身上還飄出少許焦味，所幸體內的靈魂尚未粉碎。

同樣趕到的明瀛蹲在楊子吉旁邊，他將那封掉落的託夢信放上楊子吉的腦袋。

託夢信已因雷霆巨大的攻擊而受損，哪怕再藏回楊子吉體內，也無法存在多時，不如就讓他們母子見最後一面。

下凡善後的大神官以術式呼喚暴雨降臨，好讓恢復意識的凡人認為暴雨突來，而倒地的年輕人是不幸被雷劈到，剩下的瑣碎大可用竄改記憶的方式解決。

危機尚未結束，察覺楊子吉的靈魂苟存於世，位於彼世天空的金銀麟再次拔起金銀雷霆，感知異狀，立於凡間的墨文濁立刻執起滅天戟。

他發過誓了，絕不會讓這對母子命喪不義。

他必須保護這孩子。

墨文濁朝天一蹬，躍向高空，面對自天襲來的第二發雷霆，他於空迴轉滅天戟，將直落的天罰橫向劈散，金銀雷霆於空爆裂，散向四方，隨暴雨飄落。

神將又一記騰空轉身，以滅天戟劃開陰陽兩界，墨文濁一個飛躍就蹬上天庭，來到金銀麟身前。金銀麟正準備擲出第三發雷霆，墨文濁執戟前跨，一戟就將凝聚於金銀麟掌中的雷霆戳得粉碎。

「對天庭統領刀劍相向！你是被葬天控制了嗎？墨文濁！」金銀麟被滅天戟逼退了幾步，祂不明白墨文濁爲何現身於此，「那凡人洩漏天機，顛覆兩界秩序，罪不可赦！作爲正義天將，你應協助我履行正義！」

「濟弱鋤強才是正義！」墨文濁不認同隨意懲戒凡人，「恣意抹滅靈魂乃邪神之舉！身爲以惡靈爲糧的葬天之子，我誓死與惡神爲敵！」他認爲弟弟應接受審判，而不是隨便被處決。

注視墨文濁，彷彿注視著葬天，看著那名以惡神爲食的大魔王。自知無法以一神之力對抗墨文濁，金銀麟只能暫且收手。

聽聞葬天之子大鬧天庭，諸神迅速集結。見眾神齊聚，墨文濁便棄械投降，表明自己的本意並非與天爲敵。

其後，源神與凡神分爲兩派各持己見，爲接下來的審判拉開序幕……

天迴落幕，審判揭幕。

數百年來，天迴不曾提前結束，這是頭一遭讓票數位居第一的神提前就任。

因金銀麟涉嫌託夢控制凡人，藉由支配凡人從中得利，經相關神職調查與夢使楊子吉的記憶舉證，研判金銀麟濫用神力的行爲屬實。

眾神決議，褫奪金銀麟參與天迴的資格，千年不得再選，並沒收一半神力，藉由不法手段興建的廟宇也將依天條中的廢廟作業進行拆除。涉入此案的其他神職，位階含大神官、神將及其以下的所有階級，一律沒收全部神力，全數貶入輪迴。

拔官、貶下凡絕對是重罰。對於那些鄙視輪迴的源神，下凡輪迴就像強制失憶並坐牢受苦，不知道要輪迴幾世才能重返天庭。相較之下，魂飛魄散或許還比較輕鬆。

此案令金銀麟派閥分崩離析，更讓原本票數相近的萬福霄和金銀麟直接分出勝負。福神萬福霄終以放牛吃草的豁達之心，輕鬆成爲下個百年的天庭統領。

天庭，眾神齊聚的審判。

源神右，凡神左，對立的神職各坐一方。

中間，各色錦鯉漫天優游，那名身材矮小，鬍鬚猶如綿雲的紅袍老神乘著自己的長鬚，悠悠飄上高聳的審判桌，繽紛錦鯉尾隨其後。

和葬天一樣，祂同爲最古老的源神，名爲福神萬福霄。

福神的靈魂具體存在多久已無法考證，問祂究竟有多老，用輩分比喻，連金銀麟都要叫祂爸爸。

說是源神，也算有點畸形的源神。彼世的所有神都知道，福神從不管事，祂七成的時間都在凡間，不在天庭。祂的興趣是偷偷化成凡人的模樣，下凡到人間跟凡人們玩耍，據說最喜歡下凡釣魚。

「唉，早知道就把廟都封起來，不讓信徒敬香。」這是萬福霄坐上審判桌的第一句話。

香火即選票，拒絕獻香就能擺爛落敗。萬福霄沒想當老大，當上統領等於被綁在天庭，還得處理一堆麻煩事。只能怪祂太有福氣，消極競選也能不戰而勝。

既然當上和尚，祂就會好好敲鐘。

「一把年紀還得看這麼小的字，眞是折騰魂。」萬福霄翻開超厚、超大一本的天條，瞇起兩眼翻閱，「怎麼每個罰則都是魂飛魄散？這種天條哪需要審？不就每個都判死？那我根本不需要坐在這裡啊……」

一名庭務神職隨即快步走向審判桌，湊近萬福霄低語，並翻開天條的某一頁，手指某一則，建議萬福霄大可參考這一條。

「喔……原來有這一條，謝謝你了孩子，你眞貼心，讓我看看。」萬福霄靈魂老了，靈魂之窗也老了，有老花眼的祂邊讀邊說：「『天庭統領得適時依案件情形斟酌判決，若逢爭議，則依此條爲最高原則。』這話的意思就是想怎麼判，隨天庭老大的意思，對吧？」

庭務神職笑笑點頭，萬福霄卻皺起眉頭，「這樣感覺壓力好大。若是讓惡神坐到這位置，判決肯定不公正，感覺我得先找時間修改這本天條……」

反正也沒參考價值，萬福霄乾脆地蓋上超厚的天條，祂已準備好應付新官上任的初次審判，「那就開始吧，麻煩帶罪魂上前。」

兩名神將夾著墨文濁向前，他雙手上銬背於身後，後頭還跟著數名戒備的大神官，多名高階神職圍著他就怕他胡來。

事實上墨文濁真要造反，這陣仗也守不住，他沒有戰意、沒有敵意，表明願意配合審判，派人圍住他只是形式上做個樣子。要把墨文濁制伏在地，不來兩、三名「神」絕不可能。

除了墨文濁，還有四名神職也被上銬帶向前——轉生課，投胎預備所的凡神，二等神官，倉；轉生課，轉生評等處的凡神，三等神官，恆肻；神職人事處凡神，大神官，胤；神職御用夢使凡神，二等神官，歡鵲。

共計四名神職連同墨文濁一併受審，有趣的是，這四名神職一字排開全是凡神，這也使位於右方的源神們忍不住調侃。

「看吧，凡神就是愛搞事，輪迴只會讓靈魂易於沉淪邪魔歪道。」

「凡神果真是群心術不正的傢伙。」

「就說輪迴沒意義，只會混濁靈魂，害靈魂容易被雜念左右，萬事須秉公處理的神職該由源神全全接管才對。」

面對這些調侃，位於左方的凡神也有話說。

「先別下定論，都還沒審判完，幹麼急著定罪？」

「凡神心術不正？你們是集體失憶？忘記上一審的金銀麟派閥全是源神？你們這些源神才是不成熟又任性。」

「比起死板的規則，我們凡神更通情達理，我們和沒血沒淚的源神可不一樣。」

審判尚未開始，兩派又差點隔空吵起來，位於中間的萬福霄便揮了揮手制止，「好了好了，大夥節制些，各位是來參與表決，是來給我出主意，不是來吵架的。」

眾神安靜後，萬福霄又道：「彼世這麼大，要職這麼多，這個世界需要情法並存才能穩健運行。只有法，世界沒有溫度，只有情，世界充斥私利。情法缺一不可，誰前誰後得酌情而論。我眞正想說的是，在場的每一位都有存在的必要，這麼說各位能明白？」

福神一席話就讓諸神平靜，萬福霄將焦點拉回審判，依照順序，自左而右，祂請庭務神職闡述五名神職的罪刑。

「轉生課，投胎預備所二等神官，倉，明知有魂擅自投胎成人，事後卻未依規章向上稟報疏失。」庭務神職闡述道。

萬福霄看向倉，「有冤枉你嗎？還是你有什麼委屈？」

「這這、這全都要怪那幼魂太調皮！我原本能攔住那孩子，誰知道他突然高喊『葬天大神突破封印』，嚇得我們一團亂，才讓他找到機會開溜，這件事不能怪我！」倉喊冤。

倉說完就被墨文濁狠狠瞪了一眼，他不爽有人把罪怪到弟弟頭上。此舉嚇得倉朝旁縮了幾步。

「而且，就算讓擅自投胎的靈魂得逞，依輪迴的防弊機制，那孩子也不可能憑一魂之力扭轉天命。他注定夭折，之所以能活那麼久，長大搞出一堆麻煩，也是靠母親向葬天祈願，這些事不能算在我頭上吧？」倉說道。

「當然不能算在你頭上。」萬福霄認同，也覺得凡神小朋友眞的很愛找藉口，「但現在討論的是『事後向上回報』這件事，那孩子擅自跳入凡間後，你並沒有立刻上報，對吧？」

倉的兩眼慌得打轉，那時他只想掩蓋自己的錯誤，當作沒發生，沒過幾秒他便認罪，「對，這確實是我不對。可以把我貶下凡了，永別了各位。」

「別急著自暴自棄，孩子。和過去相比，現在的你已有勇氣坦誠過錯，這是好事。」萬福霄微笑，「既然你的靈魂已有所成長，這次就算了，但下不爲例。要有下一次，就換你輪迴當海豹了。替他解銬吧。」

倉當庭解銬，萬福霄的寬容令倉下跪磕頭，他保證會將本次的教訓銘記在心。

審問繼續著。

「轉生課，轉生評等處，三等神官，恆胄，調閱轉生紀錄察覺楊葉芯、楊子吉與孫風等魂魄之轉生紀錄有異，未依規章向上稟報。」庭務神職又道。

萬福霄看向恆青，「你呢？有什麼苦衷嗎？」

「沒有，我就孬，不想淌渾水。」厭世的恆青連藉口都懶得找，「請滅了我的魂，我再也不想工作了，去到虛無至少不用加班。」

「你這孩子眞坦率。」萬福霄莞爾。

祂看恆青相當疲倦，哈欠連連，可見恆青是個認命加班的工作狂，雖然性格不夠正直，但絕對會認命待在崗位上，這何嘗不是個優點？

萬福霄認爲靈魂來到彼世也該繼續學習，祂下了決定，「既然你這麼想逃避工作、逃避責任，那我就更不能順你的意，我決定升你爲二等神官，將你調派至福神底下輔佐。今後你得在我身邊替我辦事，會有成堆的工作等著你，我也會親自盯著你。替他解銬吧！」

「不，等等，求你們別替我解銬，千萬別放過我啊……」事情沒能如恆青期望的發展，他哭笑不得。

庭務神職宣讀著下一位。

「神職人事處，大神官，胤，收賄於神將墨文濁，協助墨文濁派發任職信給凡人楊子吉。」

萬福霄好奇看向胤，「墨文濁究竟拿了什麼賄賂你？」都當到大神官了，應是什麼都不缺。

「我的魂。」胤幽默道：「他拿我的魂賄賂我，只要我派夢使任職信給楊子吉，他就讓我魂魄安在，何等誘人的收買，我當然要答應。」

「這是威脅，不是賄賂吧？」萬福霄嘴角上揚，祂挺喜歡這個梗。

「黑色幽默，我在輪迴學到的。」胤有十足把握自己無罪，他設下這個梗就是要套福神的話，「您都親口說了，我是被墨文濁威脅，代表我毫無爭議是名受害者，替我解銙吧。」

誰知萬福霄卻不按牌理出牌，「不行，仗著自己是受害者就耍嘴皮子，你太有自信了，我決定銙你久一點。」

「可以這樣？」胤感到意外。

「只能怪這本天條制訂的不夠完善，想怎麼判，隨天庭老大的意思。」萬福霄拍拍審判桌上厚重的天條，祂看出胤的才能，他聰明卻太過自信，這種靈魂必須委予艱難的任務讓他苦惱，「論此案你應無罪，但我決定判你一個自以爲是罪，處罰你和恆胄一起到我底下幹活。而你的第一項工作就是修訂好天條，這麼有智慧的你一定能辦到。」

一山更有一山高，胤懊悔地咬牙，可以的話他眞想回到十秒前，好好縫上自己的嘴。

庭務喊來歡鵲。

「神職御用夢使，二等神官，歡鵲，協助所跟隨的神將墨文濁祕密託夢給凡人楊子吉，引導凡人楊子吉在不符天庭正規安排下成爲夢使。」

萬福霄引用胤稍早的梗，祂看向歡鵲，「妳也是被『賄賂』嗎？」

「報告天庭統領！我沒被賄賂也沒被威脅，我協助墨文濁大人託夢是出於己願！」歡鵲老實，她站直站挺，聲音宏亮，甘願接受任何制裁，「墨文濁大人是爲了弟弟的安危才私自引導楊子吉成爲夢使，我是認同這理由才協助託夢！雖然墨文濁大人在夢裡暴揍弟弟一頓，他眞的很沒耐心，脾氣又很差，但他是爲了弟弟好！」

「墨文濁在夢裡暴揍楊子吉？」萬福霄看著歡鵲這位天兵。

聽到這個回答的墨文濁則一聲長嘆。

「是的！因爲楊子吉不斷把錄取通知撕掉，害胤得一直寄通知過去，搞得我們大家都很麻煩！」歡鵲完全沒注意到左右傳來的各種竊笑。

「謝謝妳的說明。」萬福霄被眼前的單細胞靈魂給逗樂，「在下達妳的判決之前，恕我問個題外話，妳當初爲何想跟隨墨文濁，成爲他的御用夢使呢？」

「因爲魏叢嫌我太笨，他把我從橋前郵政開除，其他事務所也不肯錄用我！按照天條，找不到工作的魂得回到凡間，於是我去轉生課想申請投胎，轉生課的同事卻說，我上輩子的死因是把金屬便當盒放進微波爐，結果炸死自己，要再下凡難保不會禍害蒼生，因此不讓我投胎。所幸最後墨文濁大人錄用了我，但仔細想想也是因爲他是葬天的兒子，根本沒有魂願意擔任他的御用夢使，我們這叫雙贏！」

再也聽不下去，墨文濁看向歡鵲，「妳還是投胎去吧，多弄死幾個人，妳就能下地獄了。」

「可是我不想下地獄，聽說那裡很多蟑螂的靈魂在爬，我才不要。」過分單純的歡鵲絲毫沒弄懂墨文濁話中的含意。

「妳的判決先暫緩，考量妳是墨文濁的隨從，妳的刑責得視墨文濁的判決而定。」萬福霄朝歡鵲說道。

「沒問題！小的隨時準備魂飛魄散！」忠誠的歡鵲願與墨文濁共存亡。

最後是墨文濁。

「源神武葬天之子，正義天將墨文濁，違背封印守護者之身分，辜負眾神期望，背叛天庭，密謀邪神葬天監視凡人母子，參與邪神葬天的念玉計畫，企圖解除葬天封印，摧毀兩界安寧，爲達目的，不擇手段，詳細罪狀如下。」庭務神職拉起超長一串罪狀，「一，監視凡人楊子吉時，多次濫用神力顛覆天命，期間更主動現身暴露於凡人眼前。二，滅魂封口，抹除夢使孫風的魂魄，逼迫凡人楊葉芯獻上全部靈魂託夢，爲湮滅證據，更將楊葉芯化爲託夢信的魂魄扔往地獄深淵，迫害凡人靈魂。三，威脅其他神職。四，基於私情與天命對抗，引導凡人楊子吉破格成爲夢使，擅自執行祕密託夢，擅自賦予凡人靈鬼耳。五，同爲私情，對天庭統領武力相向。」

萬福霄看向墨文濁，「有什麼想說的嗎？」

墨文濁沒想辯駁，「隨你們處置。」

墨文濁看似毫無悔意且不驚不慌的態度，點燃右方源神們的怒火，「福神！對這傢伙沒什麼好說的！他背叛了天、背叛了所有的神！直接滅了他的魂魄吧！」

多數源神附和，「就是說啊！滅了這傢伙的魂也算削弱葬天的力量！」

就連左方的凡神們也悶不吭聲，沒有一名願意站出來爲墨文濁說幾句。

歸根究柢，大家都害怕葬天。

墨文濁自誕生以來爲兩界貢獻良多，爲天封印默武，還爲天守護封印，更爲兩界斬鬼除惡。

然而功過不能相抵，有些行爲實然罪不可赦。第三、四、五項罪狀算情有可原，但第一、二項罪狀實在難以饒恕。不光諸神，萬福霄也是這麼想。

但，有一神不同意。

「且——慢——」

來自左方的凡神派閥躍出一名夢使，明瀛直直躍向審判庭中央。

明瀛仰頭看向掌管生殺大權的福神，「福神大人，我就問一句，倘若現在滅了墨文濁的魂魄，那誰來看守葬天的封印？」

明瀛一語換來全場議論紛紛，沒等到任何回應，明瀛大步繞場，朝著在場每一位指來比去，「是你呢？還是你呢？又或是你呢？這裡有哪個神願意扛下正義天將的職責，自願前去邊陲禁地對抗邪神的魔音，擔任看守封印的守護者？有的話麻煩站出來。」

不論左方右方，每個被指到的神都啞口無言，更多神選擇避開明瀛的視線，低頭裝死。

明瀛站在中央，他仰看萬福霄，兩手一攤，「瞧！根本沒有靈魂敢對抗葬天，面對如此恐怖的大魔王，墨文濁最終還是回頭選擇了正義，雖然中間一時迷失方向，但墨文濁最後仍選擇與天庭眾神站在同一側，並未執行葬天的念玉計畫。我認為反抗葬天的墨文濁，遠比在場多數的神都要勇敢！」

一名源神氣不過，起身朝明瀛粗吼：「少替那名叛徒說話！講得頭頭是道，把我們貶得多軟弱，有本事你自己去看守葬天的封印啊！」

「實話實說！如同在場的各位，我同樣不認為自己有能力抵抗葬天的魔音！」明瀛毫不避諱地承認，「所以我們應該留下墨文濁！讓他帶著難以忍受的內疚，繼續為我們看守封印。讓他活著品嘗靈魂深處的愧疚，便是最好的責罰！」

聞此，墨文濁不禁苦笑，還真被明瀛說中了，為了逃避自責感，他寧可魂飛魄散還自在些。

又有源神站出來反駁，「他殺了孫風，害孫風和叫楊葉芯的凡人一同散向虛無！這樣窮凶惡極的魂魄不配存在！」

「他必須存在才能好好懺悔！留他存在，就是要他好好彌補這一切！」明瀛認為眼光要放遠。他仰看萬福霄，「眼下還有葬天的殘黨未被捉回，只要葬天不放棄離開封印，我們就需要墨文濁的力量，請福神大人三思！」

明瀛說得不無道理，但萬福霄也想知道墨文濁的想法。

「你覺得呢，墨文濁？」萬福霄看向墨文濁，「我們還能再相信你嗎？」

「若福神大人願意開恩，這一次，我絕不會辜負天的信賴。」墨文濁承諾。

「有誰能為他擔保？」萬福霄向眾神問道。

「我能。」明瀛單膝下跪。

「我……我也能！」一旁的歡鵲跟進跪下，「墨文濁大人已經跟從前不一樣了，我相信他！」

直視墨文濁眞誠的眼神，昔日的墨文濁眼中只有暴虐與傲慢，如今卻多了一絲罕見的溫柔。

那名獨自蹲在天邊窺視凡間的孩子，終於稍微長大了。

「看來短暫的下凡確實讓你有所體悟。」萬福霄欣慰地點頭，「告訴我，墨文濁，那叫楊子吉的凡人對你來說是什麼樣的存在？」

「是必須保護的對象，是家人。」墨文濁回答。

「但楊子吉在大庭廣眾下洩漏天機，我們必須懲處。天，終究有規矩。」

「我知道。」審判至此，墨文濁竟主動獻上雙膝，他不曾跪過葬天以外的神，「如果我的魂能換弟弟活下，就將全部的刑罰算在我頭上吧。讓那孩子活至天年是我的心願，亦是他母親的心願。」

自尊比天高的源神居然雙膝著地，甚至還爲弱小的凡人求情，這令眾神跌破眼鏡。

聽到楊子吉要被懲處，倉也站出來，「福神大人該不會要滅了那孩子的魂魄吧？我曉得洩漏天機的嚴重性，但那孩子值得第二次機會，他是善良的靈魂，這點我能擔保！」

一名凡神跟著挺身而出，「同意！楊子吉是爲了協助吳慧熙完成託夢，更是爲了保護朋友，盼福神網開一面！」

多名凡神跟進舉手，「願福神網開一面！」

「但按那孩子原本的天命，他還沒取得投胎成人的資格，就算留他的靈魂，也不能留他繼續當人。」萬福霄又道。

「這……我認爲那孩子其實有資格！」倉向前一站，「雖然僅僅輪迴兩世，但當初在投胎預備所時，唯獨那孩子選擇了沒魂要的傳送門，是他選擇了孤身一人的楊葉芯作爲母親。他說，想下去陪伴她，光這句話就足以證明那孩子有資格當人，他足夠善良且有充分的同理心！」

明瀛認同倉的觀點，他跟著求情，「輪迴的意義是將我們淬鍊成溫柔勇敢的靈魂，那孩子已經達標了，盼福神大人愼思！」

集思廣益後，萬福霄摸著長鬚思索，「墨文濁與楊子吉一案，光憑我一神，實在無法斷定情與法的先後。爲求公平，我認爲應讓天來表決這對兄弟的去留。」

萬福霄決定由眾神共同決議，「但在表決之前，我老人家想先宣明今後的治理方向，如果可以，在接下來的百年內，我不想輕易處死任何魂魄。我認爲，不管是凡間還是彼世，兩界就像一條船，只要每個靈魂的內心都足夠寬闊，這條船就能容下所有的魂。我的看法，希望在場的各位能參考。」

不分源神凡神，眾神即刻陷入沉思……

醫院，單人病房。

身穿病服的楊子吉坐在病床上，明瀛則坐在一旁的陪護床。

「所以我其實是大魔王的乾兒子，而那個一拳把我送進急診室的傢伙，算是我的……哥哥？」聽完來龍去脈，楊子吉終於釐清這棵神奇的家庭樹。

「沒錯。」明瀛點頭，他不忘爲墨文濁說情，「你哥所做的一切都是爲了保護你，雖然他曾經走偏，傷害了你母親，但我希望你能諒解。和輪迴過的靈魂相比，源神相對比較稚拙，比較容易被影響。哪怕看起來像大人，你哥的心智水平大概只比尙謙成熟那麼一丁點。你懂的，源神大多是那副德性。」

「等那傢伙親口向我道歉再說吧。」楊子吉不接受道歉還找代打，但他內心的確對墨文濁有些在意，「那傢伙有被天庭懲處嗎？」

「意外地沒有。眾神表決，大家都希望墨文濁留下來繼續爲天庭效力。現實就是，我們需要你哥的力量好對抗葬天的餘黨。」

兩人聊到一半就聞敲門聲傳來，護理師推著護理工作車入房。

護理師在門外似乎聽見了談話聲，「你在講電話嗎？打擾了，要來幫你換點滴針喔。」

「沒事沒事！我正好講完，麻煩你了。」楊子吉順著接下去。

護理師邊爲楊子吉更換點滴邊說：「你很幸運呢，被雷劈到卻只是輕傷，醫生都覺得不可思議。」他看不見陪護床上的明瀛。

「我也覺得自己很幸運，一定是神明保佑。」楊子吉擠出尷尬的笑，確實是神明保佑。

就明瀛轉述，他身上九成的傷勢在到院前就被神官們治好，僅留下被雷爬過的花紋，總得留下一些足以騙過科學的證據。

「大難不死，必有後福。醫生說你明天就能出院囉！」護理師祝福這位奇蹟般倖存的年輕人。

「謝謝你們的照顧，辛苦了。」楊子吉也希望自己有福。

更換完點滴，牆上懸掛的電視恰好在播放靈異節目，節目中的民俗專家正在評論金銀麟新廟落成遭人鬧場的事件。

節目裡的民俗專家人稱「神算李伯」，是個挺有名氣的算命師。

「那個年輕人之所以被雷劈，除了對神明不敬，更重要的是那座廟根本就不該建在那。風水不對、時辰不對！詹老闆是被神棍給騙了，那座廟不快點拆，保證稜克科技未來一片黯淡，事業一落千丈！我李伯賭上我四十年的職業生涯，賭我民俗專家的頭銜，保證那座廟短時間內一定又會出事，必定又會有不吉利的怪事發生！」

「感覺眞的是神明所爲，聽說事發當下，現場許多信徒和媒體的電子設備都失靈，沒能留下影片紀錄還眞是可惜。」節目主持人也分享網友們的看法，「不過網友們更在意的是那名年輕人的發言。在場的網友說，那名年輕人向詹老闆提到『生母』、『養母』等詞彙，這部分可能就需要詹老闆出面澄清了。」

看著電視，護理師忍不住問，「你和詹正信是什麼關係啊？」

楊子吉深知得照著劇本演，「沒什麼關係，我只是一間獨立媒體的員工，受詹正信的生母委託，必須向詹先生轉達一些實情，就只是這樣。」

「所以詹正信還有另一位母親？」護理師好奇地八卦。

楊子吉笑笑點頭，護理師聽完也沒露出什麼特別的表情，「原來只是這樣，網上還有人亂傳你是詹正信的私生子，還說你是出來要錢，果然是胡說八道。」

「眞的是胡說八道。」楊子吉闢謠。

忙完正事，聊完八卦，護理師很快就離開病房，帶上房門。

楊子吉鬆了口氣，他看向明瀛，「看來和託夢、彼世有關的資訊眞的都被刪了。」

「那當然，彼世有專門善後天機敗露的部門，叫神祕課，他們擅長剪接靈魂的記憶。那也是門學問。」明瀛說道。

爲使一切合乎邏輯，記憶不能全刪，但關鍵字絕對要移除。

楊子吉原先的話已被神祕課修正爲：你這不肖子！你知不知道你生母已經死了？你知不知道你母親始終掛念著你？她生前寫了幾百封信你一封都沒收到，那都是因爲你養母在背後搞鬼！

經修正後已移除敗露天機的關鍵字。

而保留剩餘資訊的目的，是爲了讓在那個時間點出現的楊子吉有話講，更是爲了解開詹正信與吳慧熙之間的誤解。爲了配合吳慧熙接下來的託夢，這樣的記憶剪輯兼顧保密天機與其他後續。

「除了記憶剪輯，神祕課也會安排一些神職下凡，散布利於保密天機的謠言，估計很快就會有專業的氣象學家出來解釋你被雷劈的現象。」明瀛指著懸掛在牆上的電視，「順道一提，那個神算李伯正是神祕課扮演的凡人。」

「嗯？但那個李伯活在凡間很久了耶，他都六十幾歲了。」楊子吉驚訝。

「天庭會安排一些神職在凡間當內應，臥底多年爲的就是這種時候。李伯正在爲後續的廢廟流程鋪路，金銀麟用不法手段興建的廟宇必須依天條拆除。」明瀛解釋，「神祕課擅長在凡間帶輿論風向，擅長打煙霧彈，一會兒玄學，一會兒科學，眞眞假假，虛實穿插，模糊眞相，隨著時間流逝，凡間很快就會忘記這檔事。你所要做的就是照劇本念，別太擔心。」

楊子吉嘆了口長氣，雖然很高興能全身而退，可他沒想到天庭眾神最後的表決是讓他活著繼續幹夢使。

然而，他又該怎麼面對詹芗琳？

他在眾目睽睽下對她父親咆哮，還讓她父親難堪，神祕課並沒有把這段實情剪掉，這鐵定會讓她生氣。

關閉提示音的手機時不時震動，詹苳琳傳來的訊息，楊子吉到現在一則都沒回，連點開都不敢點開。

說時遲，那時快，不遠處再度傳來敲門聲，沒等楊子吉回應，詹苳琳一把推開房門步入。

見楊子吉好端端地坐在病床上，氣色看起來不錯，還有多餘的力氣看電視，詹苳琳一秒變臉，臉上的擔心轉為生氣。

楊子吉本能撇過頭，慌得想鑽進被窩，卻被大步向前的詹苳琳一手掀開棉被，「臭阿吉！你最好給我解釋清楚，為什麼都不回訊息？」

「我……我才剛醒！我正要回！我我我、我正打算回！」楊子吉嚇得差點咬到舌頭，他沒想到詹苳琳這麼快就殺來醫院。

「少來！一臉心虛以為我看不出來？」詹苳琳氣得抽起病床上的枕頭打人，「給我從實招來，不然我再也不理你！」

楊子吉立刻挺直腰桿，被迫面對，他只好在病床上罰跪，雙手合十，連續朝詹苳琳彎腰致歉，「對不起苳琳！對不起對不起！真的很對不起！對伯父那麼不禮貌，我很對不起，請妳聽我說，求求妳聽我解釋……」

「說啊！」詹苳琳雙手抱胸，她正是為此而來。

「我是受伯父的生母委託，伯父的生母與我任職的媒體公司聯繫，她想跟伯父解開誤會。對，這就是真相！」楊子吉彷彿在病床上跪算盤，像個做錯事的孩子，「先前的專訪也是爲了處理那份委託，是打著專訪的名義私下約伯父碰面。很抱歉利用了妳，更抱歉在剪綵的時候跑去搗亂，帶給伯父那麼多困擾……」

詹苳琳仍維持雙手抱胸的站姿，明顯還在生氣。

對此，楊子吉已做好最壞的打算，「很抱歉給你們家帶來麻煩，必要的話，如果伯父還願意見我的話，我出院就去道歉，看要怎麼配合才能讓風波平息……」

楊子吉跪在床上，低著頭，閉緊眼，腦袋都要縮進肩膀，不敢直視詹苳琳。

現在各大媒體都在討論此事，詹正信不好受，作爲女兒的詹苳琳必定也不好受。哪怕詹苳琳要跟他絕交，他也無從怨言，沒資格埋怨。

病房靜默了數秒，在一聲沒轍的鼻息後，詹苳琳才重新開口：「想不到你會被雷劈，這種搞笑漫畫才會發生的事，居然被你碰到。」

詹苳琳順手拉了張椅子坐下，她這也放鬆下來，「一定是伯母在天上保佑你，還好你沒事。」

聽詹苳琳的語氣有所轉變，楊子吉這才抬起頭，「妳……願意原諒我？」

「沒這麼快。」詹苳琳刻意瞪了楊子吉一眼，「倒是爸爸眞的夢到奶奶了，他夢到另一個奶奶。」

楊子吉身軀一震，「然後呢？」

「爸爸沒跟我透露太多，不過提到這件事時，爸爸看起來很開心，我好久沒看爸爸笑了。」詹苳琳認爲那一定是個好夢，「在那之後，爸爸丟了所有的安眠藥，還搬出放在倉庫多年的腳踏車和登山器具，說下週要帶我們全家去露營，眞是不可思議……」

「太好了，終於成功了。」楊子吉替吳婆婆感到高興，沒枉費他被雷劈。

「什麼成功？」詹芠琳只覺得楊子吉的反應很古怪。

「呃，沒有！我是指先前拜的福神廟終於靈驗了，妳之前不是爲伯父的健康祈福嗎？」慶幸楊子吉腦袋轉得夠快。

「是這樣沒錯，但就覺得整件事很玄。」

「所以網友們才說那間福神廟厲害啊，有求必應不是叫假的。」楊子吉豎起兩根拇指狂推猛推。

「說得也是。」詹芠琳微笑。

「那……妳願意原諒我了嗎？」

「就說沒這麼快了。」詹芠琳故作生氣，她倏忽起身，「除非你請我看電影。」

「看電影？」楊子吉注意到詹芠琳有些臉紅，不知道爲什麼。

「對啊，劉伸的新電影要上映了，如果你請我看電影，我就考慮原諒你。」詹芠琳開出條件，說完便急忙轉身，「時間都可以，爆米花要甜味，就這樣。」

語畢，她便匆匆跑離病房，留還沒進入狀況的楊子吉愣在床上，他不曉得詹芠琳爲何急著走？

瞧楊子吉一臉遲鈍，明瀛不禁一嘆，「唉，你這鴿子眞傻，輪迴兩世果然太淺。」

「什麼意思？」楊子吉尙處於飛航模式。

「這都看不出來？」明瀛眞心服了病床上的呆頭鴿，「你還是去當海豹吧，把當人的機會留給別人。」

「幹麼這樣講？我到底做錯了什麼？」楊子吉仍一頭霧水。

「你照她說的買電影票就是了，我只能幫到這，接下來就是你們的課題了。」明瀛盡可能地助攻。

生前該說的話，生前就該說完。

戀愛亦是輪迴的考驗，明瀛開始期待那名女孩鼓起勇氣告白。

第十四章

「正信，別再想那個人了，她已經不是你媽媽了。」

「你眞的想知道她爲什麼把你留在這？那個人收了錢，就跑去跟別人的爸爸在一起了。但你別擔心，不管發生什麼事，我絕不會像那個人一樣拋棄你，詹家永遠是你的避風港。」

「想跟她見面？但媽媽試著聯絡那個人好幾次，每次都聯絡不上。」

「信？什麼信？媽媽沒看到啊！媽媽每天都會幫你留意，看那個人有沒有寫信給你，有的話一定會馬上跟你說。你就別再想那些事了，快回去念書。」

「媽媽已經幫你把信寄出去了，如果那個人還在意你，她就會回信。」

夢裡，孤單的房間迴盪著養母的話語。

對生母的想念化作冗長的夜，失眠的男孩在床上翻來覆去直至凌晨，待黑夜稍微褪色，他便披著棉被來到窗前，趴在窗邊。

窗外的星與月隨時間的流逝淡去，男孩依偎著棉被在窗邊守候，日復一日等待著那份約定。

「媽媽每個月都會寫信給你。」

直到太陽升起，刺眼的曙光喚醒徹夜未眠的男孩，從二樓的窗邊抬頭一瞧，就見郵差騎著腳踏車駛向大門。

沒有片刻猶豫，迫不及待的男孩棉被一扔，穿著睡衣就衝下樓，連鞋子也沒穿就跑向大門。

遺憾的是，從郵差手中接過的每一封信，沒有一封是那人寄來的，男孩的期待又一次落空。這已不知道是第幾次。

每一次撲空，男孩都會垂著頭，眼盯地板，失望地返回二樓，把自己關回那座思念構築的牢籠。

男孩再次回到窗邊，沮喪地趴在桌上，目送窗外的郵差遠去。

爲什麼媽媽都沒有寫信來？難道媽媽眞的不愛他了？

想到傷心處，男孩忍不住將臉埋進雙臂裡啜泣，沒過多久，他突然聽見耳邊傳來紙張與桌面的摩擦聲，抬頭一看，只見那封信、那份約定已被輕輕移至手邊，再轉頭一望，就見那熟悉的身影已默默來到眼前。

「對不起祐坤，媽媽來晚了。」帶著勇氣，吳慧熙終於來到這裡。

「媽媽！」男孩立刻跳離椅子，直直撲進母親懷裡，「妳怎麼現在才來？不是說好每個月都會寫信給我？」

「媽媽保證，媽媽眞的每個月都有寫信給你，只是不曉得你爲什麼都沒收到。」吳慧熙不想將僅剩的相處時光用以闡述憎恨，道出實情也怕兒子心裡有負擔。

吳慧熙指著桌上那封信，「不信你打開來。」比起怪罪養母，倒不如直接讓兒子看看。

男孩拿起桌上的信封並打開，那封信正是吳慧熙的生前回顧。

經由特殊術式，吳慧熙生前的記憶從信封中湧現，一陣洪流襲捲重逢的母子，帶他們跨越時間，逆流從前，託夢的場景隨之起了變化——

簡陋的鐵皮屋中，油燈釋出搖曳的微光，夜夜刻下一筆一畫，刻畫筆尖下的一字一句。

前往郵局的每一里路，從腳踏車的兩輪，到下車徒步的雙腳，再到年邁拄起拐杖的三隻腳。

開開關關的信箱，一次次落空的期待，沒有盡頭的等待。

日復一日，月復一月，年復一年。藏於枕下的信件越來越多，日積月累的思念遍布整個房間。

三百多封遺憾，臨終前留下的最後一行字——

「祐坤，媽媽愛你。」

記憶的洪流散去，男孩低頭俯視信紙，他等了半輩子就爲了等這封信，而信中就只有這麼一句話——祐坤，媽媽愛你。

短短一句話，道盡了他母親的一生。

見到這一行字，手持信紙的男孩終於落下睽違四十多年的淚水。

原來他並沒有被媽媽拋棄，原來媽媽自始至終深愛著他。

男孩再次望向母親，此時的她已化爲一名白髮蒼蒼的老者，男孩也變回了那名年過五十的大人。

「妳已經不在了？」男子面掛淚痕直視母親。

「是啊，和你見完最後一面，媽媽就要離開了。」吳慧熙微笑，她再無遺憾，「去到彼世後，媽媽會和芳阿姨一起修行，你可別再擔心我們。」

「妳就這麼走了，我要怎麼報答妳？」

「好好照顧身體，好好過生活，多花點時間陪家人，別老忙公司的事。只要你幸福，那對媽媽就是最好的報答。」

「但我還沒好好孝順妳啊……」男子淚流不止，作爲兒子，他深知自己錯過了太多。

看出兒子的虧欠，吳慧熙頓時想到了辦法。

「來，伸出小指頭。」吳慧熙伸出小指，要兒子跟著照做，「有個朋友曾告訴我，這麼做可以立下靈魂的約定。這輩子沒能完成的事，我們下輩子再做，我欠你的，你欠我的，我們現在就約好，下輩子一定要還給對方，你覺得呢？」

男子認眞點頭。吳慧熙勾著他的指頭道：「倘若還有下輩子，盼我來世還能當你的母親，下輩子，我再也不會離開你，不論日子有多難熬，我都會陪在你身邊。」

緊接母親的承諾，男子也立誓，「若有來世，盼我還能再當妳的兒子，下輩子請讓我好好孝順妳，好好愛妳。」

小指勾小指，大拇指碰大拇指，打勾勾，蓋印章。母子相觸的靈魂燒出溫暖的火光，爲承諾封緘。

她不是最好的母親，他不是最好的孩子。

他們很多地方都做得不夠好，但他們千眞萬確地愛著彼此，如同世上每一對母子。

「再見了，祐坤。」

「再見了，母親。」

我們下輩子再見了。

彷彿回到初次離別那天，女子擁著男孩，數十年一轉，變成男子擁著老者，母子含淚相擁。

初次離別，最後一次相見。

這一次，無怨無悔。

出院後的日常，重返租屋處的楊子吉正在打點午餐。

他打開冰箱，想不到能煮什麼，只知道要是再叫外賣，冰箱裡的青菜都會爛成喪屍。

這個剩一點，那個剩一些，就隨便煮泡麵湊合吧。楊子吉打定主意後，食材拿一拿，冰箱一關，便轉身走進廚房，他掠過置於冰箱旁的茶几。

茶几上擺著幾個相框，有他和母親的合照，當然也有他與詹芠琳的那張畢業照。

開始料理前，楊子吉打開手機，隨便點開一個影片，讓影片順著演算法接續播放，他刻意將音量調到最大，就是爲了塡滿冷清的租屋處。聽著影片裡的人聲，能有效舒緩孤獨。

以瓦斯爐的加熱聲爲背景，鍋子內的水逐漸沸騰，微小的泡泡一顆顆浮出水面，楊子吉剪開調理包，一邊聽著手機傳來詹正信的聲音。

「最近的確萌生退休的念頭，有考慮退居幕後，畢竟健康一直亮紅燈，家人們都很擔心，我也是該多花點時間陪她們了。」

聞此，楊子吉不禁揚起嘴角，那對母子終於有了美好的結局。

「啊，忘了拿雞蛋。」楊子吉差點忘了泡麵的精髓，少了那顆半生熟的靈魂，泡麵就不配稱作泡麵。

楊子吉隨即轉身離開廚房，殊不知一過門簾便撞到人。

「靠！是誰？」本以為有小偷闖入，迅速穿過門簾，楊子吉就見墨文濁立於身前，「原來是你，就不能出個聲？」最初見面也是這樣，一轉身就撞到鬼。

「不能用正常一點的方式出現？每次都這樣，早晚被你嚇死。」楊子吉看著墨文濁抱怨。

「這就是你對救命恩人的態度？」墨文濁皺眉，他不是很滿意楊子吉的口氣。

「什麼救命恩人？你把我媽的靈魂扔進地獄深淵，別以為我不知道！」楊子吉回嘴。

「但我救了你。」墨文濁再次強調。

「你本來想滅了我媽的靈魂！」

「但我救了你。」墨文濁的臉色越來越難看。

「是你害我媽不能去投胎！」

再也無法忍受，理智線斷裂，惱羞的墨文濁向前一踏，釋出威壓，瞬間震碎楊子吉租屋處的所有玻璃。

玻璃碎片散落一地，楊子吉愣得嘴巴大開，墨文濁也一臉自知失態的虧欠。

「你發什麼神經啊？」楊子吉兩眼瞪大，一言不合就拆家未免太超過。

墨文濁不再吐話，但他臉上疑似寫滿了抱歉，小小的對不起，不仔細看絕對不會看見的小小三字，字體大小要用放大鏡才能看清楚。

兩人沉默對視了足足五秒，楊子吉難忍長嘆。

回想明瀛先前所說的，源神多半是「那副德性」，哪怕看起來像大人，也只是看起來罷了。

未經輪迴與歷練的心智水平說白就是幼稚園，眼前這位說不過別人就亂發脾氣的「大人」便是最好的實例。

「算了算了，我吃飽再來收拾。」楊子吉跨過滿地碎片，再度來到冰箱附近，發現連茶几上的相框也出現裂痕，「唉，相框也毀了。」

墨文濁看向那些充滿回憶的照片，「抱歉……」

「抱歉」這個詞，靈魂存在千年的墨文濁估計也沒說超過十次，他仍不擅長控制情緒，還是習慣用武力解決問題。

楊子吉打開冰箱，「沒差啦，相框不貴，裡頭的照片沒事就好。」他背對墨文濁問，「所以你是來幹麼？難不成是專程來幫我都更？」

墨文濁聽不懂這句調侃，「都更」這個梗太過凡間。

至於他的到來，其實是爲了向楊子吉道歉，學習放下自尊心。

他想搞好這段兄弟關係，可惜開場沒多久就搞砸，現在更是不知道該說什麼——他不曉得該如何面對弟弟。

墨文濁久久不回話，楊子吉也只能說自己的，免得尷尬。他背著墨文濁在冰箱裡尋找，「既然都來了，吃碗泡麵再走吧，化成凡人型態應該能吃東西吧？」

墨文濁頓了幾秒才開口：「你……不恨我嗎？」

「會恨你就不會跟你廢話這麼多了。」楊子吉忙著在冰箱內尋寶，「蛋跟貢丸都吃吧？」他沒發現身後的墨文濁已露出難得的淺笑。

看楊子吉的反應，墨文濁確信，弟弟已經原諒他了。

過了三秒仍不得回應，楊子吉只好別過頭，「我在問你話啊大哥，嗯？人呢？」

墨文濁離開了。

「哇，就這樣跑了？」楊子吉苦笑，只能把多拿的食材放回冰箱。

關上冰箱，再次轉過身時，楊子吉發現茶几上的相框已全數復原，原先的裂痕已被神力修復，而相框裡的照片全都多出那人的身影。

他和母親的合照，墨文濁站在旁邊。

他與詹芠琳的合照，墨文濁也站在旁邊。

看著這些照片，看著其中伴他左右的人，楊子吉不覺得自己活在舉目無親的世界。

楊子吉笑了，「你倒是把玻璃也修好再走啊，白痴哥哥。」

第十五章

彼世，福神廟。

天權移轉，隸屬福神派閥的神職忙得不可開交，辦公用紙漫天飛舞。於空優游的斑斕錦鯉時不時誤食公文，似乎把飄浮的紙張當成魚飼料。

有的神職忙著餵魚、忙著替福神照顧神獸。於凡間各個福神廟供奉的食物，會透過信徒的念轉移至此並具象化，屆時，那些供品會成爲神獸的食物，抑或神職們的點心。

「笑死，升官來餵魚。」依舊厭世的恆冑自嘲。他將具象化的草莓大福拋向空中，任錦鯉搶食，期間不忘扯扯魚鬚，要那些錦鯉別亂吃紙，「別搞事了，你們隨便吞一張進肚子都會很麻煩，我還有一堆事沒處理……」

一條不賞臉的錦鯉以恆冑的後腦爲目標，將恆冑上半顆頭含進嘴裡，讓恆冑像是戴了頂巨大的錦鯉帽。

「我說魚兄啊！你還是吃了我的靈魂吧，我不想工作了。」恆冑一臉眼神死。另一條錦鯉吸著仙貝游到他身前，彷彿要與他分享，爲恆冑打氣。

除了餵魚，其餘神職捧著成堆資料冊排成兩列，一列捧著彼界要處理的公文，另一列捧著來自凡間所有福神廟的信徒祈願，這些全需要福神過目。

至於胤，他已經累趴在福神旁邊，修訂天條何其燒腦，更別提還得協助福神批准海量文件。

神職們忙進忙出，紛亂穿梭的步伐中，倏忽一條失控的錦鯉撞出，令眾神紛紛退開。

一名身穿夢使制服的神職騎在錦鯉背上，囂張到把神獸當代步工具。他雙手向後扯著兩根魚鬚作爲手把，搞得像在騎凡間的重機。

抵達目的地後，那名玩世不恭的夢使躍下錦鯉，放錦鯉驚慌地游回天空。接著，他拉下黑色法帽，將法帽頂在指尖上旋轉，輕浮地朝高高在上的福神走去。

坐於高處的福神暫且擱下筆，萬福霄俯視前來的夢使，「好久不見了，尙謙。」

「少騙人了臭老頭，前陣子才在凡間的福神廟見過，你該不會是老糊塗了？」尙謙以「臭老頭」一詞稱呼天庭統領。

一旁沒有神職敢出聲訓斥，彼世所有神都知道，這叫尙謙的小鬼是福神的兒子。

「我看你這老妖怪也是挺閒的，居然還有閒功夫下凡扮演廟祝。」尙謙早就識破，當初他和短命臉與短命臉的小女友去福神廟祈福時，帶他們參拜的熱心老爺爺正是由福神僞裝。

「不愧是我兒子，神力果眞不淺。」萬福霄挺高興兒子能看穿自己的術式，「那麼你是爲何而來？」

「我不想幹夢使了，託夢什麼的眞無聊。」尙謙用食指將旋轉的法帽頂飛，還故意甩在路過的神職臉上。

「那你想做什麼？總不能無所事事吧？」

「我要去輪迴。」

尙謙此話一出，嚇得在場眾神瞠目結舌，有的神職傻到手捧的資料散落一地，就連天上飛的錦鯉也嚇到嘴巴開開，信徒的供品從魚嘴裡掉出。

在定格數秒後，跟隨福神已久的神職不免出聲，「福神大人！您千萬不能同意，讓那小鬼下去是禍害凡……呃不，我是說，彼世這麼多要職，必定有適合尙謙的空缺！」

「福神大人！您還是讓尙謙待在彼世磨練吧，下凡輪迴對那孩子來說太嚴苛了！」另一位神職站出來說。

實話說，並非對尙謙嚴苛，而是對整個凡間都很嚴峻。

「那孩子下凡非奸即盜，不……」有神職幾度忘了修飾用詞，不經大腦地脫口而出，連忙改口解釋，「我是說，那孩子的靈魂異常有膽量，哪怕拋下神力，他過人的膽識只怕凡間承受不起！」

「爸，這些雜魚是不是在罵我？」涉世未深的尙謙掏掏耳朵，他聽不出這些神職的話中話。

「你想多了，他們是在擔心你。」萬福霄說著善意的謊，以免兒子私下欺負這些跟隨自己多年的忠臣。

歷經五十年，萬福霄慶幸兒子終於想通，他很高興兒子主動開口尋求歷練。萬福霄又問，「是什麼契機讓你想去輪迴呢？」

「我想知道那短命臉勇敢的原因。」

「你是指那叫楊子吉的孩子？」

「對，就是那笨蛋，我想知道他爲什麼敢與金銀麟爲敵。」尙謙到現在仍想不透。最初見到楊子吉時，他只覺得楊子吉就是一介弱小的凡人，膽小又沒自信。靈魂釋放的氣場超級弱，是劣等的靈魂，下等中的下下等。從肉體的面相來看，也沒辦法活很久，一臉該夭折的蠢樣。

他始終把楊子吉當小丑、當笑話，只知道跟在楊子吉旁邊看戲肯定不無聊，說不定還能見到楊子吉被金銀雷霆爆成渣的場面。

結果還眞讓他見到，他以爲見到久違的天罰會很興奮，未料見楊子吉被雷霆擊中時，尙謙很意外自己竟是嚇愣在原地，如同其他在場目睹的神職。

當下，尙謙十分意外，訝異自己正感到害怕。

活了整整五十年，那是他頭一遭感到緊張，腦中隨後閃過的是與楊子吉相處的點點滴滴——

上班時，他沒事就踹楊子吉的桌子。楊子吉要坐下時，他故意抽開椅子，讓楊子吉一屁股摔在地上，摔得四腳朝天。

有時想提早下班或蹺班，尙謙會把自己負責的案件全都扔給楊子吉處理。

偷溜下凡時，尙謙會跟楊子吉討食物吃，要他付錢，從頭到尾吃他的、喝他的。嗆他、鬧他、嘲笑他、捉弄他，一切都是爲了看楊子吉惱怒，見楊子吉歇斯底里的表情如此生動逗趣，尙謙就會忍不住哈哈大笑。

尙謙明白自己對楊子吉壞透了，按照往例，那些被他捉弄的靈魂沒多久就會離他遠去，但楊子吉卻沒有。跟那些避他唯恐不及的神職不一樣，楊子吉不僅不會刻意遠離他，有時還會回嘴，眞要怒起來，楊子吉才懶得管他是哪個神的兒子，這一點讓尙謙感到很新鮮。

也因爲楊子吉和那些神不同，當楊子吉挨了記天罰，倒在地上動也不動時，尙謙嚇壞了。

那一刻讓尙謙意識到，對他來說，楊子吉不是單純的小丑，也並非可有可無的笑話，而是他五十年來的第一位朋友。

他老說希望見楊子吉被雷劈，原來那都只是說說而已，其實他打心底不希望楊子吉魂飛魄散。

他亂開玩笑、敢亂耍嘴皮，就是因爲在他內心某處，他百分之三百篤定這位沒膽的朋友不敢做傻事。殊不知他完完全全小看了楊子吉，也小看了凡人的勇氣與決心。

原來眞正的笑話是他，他才是眞正的小丑。

「我看過很多強大的神，也見過許多強大的靈魂，那些魂魄在金銀麟面前全都俯首稱臣，但那個懦弱的笨蛋居然敢挺身而出。我想知道究竟是什麼驅使那個笨蛋勇敢赴死。」尚謙頓了頓，「我好像有點太小看凡人了。」他罕見地承認自己的錯。

「你果然交到好朋友了呢，尚謙。」萬福霄對兒子的改變感到欣慰。

「少廢話，倒是你還記得那個約定吧？你曾說過，只要我願意下凡輪迴，你就會實現我一個願望，你可別耍賴，老不死。」尚謙談起條件。

「所以你想恢復你朋友母親的魂魄，想將楊葉芯的靈魂從虛無中解放，是嗎？」萬福霄看透尚謙前來的目的。

「知道就好，這麼簡單的事應該難不倒你吧？」

「是難不倒我，但進入輪迴可要拋下神力喔！」

「無所謂，等我下凡歷練回來，我一定會變得更屌。」尚謙已下定決心要尋找答案，他知道答案就在那裡。

讓靈魂勇敢的答案，必定就在輪迴裡。

愛，隨時都要傾訴；吵架，要記得和好。

該說的喜歡，該闡述的愛，該道的歉，該說的原諒，該說的千言萬語，在世時就要說完。

獻給參與輪迴的你我，獻給最勇敢的你們。

全文完

番外
位置

通往彼世的橋上，身穿黑袍的兩名生死課神職一人抓著一隻腳，齊心拖著一名女性的靈魂過橋。

那名年輕女魂兩眼上翻，顯然已昏了過去，引來旁魂側目。女子後腦貼地，任憑神職們將她拖往彼世，直達裁決課掌管的陰德值評鑑所。

一見生死課神職拖著昏厥的女子入所，裁決課神職驚呼：「搞什麼？你們幹麼打暈人家？」

「這回不是我們動手的，我們到場時，她魂就倒在地上動也不動了。」其中一名生死課神職澄清。

「有這種事？」裁決課神職難以置信。

「瀏覽同事註記的死因，這傻妹是被微波爐炸死。我猜，她可能靈魂脫離肉體後，見到自己半顆腦袋焦黑，魂就嚇暈了。」另一名生死課神職推測。

「你們就不能給人安排一些正常的死法？」裁決課神職皺眉。

「拜託，安排死因可是生死課少數的樂趣，有點幽默感好嗎？」生死課神職笑道。

「打量不願接受死亡的靈魂也挺好玩。」另一名生死課神職變出刻有術式的棍棒，專治「盧小小」的魂魄，一棒搞定。

「所以你們在她死後，就直接把她的魂拖到這來？」女子的靈魂似乎跳過了幾個流程，「那託夢怎麼辦？萬一她有放不下的執念呢？」裁決課神職問。

「安啦！我們剛一路拖啊拖，把她拖過橋再拖來這，途中她也沒怨靈化，一路暢行無阻，代表這傻妹無牽無掛，不會有事啦！」他們笑笑地回。

「沒有牽掛，不代表沒有委屈啊！」裁決課神職難以苟同。

「放心，傻瓜心中不會有怨。我們還有別的事要忙，這呆瓜就交給你了。」說完，兩名生死課神職便一塊轉身，丟下昏迷的女子擅自離去。

「好啊，爛攤子就丟給我收是吧？」裁決課神職雙手一攤，拿兩魂沒轍。

緊接一聲無奈的嘆息，他發動術式並輕撫女子的額頭，瀏覽她生前的記憶。

女子的記憶零碎，很多畫面模糊不清，要嘛靈魂驚嚇過度，要嘛死前肉體受到太大的衝擊，不論何者，他僅能就清晰的記憶來評鑑女子的陰德值。

他看見女子時常捐發票，只要錢包有零錢，她就會投進超商的捐款箱。

加分。

他又看見女子將用不到的衣物放進舊衣回收箱，也看見女子扶著盲人過馬路。

再加分。

看見女子將耗盡的蟑螂藥砸向遠方，卻沒命中會飛的大蟑螂，她嚇得花容失色，縮在床上發抖，害怕得整晚睡不著。

照理來說不能加分，但趣味性十足，加個幾分好了。

看見女子中了十萬元的刮刮樂，中獎後她立刻匯了五萬元給家人，更發訊息給男友，說剩下的獎金要給男友買新手機。

不加不扣。是說，她都不留些獎金給自己？怎麼都只想著別人？

除此之外，裁決課神職也看見了一些不好的回憶……

而女子生前最後的畫面停在一瞬火光，然後就斷了片。

說巧不巧，年輕女子突然驚醒，她迅速坐直，「我的刮刮樂！」

「就只記得這個？」他苦笑，手裡正拿著評分表。

面對服裝有別於現世的男人，女子這才俯視自己略爲透明的身軀，隱約地想起自己悽慘的死相，「我死翹翹了？」

裁決課神職點頭，「是啊，妳死翹翹了，妳現在是阿飄。」

「那我的刮刮樂怎麼辦？」

「那張刮刮樂已經不重要了，妳死透了，回不去了。」他直言。

果不其然，此話一完，女子便嚎啕大哭，哭得像個孩子。

好在收爛攤的裁決課神職是凡神，他輪迴過，算是知道該怎麼安慰人。把女子當小孩哄一哄後，成功讓女子稍微冷靜下來。他將女子扶到椅子上，「除了刮刮樂，妳還記得什麼？」

女子搖了搖頭，她全都不記得了。

「別沮喪，有些事忘記也罷。」他坐到女子身前，兩魂隔了張桌子，他拿出一份準備上繳的資料，「妳生前是個好人。」

「眞的嗎？」女子很開心被稱讚，有種考試考了一百分的感覺，覺得自己眞是好棒棒。

「嗯，眞的。」直視女子過分單純的眼，裁決課神職陷入猶豫。

按女子的陰德值分數，她接下來必須再輪迴一世，還得做些好事才行，偏偏他不覺得女子的性格適合凡間。

看著女子，注視眼前潔白無瑕的紙張，他若有所思，「問妳，妳想當人還是當神仙？」

「差在哪？」女子不是很明白。

「神明辦公的地方沒有蟑螂。」他拋下餌食。

「我要當神仙！」女子立刻上鉤。

不忍白淨的紙張再次下到大染缸，裁決課神職偷偷爲她加了幾分，讓她的陰德值剛好能擔任神職。

而後，他叫來了神祕課，要他們接手。

一名身穿灰袍的神職來到女子面前，他頂上的灰色法帽垂下面紗，將臉全然蓋住，使女子見不著他的面容。

「你要對我做什麼？」女子仰視接近腦袋的雙手。

「別緊張小姑娘，我會稍微剪輯妳的記憶。要擔任神職，就得把一些礙事的記憶剪掉，以免日後妨礙妳執行公務。」神祕課神職以雙掌發動術式。

「剪輯記憶？意思是我害怕蟑螂的部分也能剪掉？」女子希望活化石徹底從記憶中消失。

「不一定，若是太深的執念或烙進靈魂深處的回憶就無法裁剪，頂多讓妳想不起來。」神祕課神職說道。

許久，待神祕課放下雙手，女子腦中浮現了她的新名字。

「我把新名字剪進妳的記憶了，未來妳將用歡鵲這名字在彼世工作。」神祕課神職豎起拇指。

「那生前的名字呢？」歡鵲問。

「當然是剪掉啦。」他兩手比出剪刀手勢，「生前的名字和一些關鍵記憶，是勾起生前回憶最好的連結，那種麻煩的東西必須剪掉。」

「那生前的回憶會有備份嗎？如果把重要的回憶全都剪掉，不就像沒有活過？那不是很可惜？」歡鵲好奇。

「哪裡可惜？輪迴是爲了淬鍊靈魂的性格，妳經歷的一切已成爲妳性格的一部分，就算把記憶剪掉，妳歷練的一切也不會白費。」神祕課神職耐心地解釋。

「所以生前的記憶沒有備份？」

「祕、密。」神祕課神職嘴角微揚，食指在唇前比出「噓」的手勢。

後來，歡鵲被人事課分發到橋前郵政，要她擔任夢使，但那裡的長官非常不喜歡她，因爲她笨手笨腳。不到兩週，歡鵲就被橋前郵政開除了。

死後兩週即失業，她成了眾多神職眼中的小丑，走到哪都引來竊笑和鄙視。

彼世的最角落，邊緣魂專屬的天邊。

失意的歡鵲獨自坐在天的盡頭，放任時間無意義地流逝，她垂在天外的雙腳空虛地盪啊盪……

剪輯她記憶的神職，那名隸屬神祕課的男子悄悄來到歡鵲身後，「小姑娘，怎麼一個人坐在這？」

「我失業了，我找不到工作，我沒有人要。」歡鵲沒有回頭，她灰心喪志地說：「轉生課神職也說我太笨，不讓我投胎，意思是凡間不需要我，到頭來不論彼世還是現世，哪都沒有我的容身之處……」

明明記憶被剪輯過，歡鵲還是會想起生前那些模糊的影像，她想起自己被家人唾棄、被男友嫌棄、被同事冷眼。

「女孩子不必念太多書，既然妳不是念書的料，就趕緊找個有錢人嫁了，要不弟弟出國深造的錢上哪籌？」

「妳不是在外面租房了？那妳原本的房間就可以空出來當倉庫啊！這有什麼好難過？別因爲這種小事哭哭啼啼。妳就是因爲太愛哭才一事無成，才只能給那麼點孝親費。」

家人沒有留位置給她。

「說過多少次了？我打遊戲時別煩我！不是叫妳去買鹹酥雞，怎麼還賴在這？快點去啊！」

「妳是白痴嗎？不是跟妳說要加辣？爲什麼連這麼簡單的事都做不好？」

「什麼叫不想分手？人家會做飯又比妳會打扮，叫妳付新手機的錢，妳也拿不出來，又窮又傻，妳這種笨蛋被劈腿是活該啦！」

男友心中沒有她的位置。

「她昨天把貨架弄倒了，就只會給大家添麻煩，看了就討厭。」

「那白痴根本不適合出來工作，拜託識相點，快點自行離職好不好？」

同事眼中也沒她的空位。

凡間沒有歸屬，到了彼世也一樣。

刻進靈魂的傷令歡鵲眼淚頻落，她不禁轉頭看向神祕課神職，「既然沒有人需要我，那我的靈魂是不是消失比較好？」

「傻姑娘，沒那回事。」他拍拍歡鵲的腦袋，環顧天邊，倒是讓他想起了某位神將，他也常孤獨地站在天邊。

「我來幫妳找工作，妳在這等著，我很快就回來。」神祕課神職輕彈指尖，發動傳送術式，眨眼就從歡鵲面前消失。

不知過了多久，歡鵲聽聞後方聲響，一回頭就見神祕課神職和另一名男子雙雙傳送至此。

那名男子的面孔與親切二字絕緣，感覺僅用眼神都能滅魂。他身材魁梧，背扛長戟，整整高她兩顆頭，釋出的壓迫感嚇得歡鵲迅速起身。

「長……長官好！」歡鵲壓根不曉得對方的來歷，但靈魂的直覺告訴她，現在必須向男子行舉手禮，要不可能會被男子身後的長戟叉成肉串。

歡鵲的反應令男子皺起眉頭，這是頭一遭有靈魂在與他初見之時敢正臉面對他。

而神祕課神職只想抓緊時間介紹，他不想和男子扯上太多關係。

「歡鵲，這位是正義天將墨文濁，他需要一位專屬夢使為他效力。如果妳願意，就成為墨文濁大人的御用夢使，跟隨他並輔佐他。」他向歡鵲介紹男子。

「永……永遠忠誠！」歡鵲拳輪敲向左胸，她被墨文濁的氣場嚇到直接答應。

不曾見過如此坦率面對自己的靈魂，墨文濁認爲神祕課神職沒把他的底細跟歡鵲說清楚。

「妳應該知道我是誰吧？」墨文濁看著歡鵲，刺探性地問。

「報告長官！他說你叫墨文濁！」歡鵲整個狀況外。

「我不是指這個……」墨文濁瞪了神祕課神職一眼，看來他什麼都沒和歡鵲說明白。他對著神祕課神職說：「要她跟隨我，不覺得是在害她？」

「誰害誰還不一定呢。」神祕課神職勾起藏於面紗下的嘴角，他想看歡鵲這位天兵和葬天的血脈會迸出什麼火花，「一個缺工作，一個缺夢使，各取所需，這不是挺好？」

依稀聽出對方的話中話，墨文濁面露殺氣，他凶狠的氣息穿透神祕課神職的面紗，「最好別讓我知道你是在整我。」

「不敢不敢，是墨文濁大人強調需要忠心耿耿的隨從。您也看過她生前的記憶了，只要被這傻子認定爲必須效力的對象，她就會傾盡全力付出，哪怕被主人拋棄也不會怨恨對方，這不就是您需要的人才？」他大力引薦歡鵲。

想起歡鵲生前的記憶，墨文濁覺得他的話語十分刺耳，「你罵我的隨從是傻子？」

「看來是定案了，祝兩位合作愉快。」確定墨文濁也上鉤後，神祕課神職再次彈響指尖，轉眼便不見蹤影。

天邊徒剩墨文濁和歡鵲，兩魂對視沉默。

一魂眾神避之唯恐不及，一魂是眾神眼中的笑柄。

墨文濁以鼻嘆息，打破尷尬的死寂，「確定要跟隨我？」

「我反而想問您，您確定要錄用我嗎？」歡鵲沒自信地垂下頭，「我可能沒辦法一次就把事情辦好。」

「那就多試幾次。」墨文濁回得不假思索。

「但那可能會給您帶來不少麻煩。」

「就憑妳是能給我帶來多少麻煩？」墨文濁自認被小瞧，認爲歡鵲在質疑他的能力。

要說麻煩，他父親才是天庭眾神最大的麻煩，看守葬天封印的責任他都能扛下了，小小夢使能捅出的婁子算什麼？

墨文濁有自信扛下所有責任，身爲隨從的主人，好壞照單全收的擔當是基本，「只因爲一、兩次沒能把事情辦好就捨棄妳的人，是他們能力不足、擔不起責任，別把我和那些弱者相提並論。」

歡鵲生前記憶中出現的那些人，不管是她的家人、戀人還是工作夥伴，每一人都讓墨文濁感到極度憤怒與不屑。

與生俱來的正義感告訴墨文濁，這叫歡鵲的女孩值得更好的主子。

「妳就盡全力給我添麻煩。」墨文濁的話語令歡鵲重新抬起頭，「今後妳就跟著我。跟在我身後，保證沒人會斜眼看妳，妳再也不會聽見旁人的竊笑。」

一切都如墨文濁所言，成爲他的御用夢使後，歡鵲再也沒被白眼，也不再聽聞從旁傳來的竊笑。

因爲周圍根本沒有人。

不論行經何處，見莽天的血脈現身，眾神不是嚇得鳥獸散，就是默默垂下頭，不敢吭聲。

斜眼？竊笑？一見到墨文濁，那些愛說三道四的神職發抖都來不及，哪來的心情擠出陰險的笑？

之於墨文濁與莽天的關係，歡鵲也沒放心上，她深信墨文濁是墨文濁，莽天是莽天，他們不一樣。

孤高的正義天將在背後留了一個位置給她。

天庭，眾神齊聚的審判。

「報告天庭統領！我沒被賄賂也沒被威脅，我協助墨文濁大人託夢是出於己願！」

因夢使楊子吉一案被捕時，面對天庭統領的質問，她沒有照墨文濁先前要求的方式應答，沒有聲稱自己是被威脅，也沒有把責任全都推給墨文濁，以求脫罪。

「雖然墨文濁大人在夢裡暴揍弟弟一頓，他眞的很沒耐心，脾氣又很差，但他是爲了弟弟好！」

他沒耐心，脾氣差，可不論她捅出多少婁子，他從來沒把她轟走，至多沉著臉不發一語。

「所幸最後墨文濁大人錄用了我，但仔細想想也是因爲他是葬天的兒子，根本沒有魂願意擔任他的御用夢使，我們這叫雙贏！」歡鵲聲音宏亮。

「妳還是投胎去吧！多弄死幾個人，妳就能下地獄了。」墨文濁早已習慣她的傻氣。

「可是我不想下地獄，聽說那裡很多蟑螂的靈魂在爬，我才不要。」歡鵲的言行讓諸多觀審的神職嘴角失守。

兩魂在眾目睽睽下鬥嘴，見此，觀審席上位於左方凡神席位的神祕課神職不禁莞爾，是不是最好的搭檔不曉得，可以確定的是，那個只屬於邊緣魂的天邊，不再有孤單的靈魂。

「想不到竟然有魂自願成爲墨文濁的御用夢使。」觀審席上的神職感到意外。

「有何不可？他們很登對啊！」觀審席上的神祕課神職隔著面紗微笑。

「是你湊合他們？」另一名同屬神祕課的神職察覺蹊蹺。

「祕、密。」將食指立於唇前，男子比出神祕課的招牌動作——

噓，天機不可洩漏。

後記
謝謝你們的愛

很早以前就想寫和託夢有關的故事。

母親離開後，我有夢過她幾次。這部《忘川郵政》算是我的前半生，從母親罹癌到她離開後，這期間發生了太多事，讓我見識到何謂眞情無悔、不求回報的愛。因爲那些經歷，才讓我決定創作《忘川郵政》。

在我母親生病之前，我一直不太理解何謂「愛」。

母親生病後，罹癌的她失去所有頭髮，皮膚泛黃，滿臉爛瘡，四肢末梢因化療副作用出血，時不時還會因黏膜受損而咳血。那時我準備升大學，左手因意外粉碎性骨折，傷口不能碰水，看母親頂著殘破不堪的軀體爲我擦澡，那一刻，我眞想死。

我很內疚，超自責，我爲什麼要讓已經重病的母親這樣照顧？

我一直想不透，我明明不是什麼優秀的小孩，缺點一堆，性格超差，爲什麼母親還願意那樣愛我？愛到自己的身體都快被癌症折磨到爛光，愛到自己最自豪的美髮都因化療而掉光，還是挺著瘦弱的身軀照顧我，繼續愛著我。

在我看來，那是不顧一切的犧牲與不求回報的奉獻。

我不確定自己對愛的理解正不正確，但我肯定，那一種情感強烈到可以無視己命。

除了母親對我的愛，在母親離開之後，還有很多沒有血緣關係的長輩，願意像愛我母親那樣，代替我母親繼續愛著我。

母親的閨密郭阿姨，時常載著我和她女兒一起趴趴走。

母親的妹妹芳姨，知道我超邋遢，時不時會寄衣服給我，盼我別老穿得像流浪漢。

母親的乾妹妹游阿姨，直接認我做乾女兒，支持我寫作、和我談心、帶我去看展。她們一家甚至都把我當作家人，她的親生女兒和老公，絲毫不介意我這個外來者。

曾經，我語帶愧疚地對游阿姨說：「謝謝妳在媽媽過世之後那麼照顧我，謝謝你們一家願意對我那麼好，但我眞的無法給予你們什麼。」

游阿姨只是笑笑，「我們又沒有要妳給我們什麼，我們愛妳，就只是這樣。」

沒有任何理由，沒有任何目的，毫無道理。

聽到這句話的當下，我靜靜流下兩行熱淚。

我覺得，作爲我乾媽的游阿姨，似乎代替我離世的生母回答了這個疑問——「愛」這種情感，似乎不需要用邏輯去解釋，且這份力量很強大，可以延續、可以繼承，甚至能讓我這種充滿缺陷的小屁孩不自暴自棄，好好地生活。

因爲愛，我不想讓母親失望。就像楊子吉不想愧對額頭上的勛章。

因爲愛，我，又或是每個人，才能在這生來就沒有公平，才能在這不公不義的世界裡好好生活、好好活著。

因爲愛，我們才能勇敢地掙扎，試圖在苦難居多的人生裡尋找溫暖，尋找那些持續賦予我們勇氣，好讓我們勇敢活下去的理由。

謝謝母親，謝謝生命中一直陪在我身邊的人。

謝謝你們的愛。

周小洮

國家圖書館出版品預行編目資料

忘川郵政／周小洮著. -- 初版. -- 臺北市 ： 城邦原創股份有限公司出版：英屬蓋曼群島商家庭傳媒股份有限公司城邦分公司發行, 2023.08
面；公分. --

ISBN 978-626-7217-57-3（平裝）

863.57　　112011757

忘川郵政

作　　者／周小洮　　行銷業務／林政杰
責任編輯／黃韻璇　　版　　權／李婷雯

內容運營組長／李曉芳
副總經理／陳靜芬
總　經　理／黃淑貞
發　行　人／何飛鵬
法律顧問／元禾法律事務所　王子文律師
出　　版／城邦原創股份有限公司
台北市中山區民生東路二段 141 號 6 樓
電話：(02) 2509-5506　傳真：(02) 2500-1933
email：service@popo.tw
發　　行／英屬蓋曼群島商家庭傳媒股份有限公司城邦分公司
聯絡地址：台北市中山區民生東路二段 141 號 11 樓
書虫客服服務專線：(02) 25007718．(02) 25007719
24小時傳眞服務：(02) 25001990．(02) 25001991
服務時間：週一至週五09:30-12:00．13:30-17:00
郵撥帳號：19863813　戶名：書虫股份有限公司
讀者服務信箱 email：service@readingclub.com.tw
城邦讀書花園網址：www.cite.com.tw
香港發行所／城邦（香港）出版集團有限公司
地址：香港灣仔駱克道 193 號東超商業中心 1 樓
email：hkcite@biznetvigator.com
電話：(852) 25086231　傳眞：(852) 25789337
馬新發行所／城邦（馬新）出版集團 Cité(M)Sdn. Bhd.
41, Jalan Radin Anum, Bandar Baru Sri Petaling,
57000 Kuala Lumpur, Malaysia.
電話：(603) 90563833　傳眞：(603) 90576622
email：services@cite.my

封面插畫／九日曦
封面設計／也津設計
電腦排版／游淑萍
印　　刷／漾格科技股份有限公司
經　銷　商／聯合發行股份有限公司
電話：(02)2917-8022　傳眞：(02)2911-0053

■ 2023 年8月初版　　Printed in Taiwan

城邦讀書花園
www.cite.com.tw

定價 / 360元

ISBN　978-626-7217-57-3

本書如有缺頁、倒裝，請來信至service@popo.tw，會有專人協助換書事宜，謝謝！